Barbara Riedmüller · Berlin-Krimi

Barbara Riedmüller

BERLIN-KRIMI

Morgenbuch Verlag

1. Auflage

Lektorat: Renate Saavedra
Umschlaggestaltung: W. Eagle, Hamburg
Datenkonvertierung: Digital Design, Berlin
Druck: Ratzlow Druck, Berlin
Binderei: Heinz Stein, Berlin
ISBN 3-371-00358-2

Das Jahrhundertereignis war verwässert: Berlin zeigte sich im blassen Grau. Trotz des feuchtkalten Wetters war der Platz voller Menschen und Regenschirme. Auf der Mitte, vor dem Brandenburger Tor als Kulisse, war ein kleines niedriges Podium aus Holz aufgestellt worden, auf dem Politiker und deren Bewacher dicht gedrängt standen, um einen günstigen Platz vor den internationalen Kameras zu ergattern, die die historische Bedeutung der Öffnung des Brandenburger Tores am 23. Dezember 1989 in alle Welt senden sollten.

In Wirklichkeit war die ganze Szene versaut. Der Boden entlang der Mauer war aufgeweicht. Regenschirme verdeckten größtenteils die Sicht. Trotzdem. Alles, was Rang und Namen hatte, war da, auch die vielen Namenlosen, um dem Höhepunkt aller Öffnungszeremonien beizuwohnen: Hier am Tor zur Freiheit, das bisher durch die Mauer versperrt gewesen war.

An vielen Orten hatten Menschenmengen der Öffnung der Mauer beigewohnt, waren Reden gehalten worden, die Menschen von Osten nach Westen geströmt, wo sie jubelnd empfangen worden waren. An der Invalidenstraße hatte es am 9. November begonnen, dann öffnete sich der Potsdamer Platz, einst die Mitte Berlins, dann die Bernauer Straße im Wedding; die Glienicker Brücke wurde wieder nach Potsdam passierbar. Es folgten noch viele Durchbrüche der Mauer, bis man endlich anfing, sie abzutragen. Jeder dieser Orte trug in besonderer Weise die Spuren der geteilten Stadt und des kalten Krieges.

Schon Wochen vorher war das Gerücht von der Öffnung des Brandenburger Tores kursiert. Fernsehteams aus aller Welt hatten schon seit Tagen des Ereignisses geharrt. Nun endlich war es soweit: Das Brandenburger Tor, Sinnbild deutscher Geschichte, mit oder ohne Quadriga, war der geeignete Ort für die politische Präsentation der deutschen Einheit.

Fahnen wurden geschwungen. Friedenstauben flogen gen Himmel. Die Menschenmenge wogte ungeduldig auf das Grüppchen der Prominenz, das arg durchfeuchtet auf dem Podest stand, zu. Es wurden große Reden gehalten. Zuerst vom Bundeskanzler, dann von den beiden Oberbürgermeistern aus Ost- und West-Berlin, die sich später, nach der freien Wahl zum Magistrat, auf allen Veranstaltungen als Zwillinge präsentierten. Es fielen bedeutende Worte von der Einheit, den Deutschen, der Geschichte.

Was darauf erfolgte, wird nicht in den Geschichtsbüchern nachzulesen sein. Plötzlich wurde das Geschiebe und Gedränge immer stärker. Alle drängten nach vorne auf die entstandene Maueröffnung zu, die sich als Nadelöhr für die anströmenden Massen erwies. Frauen verloren Handtaschen und Kinder. Männer ihre Geduld. Einige wenige konnten sich in einen Nebeneingang hinter massive Säulen retten. Drinnen versuchten schwarz gekleidete Ober, Sekt zu servieren.

In Berlin war wieder etwas los!

Die Politik erlebte Hochkonjunktur. Die Politiker waren überall beim Mauerabbruch und -durchbruch zu sehen und konnten sprichwörtlich ein Bad in der Menge nehmen. Überall leuchtete der rote Schal des Regierenden Bürgermeisters auf, und der Schal wurde weltberühmt.

Sondersitzungen des Senats wurden abgehalten, um zu zeigen, daß die Regierung in dieser neuen und chaotischen Lage handlungsfähig blieb. Die permanente Krise der rot-grünen Regierung verschwand vorübergehend aus den Medien. Berlin stand wieder einmal im Mittelpunkt der Weltöffentlichkeit.

Harald Ost hatte sich von der Menge gen Westen treiben lassen. Er hatte seinen Hut im Gedränge verloren. Nun war er voll dem Regen ausgesetzt. Er versuchte, mit einer Hand den Mantelkragen hochzuschlagen, um das Wasser der um ihn herum aufgespannten Regenschirme abzuhalten, das ihm auch noch in den Kragen geflossen war. Zum Glück hatte er seinen alten Kunstledermantel an, der hielt was aus. Was er von den Schuhen nicht sagen konnte. Er ärgerte sich wieder über ihre schlechte Qualität, weil die Nässe durchdrang.

Plötzlich spürte Harald Ost etwas unter seinen Füßen. Er bückte sich automatisch: Es war eine dünne Aktenmappe aus edlem schwarzen Leder. Teuer, dachte er sofort. Er verschwand aus der Menge und fuhr nach Hause. Während der S-Bahn-Fahrt preßte er die Tasche an sich. Seine Spannung war groß, aber er wartete. Nachdem er seine nassen Kleider akkurat aufgehängt hatte und warm im Sessel saß, öffnete er endlich die Verschlüsse. Er war aufgeregt und ruhig zugleich. Irgendwie hatte er das Gefühl, daß sein Leben einen Tag vor Weihnachten einen neuen Sinn bekommen sollte.

Harald Ost hatte seit Wochen auf neue Anweisungen von oben gewartet. Er hatte gedacht, daß die freie Marktwirtschaft in der DDR die veraltete Technik bald erneuern würde, damit die Betriebe wieder lebensfähig wurden. Die versiegelten Türen waren längst wieder offen. Der neue Minister und Staatssekretär waren nach den Wahlen zur Volkskammer mit einigen westlichen Beratern und großen Ideen erschienen. Ost hatte bereits an mehreren Seminaren teilgenommen und sich seine eigene Vorstellung vom Markt gebildet.

»Wichtig ist«, hatte er abends beim Bier gesagt, »daß man weiß, was die Dinge wert sind, wieviel Arbeit und so drinsteckt. Früher wußte das niemand, jetzt, wo man mit dem Westen vergleichen kann, ist alles zu teuer.« Er hatte sich vorgestellt, daß er trotz seiner 40 Jahre im neuen System eine gute Chance haben würde. Er hatte Ingenieurwissenschaft studiert und war nach einigen Jahren betrieblicher Arbeit zuerst in ein wissenschaftliches Institut der Akademie der Wissenschaften der DDR und danach durch Vermittlung eines SED-Genossen im Ministerium für Wissenschaft und Technik untergekommen. Inzwischen war er längst aus der Partei ausgetreten, mit der er innerlich eigentlich nicht verbunden war. Wenn er auch viele kannte, so hatte er weder in der Partei noch im Beruf politische Freunde gehabt. Nun hatte er seinen braunen Anzug gegen einen blauen ausgetauscht, den er im Westteil in einem großen Herrenbekleidungsgeschäft gekauft hatte. Er hatte sich drei neue Krawatten zugelegt in bunten Farbtönen und sich seine streng gescheitelten leicht gewellten braunen Haare modern kurz schneiden lassen. Er wollte unbedingt sein neues outfit seiner geschiedenen Frau vorführen. Heute langweilte er sich nicht im Büro. Er hatte die Papiere aus der schwarzen Aktentasche dabei; die Tasche hatte er zu Hause in seinem Schrank verstaut. Als er die Papiere vor sich ausbreitete, erfaßte ihn eine kitzlige Erregung, so wie es am Abend war, als er die schwarze Ledertasche gefunden hatte.

Er machte sich auf einem kleinen Block Notizen, die er in der Schreibtischschublade einschloß, als er zu seinem Abteilungsleiter ging. Der Kreis der versammelten Kollegen war klein. Die meisten hatten wegen des Weihnachtsfestes freigenommen. Harald Ost interessierte sich wenig für das, was sich die Kollegen erzählten. Seine Gedanken waren nicht bei Festeinkäufen, Festvorbereitungen, Familiengeschichten. Seine Gedanken waren bei den Papieren. Seine Gedanken trugen ihn fort.

Nach Dienstschluß fuhr er mit dem Auto durch die weihnachtlich aufgeputzte Stadt. Er hatte sich anhand der Papiere eine Route aufgezeichnet. An bestimmten Orten stieg er aus und sah sich um. Er war rund um den Alex spaziert, zweimal Unter den Linden ausgestiegen, ebenso in etlichen Seitenstraßen innerhalb des Zentrums. Dann fuhr er lange durch den Prenzlauer Berg. Auch hier stieg er mehrmals aus. Die Häuser in diesem Stadtbezirk waren in einem elenden Zustand, viele standen schon lange leer. Der Putz bröckelte, die Fensterscheiben waren zum Teil mit Karton geflickt, Balkons aus Sicherheitsgründen abgesperrt worden oder ganz abgerissen. An einigen Häusern wurden Sanierungsarbeiten durchgeführt, daß heißt, man sah Baustellen. Zuletzt führte sein Weg nach Weißensee.

Am Abend, während überall in den Häusern die Kerzen erstrahlten, saß Ost über seine Papiere gebeugt, markierte bestimmte Stellen in den Plänen mit einem roten Stift und rechnete lange. Viel zu lange, weshalb er sich entschloß, sich nach dem Fest einen Taschenrechner zu leisten.

Der erste Arbeitstag im neuen Jahr begann für Sara Müller mit Hektik. Sie saß an ihrem Schreibtisch, als es klopfte. Ein Kollege steckte den Kopf herein: »Darf ich stören?« Er durfte.

»Haben Sie sich die Sachen, die ich Ihnen heute morgen runterschickte, schon angesehn? Ich bräuchte eine Stellungnahme bis zur nächsten Sitzung des Hauptausschusses des Abgeordnetenhauses. Chefsache. Eilt.«

Sara Müller seufzte. »Wann eilt es bei Euch nicht. Und wichtig ist auch immer alles. Ich werde mir die Sache heute noch vornehmen«, sagte sie zu dem Kollegen mit dem blauäugigen Gesichtsausdruck, daß dieser nicht recht wußte, ob sie wirklich meinte, was sie sagte. Sie hatte den Ruf, starrköpfig zu sein, und wenn sie jemanden nicht leiden konnte, bekam er es deutlich zu spüren. Mit 38 hatte sie es als Juristin zur Referatsleiterin für außeruniversitäre Forschung gebracht. Boshaft wurde dies als »Frauenbonus« kommentiert. Als Vorteil für sie stellte sich ihr mädchenhaftes, freundliches Aussehen heraus, denn mit ihrem blonden Bubikopf und ihren klaren blauen Augen wurde sie von einigen Kollegen nicht wirklich als Konkurrentin ernst genommen. Als Flirt war sie wiederum zu still, fast schüchtern.

Sara arbeitete schon seit fünf Jahren in der Senatsverwaltung für Wissenschaft und Forschung, hatte sich von einer typischen juristischen Laufbahn abgewandt, weil sie ihr zu langweilig wurde.

Nach flüchtiger Durchsicht der Akten nahm sie sich vor, diesen »kleinen Fisch« abends mit nach Hause zu nehmen.

Seit der Maueröffnung hatte ihre Arbeit gewaltig zugenommen, war aber auch interessanter geworden. Viele alte Konflikte zwischen der Verwaltung und den Universitäten, Konflikte, die sich in Berlin seit der Studentenbewegung zäh gehalten hatten und auf die Politiker aller Parteien schreckhaft reagierten, waren nun unter den drängenden Ereignissen der deutschen Einheit verbrauchte Zeichen der eingeschlossenen Stadt, die nun ihre Wehleidigkeit und Verwöhntheiten aufgeben mußte.

Sara Müller lebte in der neuen Situation sichtlich auf. Es gab selten eine Gelegenheit, die Routine des täglichen Verwaltungsgeschäftes zu unterbrechen und Neues zu beginnen. Sara sah eine Chance, Raum für sich zu gewinnen. Schon lange kratzten sie die abgezirkelten Dienstwege, die Hühnerleiter des Amtsgeschäftes, auf der so manches abgetreten wurde, und vor allem ermöglichten die Konkurrenz und der Egoismus der Kollegen keine sinnvolle Zusammenarbeit. Im Streit in und zwischen den Ressorts ging jeder Sinn und Zweck der Arbeit verloren.

Harald Ost hatte lange über seinen Fund und über seine Berechnungen nachgedacht und sich schließlich entschieden, den Besitzer der Tasche anzurufen. Er würde ihm seine Mitarbeit anbieten, natürlich gegen gutes Geld. Der Gedanke an Markt und Geld löste ein wohliges warmes Gefühl in ihm aus. Seine Exfrau würde Augen machen.

Er fuhr in den Westteil der Stadt, denn es war immer noch nicht möglich, unkompliziert zwischen Ost und West zu telefonieren. Er hatte keinen Erfolg und wurde auf nachmittags vertröstet.

»Dann aber bestimmt«, wurde ihm ausgerichtet. »Sie können sich darauf verlassen.«

Nach diesem Gespräch fühlte sich Ost seiner Zukunft schon ein bißchen näher. In der Erwartung künftiger Geschäfte genoß er es, sich mit dem Passantenstrom treiben zu lassen, vor den Schaufenstern stehenzubleiben, die Rolltreppen der Kaufhäuser hochzufahren. Es war unglaublich, was es alles gab und so viel, daß man hilflos in der Masse zappelte. Immer wieder verblüfften Ost die unterschiedlichen Preise, auch bei Schuhen, wo er etliche Paare probiert hatte. Er entschied sich für italienische Slipper, die eigentlich eher für das Frühjahr geeignet waren, schwarz mit einer diskreten Lochverzierung auf dem Oberleder. Die Verkäuferin überzeugte ihn freundlich, aber bestimmt. Sie wußte, was gut für ihn war.

Der Ku-Damm war bunt und voll, an den Ampeln schwappten die Menschen in Wellen über die Straßen. Ost fühlte sich in der Menge aufgehoben.

Das Telefonat dauerte nicht lange. Bruno Grund ging sofort auf den Vorschlag Osts ein, sie verabredeten sich für abends sieben Uhr im Roten Rathaus, im Ratskeller.

Harald Ost erschien auf die Minute pünktlich. Die Garderobe war fast leer. Kein Zwang mehr, seinen Mantel abzugeben; keine Empfangsdame mehr, von deren Gunst der mögliche Einlaß als Gast abhängig war: ein Stück gewonnene Freiheit.

Er hatte schon zwei Bier getrunken, als Bruno Grund endlich erschien. Sportlich, solariumgebräunt, unklare Gesichtszüge, die aber verrieten, daß Grund wußte, was er wollte. Dunkelgrauer Anzug, buntes Seidenhemd, neueste Männermode.

»Tut mir leid. Wichtiger Termin. Alle wollen etwas von mir. Mir fehlt die Zeit.« Er stöhnte ausgiebig, wobei er mit einem Blick versuchte, sein Gegenüber einzuschätzen: ein Freund, ein Feind, ein Partner? Ost machte auf ihn nicht den Eindruck eines Professionellen, eines erfolgreichen Mannes.

»Professional« war für Bruno Grund das Zauberwort. Damit konnte er die Ossis einschätzen, ihren Marktwert taxieren. Seit er in seiner neuen Funktion als Berater der Treuhand zur Privatisierung des ehemaligen Staatsvermögens tätig war, geriet er regelmäßig in Fahrt, wenn es um die Einschätzung der Fähigkeiten und Schwächen der Ossis ging. »Keine persönliche Entscheidungskompetenz, keine Koordinierung, alles informell, unzuverlässig, naiv, freizeitorientiert, sitzen in ihrer Laube und warten, daß alles geregelt wird, andere für sie handeln«, hörte man ihn sagen. Er war bisher als Rechtsanwalt tätig. War Fachmann für Eigentumsfragen – Grund und Boden. Jetzt war er mit 50 Jahren im Durchbruch, hatte große Geschäfte zu managen, die viel persönlichen Einsatz und Diplomatie verlangten.

»Ich kaufe Ihnen die Tasche mit Inhalt ab«, sagte Bruno Grund unvermittelt. »Was ist Ihr Preis?« Er wechselte den Gesichtsausdruck von schlaff desinteressiert zu hart kalkulierend.

Harald Ost fühlte sich von der Schnelligkeit des anderen, überfahren. Er konnte noch keine konkrete Summe nennen.

»Ich will nicht nur Geld, ich will Zukunft, Beteiligung«, sagte er und wunderte sich selbst über seinen Mut.

Der andere war überrascht, kniff die Augen zusammen, leckte sich ausgiebig die Lippen, bevor er antwortete.

»O.k.«, sagte er, »Sie bekommen fünfzigtausend, und ich werde mich um das andere kümmern. Schicken Sie mir Ihre persönlichen Unterlagen.« Er war entschlossen, nicht zu viel zu geben, aber auch nichts zu verlieren.

In der Senatsverwaltung herrschte große Aufregung. Senatorin und Staatssekretär waren permanent unterwegs. Seit der Einheit der Stadt mußten auch die wissenschaftlichen Einrichtungen im Ostteil verwaltet werden. Dies ließ sich zuerst recht gut an. Die ehemalige Senatorin hatte die meisten wissenschaftlichen Institutionen im Ostteil Berlins bereits vor dem 3. Oktober besucht. Bei jeder Fahrt in den Ostteil der Stadt konnte man den Zusammenbruch des Systems der DDR und die Phasen des Übergangs zur deutschen Einheit erleben. Zuerst war die Grenze nur mit Passierschein durchfahrbar, selbstverständlich nicht auf der CD-Spur, wegen der Nichtanerkennung der DDR durch die Bundesrepublik. Die Senatorin wurde an der Grenze vom Protokoll des Ministeriums und der Ständigen Vertretung der Bundesregierung abgeholt und zur jeweiligen Einrichtung geleitet. Die Posten waren informiert. Dann konnte man mit Ausweis passieren, wurde vom Protokoll abgeholt. Später wurde der Dienstwagen vorbei an den wartenden Autoschlangen durchgewinkt, Protokoll und Ständige Vertretung fehlten. Dann fuhren alle Autos durch, keine Sonderbehandlung mehr für den Dienstwagen. Kein Protokoll. Bei den ersten Gesprächen mit den zuständigen DDR-Behörden war noch ein Herr oder eine Dame der Senatskanzlei anwesend, das war so üblich, ebenso wurden Hinweise und Empfehlungen für solche Gespräche gegeben; so sollte auf keinen Fall geduldet werden, daß staatliche Symbole der DDR, wie Fahnen und dergleichen, auf dem Verhandlungstisch postiert wurden. Die westliche Senatskanzlei kaute noch lange auf ihren ehernen Grundsätzen zum Umgang mit dem sozialistischen Feind herum. Als längst alles einfach hin und her ging, mußten amtliche Gespräche im Osten angemeldet werden, mußten noch Protokolle verfaßt werden. Vereinbarungen mit den damaligen Ministern für Wissenschaft und Technik sowie Bildung und Wissenschaft wurden auch ohne diese Formalitäten getroffen. Man hatte sich ein Bild gemacht.

Wissenschaft und Forschung waren in der DDR nicht nur total abhängig von der politischen Führung der SED, sondern wie eine Insel in der internationalen Gemeinschaft abgekapselt. Wissenschaft stand im Dienst des Sozialismus, bot aber auch vielen eine ruhige Beschäftigung. Überall waren im Vergleich zum Ausland zu viele Menschen beschäftigt, die jetzt um ihre Zukunft fürchteten. Qualifizierte Wissenschaftler waren im SED-Staat häufig an ihrer Karriere gehindert worden, während umgekehrt über Partei und Gewerkschaften der Zugang zu Kaderfunktionen und Professorenämtern geregelt wurde.

Wissenschaftler aus der DDR besuchten nun in Scharen Westeinrichtungen und tauchten unangemeldet in der Verwaltung auf, um Auskünfte zu erhalten. Darauf war aber die Bürokratie nicht eingestellt. »Die kommen einfach an und wollen Zeugnisse anerkannt haben, Informationen direkt abholen oder ihre Chancen im Westen checken«, lamentierten die Beamten. Die Berliner Bürokratie wurde aus ihrem Dornröschenschlaf gerissen. Eingefahrene Abwehrstrategien gegenüber einem wenig selbstbewußten Publikum verloren ihre Wirkung, und als aus den ehemaligen Ministerien der DDR wissenschaftliches Personal übernommen werden mußte, herrschte Aufregung wegen möglicher Konkurrenz.

Diejenigen, die zuvor die Überbelastung beklagten und deswegen politische Aktionen gegen die Leitung initiierten, um für sich selbst etwas zu gewinnen, grenzten sich nun am stärksten gegen neues Personal ab, genügten sich selbst. Doch die anfängliche Euphorie der Menschen, daß die Mauer gefallen war und sich in der geteilten Stadt normales Großstadtleben breitmachen konnte, hielt nur kurz an. Bald kam die Ernüchterung, wie nach einer durchzechten Nacht, in der man alle umarmt und ausgehalten hatte. Nun, da aber am nächsten Morgen ein Fremder mit am Tisch saß, war die Freundschaft am Ende. Die Realität war hart. Sara fühlte eine gewisse Schadenfreude, als sie die Kollegen beobachtete. Schon lange war die Größe und Unübersichtlichkeit der Berliner Verwaltungen politisches Thema. Doch die Politiker wagten trotz zahlreicher Expertenberichte und Empfehlungen keine Reform, seit sie die Erfahrung machen mußten, daß eine aufgebrachte Verwaltung, unterstützt durch die Berufsverbände, eine Regierung zum Wackeln bringen konnte. Seit der Einheit wurde dieses Feuer angefacht unter dem Vorwand, das große Land Berlin müsse die Bezirke reformieren, das Parlament kleiner schneidern und seine Verwaltungen auf das Niveau der westdeutschen Länder zurechtstutzen. Bei einigen Beamten löste diese Forderung Aufstiegserwartungen aus, andere verfielen in satten Tiefschlaf. Die angekündigte drastische Sparwelle wurde zuerst auf die Bezirke und die externen Dienstleistungen wie Schulen, Krankenhäuser, Universitäten, Kindergärten abgewälzt, während der innere Verwaltungsapparat durch Definition neuer Aufgaben und Zuständigkeiten sogar wuchs.

Sara Müller sah ihre Chance, sie hatte einen interessanten »Fall« entdeckt, der sie voll in Anspruch nahm. Der »kleine Fisch« erwies sich als »Raubfisch«. Bereits dreimal hatte sie die Unterlagen durchgelesen, scharrte aufgeregt mit den Füßen unterm Tisch. Sie rief ihren Kollegen an, der auf ihren Kommentar wartete. »Dringend Termin mit Leitung, Senatsbauverwaltung, Finanzverwaltung, Treuhand, Fälschung, Manipulation!« Die Worte kamen wie Pistolenschüsse.

Sie verschwieg, daß sie längst entschlossen war, die Sache selbst in die Hand zu nehmen, herauszufinden, wer hinter diesen Grundstücksgeschäften steckte. Sie entschloß sich, einen Beamten der Polizei anzurufen, den sie noch aus ihrer früheren Tätigkeit kannte.

Sie erreichte Martin Böck abends zu Hause und verabredete sich.

»Ich will jemanden observieren lassen«, stieß sie hervor, sie wurde rot. Martin Böck, der ihr gegenüber saß, musterte sie freundlich erstaunt.

»Amtshilfe?«

Sie lächelte verlegen. Sie mochte, wie er sie ansah. Großer weicher Mund, neugierige blaugraue Augen, blonde Haare, die an den Schläfen ins Grau übergingen. Seine schmale Figur ließ nicht auf seinen Beruf schließen. Er hatte es als Polizeibeamter nicht sehr weit gebracht, was bei der seit Jahren vor sich hinkrieselnden Innenverwaltung, die unter jeder Regierung an Parteienproporz kränkelte, keine Schande war. Er liebte seinen Beruf. Das wußte Sara, deshalb wandte sie sich mit ihrer Bitte auch an ihn.

»Nicht offiziell, dazu habe ich keine Befugnis.« Sie dachte an ihre Kollegen und drehte langsam Spaghetti a la donna anna um die Gabel. »Aber der Fall interessiert mich persönlich. Ich würde mich auch auf ungewöhnliche Wege einlassen. Doch dazu brauche ich Ihren Rat.«

»Wie stellen Sie sich das vor, liebe Kollegin Müller. Das schlagen Sie sich aus dem Kopf«, antwortete er reserviert. Doch später, nach dem Essen und einer weiteren Flasche Wein wurde er gesprächiger und duzte sie.

»Du mußt es selbst tun, ich zeige dir, wie.«

Sie dachte an die Kriminalromane, die sie gelesen hatte. Ihr geschiedener Mann hatte sie zurückgelassen. Das gehörte zu dem wenigen, was von der dreijährigen Ehe übriggeblieben war.

Sie überlegte, wie sie diesen Außendienst begründen sollte.

Er überschüttete sie mit klugen Ratschlägen, meinte es gut mit ihr. Der Wein war ihr zu Kopf gestiegen, färbte ihre Wangen röter und regte ihre Phantasie an.

Fünf Männer saßen um einen runden Tisch, der mit Papieren übersät war. Ein Projekt wurde geplant. Sie kannten sich alle vom Institut und hatten dann im ehemaligen Ministerium für Wissenschaft und Technik der DDR gearbeitet. Die Rede war von einem Kongreßzentrum, das, hübsch gelegen an einem der Brandenburger Seen, die Mühe der gemeinsamen Arbeit lohnte.

»Ich habe einen kaufkräftigen Interessenten, der will aber eine schnelle Entscheidung«, informierte Harald Ost. »Eile ist also geboten, zu klären ist, was aus dem Personal wird.«

»Das Personal muß übernommen werden, das ist die Bedingung.«

»Alle?« fragte Harald Ost, »auch die von der Stasi?«

»Das ist nicht unsere Angelegenheit.«

Summen wurden nun genannt. Den Männern lief das Wasser im Munde zusammen, die Einheit würde sich für sie lohnen.

»Wir sind nur die Vermittler, wir verkaufen das Nutzungsrecht, das wir noch vor der Einheit bekommen haben.«

Gut gelaunt ging die Gruppe der Fünf auseinander.

Den ganzen Tag über hatte Bruno Grund sich mit wichtigen Leuten getroffen, um »seine Sache« weiterzubringen. Im Osten der Stadt lief nichts. Sein Kontaktmann in der Senatsbauverwaltung hatte ihm den Tip gegeben, mit welchen Politikern er sprechen sollte.

Vorzimmer, Termine, blasse Gespräche, Probleme wurden genannt, gesetzliche und finanzielle, kein Personal, Hilfe aus Bonn müsse her. Eine Entscheidung des Senats stand aus. Die ungeklärten Eigentumsverhältnisse im Ostteil der Stadt verhinderten die jetzt nötigen Investitionen. Daher seien Phantasie und Entschlußkraft gefragt. Seine Gruppe von Investoren sei dazu bereit. Und er auch. Um dies zu bekräftigen, erhob sich Bruno Grund, lief einige Schritte hin und her, um sich dann mit einem gewichtigen Plumps wieder in den Sessel fallen zu lassen.

Melitta Grund sah ihrem Mann die Tatkraft und Entschlossenheit zu allem an. Seit sie ihre eigenen Wege ging, durchschaute sie ihn immer mehr. Das Bild, das sie sich früher von ihm gemacht hatte, war zerplatzt wie eine Seifenblase. Sie waren inzwischen ins Eßzimmer übergewechselt. Während er sich wegen der Berliner

Politik, des Senats, des Abgeordnetenhauses und deren Unfähigkeit und Schlafmützigkeit ereiferte, reichte er ihr das Brot. Sie stocherte in ihren Tortellini und genoß es, wie der Haß langsam von ihr Besitz ergriff.

»Du interessierst dich nicht für meine Geschäfte, solltest du aber bei deinem Lebensstil.« Er tastete nach ihrer grünen Seidenbluse und sah anerkennend auf ihre langen Beine, die in einer gleichfarbigen Hose steckten.

»Ich fahre weg«, sagte sie.

»Alleine?«

»Muß ich antworten, wir haben doch vereinbart...«

»Ja, wir sind offen und frei«, fügte er schräg grinsend hinzu, »bis auf deine Eifersuchtsszene vom letzten Mal.«

Er ließ sich gern mit ihr sehen. Mit ihren roten Haaren zog sie die Blicke anderer an, was sie genoß.

»Wie ist es mit ihm?«

»Genauso langweilig wie mit dir.«

Sie dachte an Fritz, den sie anfangs geliebt hatte mit einer Erregung, die sie schon lange nicht mehr gespürt hatte. Und jetzt?

Vor dem Schöneberger Rathaus standen aufgereiht die schwarzen Wagen der Senatoren/innen und Staatssekretäre/innen. Auf dem Platz vor dem Rathaus wurde der wöchentliche Markt hektisch abgebaut. Noch konnte man am Imbißwagen Bockwurst oder die geliebte Currywurst essen. Die Politprominenz wurde bevorzugt bedient. Die Männer wurden immer identifiziert. »Sie sind doch Herr...«.

Zur Zeit des rot-grünen Senats waren die acht Senatorinnen leicht verwechselt worden. Die Sensation war perfekt gewesen. Die Kameras blitzten, als der Regierende Bürgermeister »seine Frauen« vorstellte. Die Politik würde sich ändern, von Frauenhand gemacht. Große Erwartungen, weitherzige Forderungen, herbe Enttäuschung der Berliner Szene, die nicht leicht zufriedenzustellen ist. Besser man lebt in Opposition, fühlt sich heimisch im Kiez, in der Kneipe, im Zirkel, auf keinen Fall gehört man dazu, kann sich ausmeckern. Das System, die Parteien, die Politik, alle sind gleich, korrupt, unfähig, gefräßig.

Aus mit rot-grün. Alle haben es gewußt. Normalität kehrte ein. Keine Currywurst während der Senatssitzung.

Berlin boomt, Berlin boomt nicht. Investitionen sind gehemmt. Privateigentum bremst alles. Berlin wird Regierungssitz, Berlin boomt doch. Die große Koalition wird alles anpacken. Sie ist der Garant für eine starke Politik.

Im Senatssitzungssaal herrscht Unruhe. »Solide Investoren stehen Schlange, wollen bauen, kaufen, handeln. Die unsichere Eigentumslage, wem gehört was, mit welchem Recht, Rückgabe vor Entschädigung oder umgekehrt, muß endlich entschieden werden«, sprachen alle durcheinander. Die gelassene Ruhe des Senatssitzungssaals war gestört. Die schweren Tische, mit grünem Leder bezogene Schreibflächen, dunkelgrüne Lederstühle mit hohen Lehnen, für kleine Frauen nicht geeignete Sitzhöhe und -fläche, herausragend der des Regierenden Bürgermeisters an der Spitze der kreisförmigen Anordnung. Das alles strömte eine angemessene Gewichtigkeit aus, der die Senatoren gerecht werden wollten. Ein übergroßes Wandgemälde, auf dem sich die frühere CDU-Regierung ein Andenken hinterlassen hatte, der Bürgermeister mit seinen Mannen, in einer parkähnlichen Umgebung am Gropiusbau und ehemaligen preußischen Landtag, abgebildet, auch die damalige Opposition wurde in angemessener Entfernung verewigt, stellte die Bedeutung der hier gefällten Entscheidungen heraus. Die rot-grüne Regierung hatte versäumt, sich in das Wandbild hineinporträtieren zu lassen. Nun bleibt sie geschichtslos. Gewitzelt wurde darüber öfter.

Als man dann auch im Roten Rathaus im Ostteil der Stadt tagte, aus der die Sozialdemokraten ehemals ausgezogen waren, verlor der Ort in Schöneberg, wo man ohnehin nur zu Gast war, seine Bedeutung als Symbol der Freiheit. Nur die Freiheitsglocke blieb für die Touristen übrig. Die erste Sitzung von Senat und Magistrat im Roten Rathaus, in der die deutsche Einheit in Berlin zelebriert wurde, war ein freundliches Spektakel. Nun waren alle Parteien in der Regierung versammelt. Rot-grün im Westen, rotschwarz im Osten. Es wurde eine große Tischrunde gebildet, jeder Westler saß neben dem passenden Ressortchef/in im Osten. Jeder hatte ein Kärtchen mit seinem Namen vor sich stehen, das einige zum Andenken mit nach Hause nahmen. Man stieß mit Sekt auf dieses Ereignis an. Diese aufgeregte Zeit, in der sich Politik machen ließ wie eine frisch geknetete Keramikmasse, aus der man mit eigenen Händen Batzen und Figuren formen konnte, die manchmal gelangen, war der einer Normalität gewichen, in der Politik wieder Macht war.

Die Sitzung war zu Ende. Das Problem gelöst, man würde Bruno Grund als Berater für Eigentumsfragen hinzuziehen.

Heute hatta Sara Müller Schwierigkeiten, sich der Flut von Besprechungen und Terminen zu entziehen. Seit ihr Abteilungsleiter von der Spitze des Hauses gerügt worden war, weil er nicht ausreichend über wichtige Vorgänge der jeweiligen Referate informiert war, jagte ein Koordinierungsgespräch das andere, ohne daß etwas dabei herauskam. Entweder ließen ihn die Kollegen auflaufen, indem sie absichtlich Informationen vorenthielten, oder es wurde unendlich gequatscht, ohne zu Entscheidungen zu kommen. Jeder versuchte, seine Ansicht durchzudrücken, alte persönliche Feindschaften wurden ausgespielt, so daß Vorlagen zum selben Sachverhalt mit gegensätzlichen Konzepten die Leitung erreichten und von dort mit zornigen Kommentaren zurückkamen.

Und trotzdem mußte Sara versuchen, an ihrem »Fall« dranzubleiben. Es gab einen weiteren Mann, der ihr bei der Aufklärung helfen könnte: Fritz Fischer. Er galt als *der* Fachmann für Grundstücksfragen, kannte Investoren und deren Hintermänner. Alles geschäftstüchtige Macher; Politiker ebenso wie Leute, die das große Geld machen wollten. Fischer kannte jede Bauruine und konnte jeden Bauskandal voraussehen, sagte man.

Sara rief ihn unter einem Vorwand aus der Verwaltung an: »Ich habe Ihren Namen in zwei Grundstücksangelegenheiten erwähnt gefunden. Ich würde gern mit Ihnen sprechen. Als Termin ...«

Ehe sie zu Ende gesprochen hatte, mit dem Finger im Terminkalender, schlug er für den nächsten Tag ein Treffen zum Mittagessen bei einem Italiener vor.

Sie traf überpünktlich ein, weil sie vor Fischer da sein wollte. Sie bestellte in aller Ruhe Spaghetti carbonara und trank trotz drohender Schläfrigkeit ein Glas Chianti.

Die Spaghetti waren ausgezeichnet. Kein Vergleich zu ihren Spaghetti: die mit Zwiebeln, Peperoni und Knoblauch in reichlich Olivenöl, Schinkenreste und Speck dazu, dann Sahne einkochen oder, wenn es schnell gehen muß, mit Crème fraîche.

Während sie noch ihre Kochkünste mit der der Küche des Hauses verglich, erschien Fritz Fischer: strahlend, braungebrannt, braunäugig, mit einem leichten modischen Anzug bekleidet.

»Ich lade Sie selbstverständlich ein«, dabei schaute er geringschätzig auf ihre Leibspeise, bestellte Carpaccio, dann Scampi, teuren Weißwein. Er zeigte ihr, was es bedeutet, ein Gourmet zu sein.

»Sie kennen Bruno Grund«, fiel sie mit der Tür ins Haus.

»Ja«, er sah sie erstaunt an, »was hat dies mit Ihren Akten zu tun, wissen Sie etwas Konkretes ...?« Er stockte.

»Ja«, sagte sie schnell, ohne zu wissen, wie das Gespräch weitergehen sollte. Es funktionierte, ihr Bluff war perfekt. Sie fühlte sich großartig.

»Alle Geschäfte des Herrn sind in den Sand gesetzt, darauf können Sie wetten. Er ist k.o.«, lachte er breit.

»Wünschen Sie eine Nachspeise, Kaffee?« Er versuchte, etwas Zeit zu gewinnen, um herauszufinden, was sie wußte.

»Die Unterlagen über die Eigentumsverhältnisse zentraler Grundstücke sind vermutlich nicht echt.«

»Gefälscht?« fragte sie hastig.

»Das müssen Sie schon selbst herausfinden«, lachte er und schnalzte mit den Fingern nach dem Ober, um zu bezahlen.

»Ich bin leider noch verabredet, darf ich Sie aber für morgen zu einer kleinen Party einladen, interessante Leute, könnten nützlich für Sie sein, und Sie können versuchen, mich noch ein wenig auszufragen.« Er grinste wieder, legte seine Visitenkarte auf den Tisch und eilte davon.

Melitta Grund lag rauchend auf dem Bett, feilte an ihren Plänen. Fritz war bereits gegangen, immer in Eile. »Ihr schöner Mann«, wie ihre Freundin Mona ihn nannte und den sie von der übrigen »Trockenbeeerenauslese« unterschied, ein Wort, das sie widersinnig und hintersinnig gebrauchte. Schon während ihres gemeinsamen Studiums hatten beide ihre Kommilitonen gemustert und danach eintaxiert. Und später alle Männer, die ihnen begegneten.

»Dein Mann sitzt in der Klemme«, hatte Fritz ihr, noch bevor er ging, gesagt, »er hat sich übernommen.«

Sie verstand sofort. Wie ähnlich sie sich sind, dachte sie. Bruno war immer gierig gewesen, auf sie, auf andere Frauen, auf Geld und alles, was man damit kaufen konnte. Sie hatte ihn nur einmal schwach erlebt, als er mit einem großen Geschäft auf die Nase fiel. Doch seine politischen Freunde klärten für ihn die AngelegenheitAls er wieder stark war, brauchte er sie nicht mehr. Sein Bild tauchte vor ihr auf: Er stand mit Geschäftsfreunden im Garten, weit genug vom Haus entfernt, daß sie niemand hören konnte. Sie hielten Gläser in der Hand, Zigarren rauchend. In der Gegend, in der sie wohnten, konnte man derartige Männerbilder häufig betrachten, Gruppen dunkler Anzüge, weiße Kragen, Bedienstete mit Tabletts durch weite gepflegte Gartenanlagen eilend. Bei einer dieser schrecklich langweiligen Sommerabendpartys, die Bruno zur Imagepflege veranstaltete, hatten Fritz und sie sich, hinter einem Busch verborgen, heftig umarmt. Er hatte ihre roten Haare zärtlich gestreichelt und sie dann ungeduldig bedrängt. Sie warfen einen unruhigen Schatten auf gründunklen Grund.

Harald Ost saß in seinem Wohnzimmer, im Sessel zurückgelehnt, die Beine langgestreckt, und blickte sich um. Alles müßte modernisiert werden. Und er spielte in Gedanken mal wieder durch, wie er das Geld anlegen würde. Zuerst würde er das Haus und dann die Inneneinrichtung dem westlichen Standard anpassen. Er würde die stereotypen »sozialistischen Einheitsmöbel« durch moderne Möbel ersetzen. Er würde Blumen pflanzen dort, wo seine Frau ihr Gärtchen hatte. Endlich konnte man alles kaufen, was sie sich beide gewünscht hatten. Jetzt lag alles vor ihm ausgebreitet: farbig, leuchtend, glitzernd. Er brauchte nur zuzupacken. Und sie brauchte nur zu ihm zurückkommen. Er nahm sich vor, sie zu besuchen, sobald er alles unter Dach und Fach hatte. Der Vertrag über das Kongreßzentrum war vorbereitet, die Eigentumsübertragung perfekt. Die Gesellschafter konnten loslegen. Die Wende hatte ihn erfaßt.

Pfeifend machte er sich gegen Abend auf den Weg, um seinen Freund Heini zu treffen. Heini arbeitete bei der Treuhand und hatte für ihn einen kleinen Auftrag erfüllt.

Er holte Heini am Alex ab. Bei einem Glas Bier berichtete Heini über das Ergebnis seiner Nachforschungen. Er berief sich auf seine Spürnase, denn er hatte gleich gedacht, da ist was faul. Also »Invest« entpuppte sich als eine jener Scheinfirmen, die Schalck im Auftrag des Politbüros der SED gegründet hatte, um Devisengeschäfte und Geschäfte mit Fleisch, Wurst, Kunstgegenständen und so weiter abzuwickeln. Nachdem diese florierende Periode vorbei war, die Geschäftsführer sich aus dem Staub gemacht hatten, diente die Firma kurze Zeit für fingierte Rubelgeschäfte: Rubel gegen Deutsche Mark, subventioniert. Jetzt lagerte die Firma im großen Aktenschrank der sogenannten Vereinigungskriminalität.

»Und jetzt hör zu«, Heini schnalzte genüßlich mit der Zunge, »dein Bruno ist Mitinhaber der Firma gewesen. Ich sage gewesen.«

Der letzte Satz traf Harald Ost hart. Er war wieder mal beschissen worden. Bruno Grund war ein Lügner und Betrüger. Er hatte ihm einen Posten in einer Scheinfirma angeboten, einer Firma, der er selbst nicht mehr angehörte. Sein Magen krampfte sich zusammen. Seine Schultern fielen nach vorn. Er fühlte alles vergangene und künftige Elend in sich, wie damals, als »man ihm entdeckte«, daß seine Frau ein Verhältnis mit einem anderen hatte. Und dieser andere war ein »Feind der Republik«. Damals hatte er schnell die Scheidung beantragt. Er versuchte, diese Gedanken an die Vergangenheit zu verdrängen. Er mußte jetzt schnell handeln. Er reckte den Kopf: Er würde handeln. Eilig verließ er seinen Freund.

Auf dem Schreibtisch von Sara Müller häuften sich die unerledigten Akten. Sie würdigte diese keines Blicks. Sie hatte Wichtigeres zu tun. Ein kleiner Notizblock lag vor ihr, eine Liste von Namen, hinter einigen standen Telefonnummern, andere waren mit einem Sternchen oder einem Fragezeichen verziert. Martin Böck hatte angerufen, sie gefragt, ob sie weiterkäme, seine Hilfe angeboten, zur Vorsicht gemahnt. Sie lachte und zerstreute seine Bedenken und versprach, ihn zu treffen. Zuerst aber dachte sie an etwas anderes. Sollte sie Fischers Einladung zur Party folgen? Sie eilte nach Hause, nahm ein Entspannungsbad, cremte und parfümierte sich, machte ihren Mund noch röter, legte auf die Augenlieder ein silbrig glänzendes Grün. Sie wählte die schmale schwarze Seidenhose, darüber die grellgrüne Seidenbluse, tailliert, schwarze flache Slipper.

»Wer sind Sie«, fragte sie sich, als sie nochmals in den Spiegel schaute, und antwortete: »Ich bin Sara, die Tochter von Adam Müller.« Sie lächelte liebevoll beim Gedanken an ihren Vater.

Es war keine gute Idee, sagte sich Sara nervös auf das Lenkrad trommelnd, mit dem Auto in die Mommsenstaße zu fahren. Der Ku-Damm war dicht. Seit der rot-grüne Senat dort eine Busspur eingerichtet hatte, waren die Autofahrer sauer. Sie mogelte ein bißchen und fuhr schon eine Straße eher rechts auf die Busspur, bevor die Abbiege markiert war.

Die Busspur hatte die Berliner erregt. Anliegende Geschäftsleute fürchteten ihren Bankrott. Autofans sahen sich um ihre Freiheit betrogen, Radfans wiederum triumphierten, wenn sie, gelassen in die Pedale tretend, vor dem Bus fuhren. Jeder hatte seine Meinung zu diesem Thema vorzutragen, Taxifahrer, Rollstuhlfahrer, Seniorenverbände, Sportvereine. Noch heißer ging es her, wenn in Berlin über Tempo 30 diskutiert wurde. Da flogen die Argumente nur so hin und her, vom Taxifahrer zu besorgten Eltern, von Motorradfans zu den Fundamentalisten einer verkehrsberuhigten Innenstadt. In schwarzes Leder gekleidete Motorradfahrer hatten eine Demonstration gegen Tempo 100 auf der Avus organisiert mit Unterstützung der Opposition. Im Schöneberger Rathaus wurde eine abschließende Versammlung der Jungs in Leder, darunter einige Abgeordnete der CDU in grauen Anzügen, abgehalten. Sie standen breitbeinig da, schwarze Lederhose, Knie geschützt, Nieren geschützt, schwere Lederstiefel, schwarze Lederjacken, schwarze Handschuhe unter den Arm geklemmt, Motorradhelm in der Hand. Sie sahen aus wie für eine Filmszene bestellt: männlich, ein Hauch von Highway und Wüste im Rathaus. Es wurde laut durcheinandergeschrien und derbe Worte wurden gegen den rot-grünen Senat gefunden. Einer von ihnen, ein mittelgroßer stämmiger Mann, bei genauerem Hinsehen sah man, daß er in die Fünfziger ging, graue Haarsträhnen, kannte sich gut aus, wußte, wo der Gegner saß. Mit kräftiger Stimme trug er die Forderungen der Fans vor, es wurde lange Beifall geklatscht, soweit die Hände frei waren, oder Zustimmung durch lautes Rufen signalisiert. Die Avus avancierte kurzfristig zum neuen Freiheitssymbol Berlins. Nach der Einheit verlor dieser Streit sein Gewicht, wenn es auch im Wahlkampf noch Unbelehrbare gab, die glaubten, die Politik sei schuld am Verkehrschaos in der Stadt und daß es keine Parkplätze gab.

Sara hatte wenigstens damit Glück. Sie parkte knapp an der Ecke Mommsen-/Niebuhrstraße, und kein Polizist war zu sehen.

Sie betrat ein gepflegtes bürgerliches Wohnhaus mit breitem Treppenaufgang, altem Fahrstuhl hinter Metallgittern. Roter Teppich auf den Treppen.

Am Eingang der Wohnung lehnte ein junger Mann, das schwarze lange Haar zu einem Pferdeschwanz gebunden. Er begrüßte sie stürmisch. Sie drängelte an ihm vorbei. Die Party war in vollem Gang. Sara durchstreifte mehrere große Zimmer der luxuriösen Altbauwohnung mit hohen Decken und Fenstern, gepflegtem Parkettboden, modernen großen Bildern an den weißen Wänden.

Im hintersten Zimmer der Flucht entdeckte sie den Gastgeber. Er befand sich in reger Unterhaltung mit einem älteren weißhaarigen Mann, an dessen Seite eine kleine rundliche Frau stand mit auffallend rotem Pagenkopf, die, wie sich später herausstellte, eine bekannte Journalistin einer Berliner Zeitung war.

»Vorsicht vor ihrer spitzen Feder«, flüsterte ihr Fritz Fischer ins Ohr, als er sie wie eine Altbekannte mit Küßchen begrüßte. Er nahm sie sofort in Beschlag, führte sie durch die Wohnung, stellte sie Leuten vor, deren Namen sie vergaß. Sie kamen kurz ins Gespräch mit einem langen dünnen Schauspieler. »Er spielt wunderbar den Geizigen in der Volksbühne am Rosa-Luxemburg-Platz. Die Inszenierung müssen Sie sich unbedingt ansehen.« Er deutete mit dem Finger auf wichtige Männer: Politiker, Geschäftsleute. Sara waren die meisten fremd, sie erkannte einen CDU-Politiker und einen Fernsehmacher, der, weil er klein ist, beim Interview auf einem Schemel steht, um seine Gäste zu überragen. Das hatte die Senatorin erzählt. Fischer sah Sara bedeutungsvoll an und schleppte sie zuletzt in ein Zimmer am Ende des langen Ganges. Er schloß die Tür.

Es war sein Arbeitszimmer. Braunes Ledersofa, Ledersessel, Schreibtisch aus Chrom und Glas, kleine bunte Landschaftsbilder an den Wänden. Er drückte sie in einen Sessel, goß ihr ein Glas Cognac ein, blickte ihr forschend in die Augen.

»Was wissen Sie inzwischen über Bruno Grund?« fragte er unvermittelt.

»Er ist ein Betrüger«, antwortete sie ehrlich, worüber sie selbst erstaunt war, und bereute es sofort, als sie ihm ins Gesicht sah. Er sah sie erwartungsvoll an.

»Und?«

»Nichts und«, antwortete sie vorsichtiger, wollte sich erheben.

Doch er war hinter sie getreten, beugte sich über sie. Sie blickte zu ihm auf, sah in dunkle, weiche Augen. Hastig stand sie auf, wollte das Zimmer verlassen, wandte sich noch einmal zu ihm um. Es schien ihr eine Ewigkeit, bis er sie in die Arme nahm. Sie hatte aufgehört, ihre Neugier zu bekämpfen.

Dafür hatte sie am nächsten Tag ein schlechtes Gewissen und

dachte über die tiefere Bedeutung des Satzes »mit dem Feind schlafen« nach, den sie in einer feministischen Zeitschrift gelesen hatte.

Der Detektiv im Krimi ist immer ein Frauenheld.

Der Humboldt-Saal in der Urania war dicht besetzt. Erwartungsvolle Stille, als die Männer auf dem Podium Platz nahmen. Gekommen waren die Senatoren »Bauen/Wohnen« und »Stadtentwicklung/Umweltschutz«, jeweils ein Vertreter der Haus- und Grundbesitzer und des Mieterschutzvereins sowie ein Planer und ein Architekt. Von jedem Podiumsteilnehmer wurden kurze nichtssagende Statements zum Thema Stadtplanung in Berlin abgegeben, bevor sich das Publikum an der Diskussion beteiligen durfte. Einige waren gekommen, um mal richtig ihre Meinung über die Politik loszuwerden. Dem Bausenator, einem jungenhaft aussehenden kleinen Mann, wurde vorgeworfen, er würde die Wohnungsnot herunterspielen und nur über das Bauen reden. Der Bausenator wiederum antwortete erst freundlich. Dann wurde er schärfer. Er sagte, daß jeder für Wohnungsbau sei, aber ja nicht in seinem Bezirk und nicht vor seiner Türe, zudem seien die Bezirksämter die großen Bauverhinderer, was einen Bezirkspolitiker im Publikum veranlaßte, den Bausenator erregt als Lügner zu beschimpfen. Dieser konterte mit Zahlenbeispielen über Sanierung von Altbauten und Investitionen in Neubau, die vom Publikum gelassen entgegengenommen wurden. Taten, nicht Programme wollte man sehen. Dem Senator für Stadtentwicklung und Umweltschutz wurde von einer jungen Frau vorgeworfen, er wolle aus Berlin ein Manhattan machen, sie aber sei für mehr Grün und nicht für grauen Beton. Der hübsche blonde Senator versprach, alles für ein grünes Berlin zu tun. »Aber nicht am Potsdamer Platz«, rief ein junger Mann, »da wird von internationalen Konzernen alles zugebaut, anstelle einer grünen Stadtmitte entstehen dort Wolkenkratzer.«

Die grüne Stadtmitte war die Lieblingsidee der alternativen Senatorin gewesen, der Potsdamer Platz als Birkenwäldchen.

»Die wollen im Zentrum wohnen, im KaDeWe einkaufen und vor dem Haus ein grünes Gärtchen haben«, kommentierte ein Zuhörer bissig. Das Stichwort war gegeben. Die Wortmeldungen wollten kein Ende nehmen. Viele Redner lasen vorbereitetes vom Papier ab. Am Ende sprachen alle Podiumsgesprächsteilnehmer noch ein Schlußwort, woraus sich nichts Neues ergab.

Die Besucher drängten aus dem Saal. Einige standen kurz noch zusammen. Man hörte Kommentare über teure Mieten, unfähige Politiker, die nur reden, nicht handeln. »Die Großen werden bedient, die Kleinen sollen zahlen«, sagte ein Mann erbost im lauten Streit mit einem anderen. Es bildete sich eine Gruppe um die beiden Streithähne. Diese löste sich aber schnell auf, als ein kräftiger mittelgroßer Mann die Lust am Streiten plötzlich verlor und an allen vorbei hinausdrängelte.

Als eine Reinigungskraft später die leeren Flaschen und Gläser vom Podiumstisch abräumte, sah sie in den hinteren Reihen des Saales eine schwarze Aktentasche auf dem Boden liegen. Sie war leer. Sie nahm sie an sich, um sie abzugeben. Als sie den Saal verließ, stürmte gerade ein Mann wild gestikulierend aus der Toilette und rief nach einem Arzt: »Ein Mann ist zusammengebrochen, schnell, schnell.«

Der Notarzt, der vom Portier gerufen wurde, erschien nach der Ankunft der Polizei. Denn diese war sofort von den anwesenden Zivilpolizisten gerufen worden, die immer, wenn Politiker öffentlich auftreten, sich unauffällig im Saal verteilen, aber für jeden, der sich dafür interessiert, als grau und groß erkennbar sind. Für alle Fälle. Der Fall war nun wieder einmal gegeben.

Martin Böck murrte über den versauten Abend, als er mit seinen Kollegen zum Ort des Geschehens raste. Wahrscheinlich war wieder ein Politiker mit Eiern und Tomaten beworfen worden und machte jetzt nachträglich die Polizei dafür verantwortlich, weil sie die Tat nicht verhindert hatte: Der neue graue Anzug war hinüber, die Eier liefen langsam glitschig über den weichen Flanell, mischten sich mit dem Rot der Tomaten.

Böcks boshafte Phantasien sollten sich als falsch herausstellen. Fast schämte er sich später für seine Gedanken.

Inzwischen hatten sich neugierige Besucher auf dem Gang vor den Toiletten versammelt, es wurde geflüstert, daß ein Toter in der Toilette läge. Niemand wußte genaues, aber offenbar handelte es sich um einen wichtigen Mann. Senatsbeamte rannten aufgeregt hin und her, sie wußten mit der Situation nichts anzufangen. Ein Beamter entschloß sich mutig, den Mann in der Toilette zu inspizieren. Schon allein um festzustellen, ob seine Anwesenheit dienstlich geboten sei oder ob er seine Verabredung einhalten konnte. Er kannte den Toten nicht und entschloß sich deshalb zu gehen. Die anderen Beamten folgten ihm zögernd, stießen aber an der Tür mit Böck zusammen, der sie, ohne ein Wort zu sagen, zum Bleiben zwang. Die noch anwesenden Zuschauer wurden aufgefordert, Platz zu machen. Der Polizeibeamte und Martin Böck betraten die Toilette, fanden dort einen Mann mit herabgesunkenem Kopf über der Schüssel hängend vor, eine Hand an den Körper gepreßt. Die andere Hand umklammerte die Spülung, die Beine waren eingeknickt, aber der Mann kniete nicht. Böck beugte sich über ihn, um sein Gesicht zu sehen. Er sah, daß das Hemd voller Blut war, die rechte Hand hielt etwas fest. Er konnte aber nicht sehen, was. Der Verdacht bestätigte sich, der Mann war tot. Fotos wurden gemacht. Es war eng in der Kabine, man stieß sich gegenseitig. Eine erste Spurensicherung wurde angeordnet. Der Tote hatte Blutspuren im Waschraum hinterlassen, hatte sich offenbar in die Kabine geschleppt. Böck schickte Pfeiffer, den neuen Kollegen, um festzustellen, wer den Toten entdeckt hatte, wer noch im Waschraum gewesen war, wer etwas gesehen hatte. Inzwischen war der Arzt gekommen. Kurzer Blick. Zwei Beamte standen rechts und links neben der Schüssel, faßten den Toten seitlich und hoben ihn vorsichtig hoch. Jetzt konnte man sehen, daß die rechte Hand den Griff eines Messers umklammert hielt. Der Tote hing fast aufrecht zwischen ihnen, so als ob sie ihn betrunken abführen wollten, wären nicht die Hand am Messer und das blutige Hemd gewesen. Die Kamera blitzt erneut.

Sie schleppten den Toten in den Waschraum. Böck fingerte in

dessen Jackentasche vorsichtig nach der Brieftasche, zog sie langsam heraus, ohne das blutige Hemd zu berühren.

Der Mann hieß Harald Ost.

Als Sara auf den Gang hinaustrat, sie hatte sich für eine späte Verabredung aufgefrischt, lief sie ihrem Kommissar Martin Böck direkt in die Arme.

»Du hier?« fragte dieser erstaunt. Sie erfuhr, was passiert war.

Eine Plane wurde an ihnen vorbeigetragen.

»Ein Messer im Bauch«, lautete der vorläufige polizeiliche Kommentar.

»Hast du diesen Mann schon einmal gesehen?« Böck hatte ein Foto aus der Brieftasche gezogen, die er in einem kleinen Plastikbeutel verstaut hatte. Auf dem Foto waren ein Mann und eine Frau zu sehen. Sie standen vor einem flachen Plattenbau, sahen blinzelnd in die Kamera.

Sara schaute sich das Foto an. Der Mann kam ihr bekannt vor. Plötzlich konnte sie sich erinnern, wie er vor einigen Wochen zu ihr ins Büro gekommen war. Er stammte aus Ostberlin und hatte mit ihr über die Planung eines Kongreßzentrums sprechen wollen. Ein Projekt, das dem Senat zu teuer war. Sie hatte ihm geraten, sich nach anderen privaten Finanzierungen umzutun. Er hatte ruhig, fast schüchtern auf sie gewirkt. Merkwürdig, dachte Sara, das war doch, als sie in den Akten »ihren Fall« entdeckt hatte. Diese Zeitgleichheit erwähnte sie nicht.

Die Szene wurde belebter, es war wie im Kino. Polizeibeamte liefen geschäftig hin und her, Kameras blitzten, Presseleute verlangten nach Infos. Böck leitete die ersten Ermittlungen ruhig, sprach mit gedämpfter Stimme, sah einmal zu Sara hinüber, nickte ihr zu und verschwand mit dem Mann, der den Toten gefunden hatte, in einer Ecke des Foyers. Der konnte ihm nur berichten, daß er die Tür zur Kabine angelehnt vorgefunden hatte, hinter der der Mann lag. Zuerst hatte er gedacht, der Mann sei betrunken. Aber als er überhaupt nicht reagierte, ahnte er Schlimmeres.

Er gab Böck seine Karte.

Inzwischen hatten die Senatsbeamten, die sich für den unbekannten Toten nicht zuständig fühlten, sowie die restlichen Zuschauer, die keine Sensation mehr zu erwarten hatten, den Ort des Geschehens verlassen. Die Politiker waren ohnehin bereits vor der Entdeckung des Mordes aus dem Hause zu ihrem nächsten Termin geeilt.

Am Frühstückstisch sah Melitta Grund ihren Mann halb mitleidig, halb verächtlich an. Er hatte offenbar eine schlechte Nacht hinter sich, trank seine fünfte Tasse Kaffee, nahm dieselbe Zeitung zum drittenmal in die Hand. »Was ist denn mit dir los, daß du dauernd die gleiche Seite liest. Betrifft es deine Geschäfte oder dich persönlich?« fragte sie ironisch.

»Ein Mord nach unserer gestrigen Sitzung im Senat. Dahinter stecken bestimmt politische Motive«, mutmaßte er mit matter Stimme.

»Hast du ihn gekannt?« fragte sie endlich, schien die Antwort aber bereits zu wissen. Denn ohne abzuwarten, wechselte sie das Thema.

»Ich verschiebe meine Reise.«

»Doch wohl nicht aus Rücksicht mir gegenüber?«

»Nein, ich muß mich um meine Zukunft kümmern, einen Beruf oder so was.«

Gequältes Lachen. »Solche Pläne hattest du öfter.«

»Diesmal ist es mir bitterernst.«

»Ich fahre ins Büro.«

Im Büro angekommen, teilte ihm seine Sekretärin mit, daß ein Kriminalbeamter namens Martin Böck ihn sprechen wolle. Er möge sich doch bei ihm telefonisch melden.

So schnell hatte er diesen Anruf nicht erwartet. Er ließ sich schwer in seinen schwarzen ledernen Schreibtischsessel fallen. Nachdem er einige Zeit reglos vor sich hingestarrt hatte, entwickelte er eine gelassene Geschäftigkeit.

Die Polizei sollte warten.

Sara hatte Martin Böck versprochen, ein Gedächtnisprotokoll von diesem Gespräch mit Ost anzufertigen. Und nun saß sie in ihrem Büro und notierte bereits die dritte Fassung dieser Begegnung. Sie hatte eine genaue Zeittafel erstellt, in der sie alle Gespräche, Termine, Details, an die sie sich erinnerte, eintrug. Als ihr Ost damals im Amt gegenübersaß, trug er einen hellbraunen Anzug aus festem Stoff, braune Schuhe, Krawatte mit schrägen blauen und braunen Streifen. »DDR- look«, hatte sie gedacht. Die ganze Zeit über, während er mit ihr sprach, hielt er eine braune abgegriffene Aktentasche auf den Knien fest. Sie fügte ihr damaliges Gesprächsprotokoll hinzu, vielleicht war es für Martin Böck wichtig. Beim Durchlesen fiel ihr auf, daß Ost immer von wir gesprochen hatte. Wer waren die anderen?

Sie packte alle Papiere zusammen und verließ ihr Büro, eine Nachricht über ihren »Außentermin« hinterlassend. Die Kollegen hatten sich bereits über ihr geheimnisvolles Tun erkundigt, machten aber bisher ohne großes Murren ihre Arbeit mit. Sicher nicht ohne Hintergedanken, »Aufstiegskalkulation«, pflegte sie jeden erhöhten Arbeitseinsatz zu nennen. Sie rannte aus dem Büro, sie würde sonst zu spät zu ihrer Verabredung mit Martin Böck kommen.

Am Fasanenplatz herrschte gemütliche Ruhe. Es war gerade warm genug, um mittags im Freien zu sitzen. Wenige Stühle und Tische waren draußen aufgestellt. Sie aß gern hier in dieser Oase mitten in der Stadt. Wenige Autos standen an den Straßenrändern, Fahrräder lehnten an den Bäumen, ringsherum gepflegter Altbau, kleine exklusive Geschäfte und Galerien, der Bau der Volksbühne wirkte verlassen. Das Theater sollte im Zuge der Sparordnung der Berliner Theaterlandschaft geschlossen werden. Die Theaterleute und ihre Fans protestierten dagegen.

Sie fand Martin Böck neben der Tür sitzend.

»Ich habe alles mitgebracht, was dich eventuell interessieren könnte.«

»Du tust meine Arbeit.« Er grinste sie an, dabei blitzten seine Augen. Er trug Jeans und eine braune Lederjacke, in der er nach Zigaretten suchte.

»Ich habe mir eigentlich das Rauchen abgewöhnt«, lachte er, als er sich eine Camel ansteckte. Er hatte schmale lange Hände, blondes Haar auf dem Handrücken.

»Ich nehme Spaghetti, wie immer, und ein Gläschen Rotwein.«

Ihr war doch ein wenig kühl in der grünen Seidenbluse, die sie seit kurzem zu besonderen Anlässen trug. Und der leichte Mantel bot auch wenig Wärme.

»Was weißt du schon über den Toten?«

»Nichts Außergewöhnliches, er wohnte in einem kleinen Reihenhaus in Köpenick mit unkrautfreiem Vorgarten und drei kleinen Rosenstöcken. Das Haus eines biederen Mittelständlers, DDR-Design. Hochzeitsfoto im Schlafzimmer, hübsche Frau, inzwischen geschieden.

Eine alte braune Aktentasche lag leer neben einem neuen Taschenrechner auf dem Tisch im Wohnzimmer, ansonsten peinliche Ordnung. Wahrscheinlich hat er sich mit dem Rechner seine künftige Rente als ehemaliger Mitarbeiter eines Ministeriums, das abgewickelt worden ist, ausgerechnet. Er war in den letzten Wochen kaum im Büro. Hatte offenbar keine Freunde. Kein Hinweis«, schloß er die Darstellung seiner bisherigen Ermittlung.

Sara erzählte ihm von ihrer Notiz, wie er von wir gesprochen hatte, als er über die Pläne mit dem Kongreßzentrum am See berichtete.

»Du bist eine gute Partnerin«, wieder grinste er sie an.

»Wir sollten uns dieses Zentrum zusammen anschauen«, schlug er vor.

Sie konnte gerade noch die letzte Gabel Spaghetti in den Mund schieben, als er schon zahlte und aufstand. »Mein Wagen steht um die Ecke, auf dem Gehsteig, kein Parkplatz weit und breit.«

Kein Strafzettel begrüßte sie. »Na sag mal, du traust dich ja was! Und das als Mitarbeiter der Polizei?« Sara schaute ihn provozierend an.

»Ja, ja, wo bleiben da Recht und Ordnung«, konterte er.

Als Sara neben ihm im knallroten BMW saß, spürte sie, wie vertraut er ihr war. Sie dachte an Fritz Fischer. Er rief nicht an. Sie rief nicht an.

Sie fuhren durch Berlin: Tiergarten, Großer Stern, Schleichweg am Reichstag vorbei, rechts das Brandenburger Tor. Man mußte diesen Weg benutzen, wollte man nicht ins Verkehrschaos am Potsdamer Platz. Das Brandenburger Tor konnte nicht durchfahren werden. Man stritt sich seit längerem heftig über eine mögliche Öffnung. Es sollte aus Denkmalsgründen geschont werden, sagten die einen. Andere wollten gegen den Verkehr in der Stadtmitte ein Zeichen setzen, die Gefahr eines Verkehrschaos wurde heraufbeschworen, ein Knick in der Mitte Berlins sei ein Zeichen für eine neue Verkehrspolitik. Ein Umfahren des Tores, wie es der Senat bereits beschlossen hatte, war plötzlich vom Tisch, da sich der inzwischen zuständige Senator in die historische Bebauung des Pariser Platzes verliebt hatte. Busse sollten aber durchfahren, Radfahrer und Fußgänger. Dann wieder sollte das Tor ganz zubleiben. Protest der Motorradfans, die sich schmerzlich an ihr Avustrauma erinnerten. Kurz, die Politik hatte wieder einmal alles getan, um die Sache zum öffentlichen Dauerthema werden zu lassen, und konnte sich angesichts der Zahl der guten und schlechten Argumente, die alle geprüft werden mußten, einer Entscheidung entziehen. Das Brandenburger Tor wurde indessen herausgeputzt und befeiert.

Sie fuhren Unter den Linden entlang, am Alex vorbei, durch die Karl-Marx-Allee und erreichten endlich die hübsche Altstadt Köpenicks. Der Verkehr war hier lärmend, stinkend, zäh. Danach fuhr man schnell, vorbei an häßlichen Hochhäusern im Plattenbaustil, Zeichen der DDR-Architektur zum Wohle des Volkes. Sie fanden das Kongreß-Zentrum, nachdem sie ein ehemaliges Fabrikgelände zweimal umfahren hatten. »Oh je«, stieß Sara aus, als sie die zweistöckigen Plattenbauten mit dem Charme einer Kaserne sah.

Der Blick zum See war verbaut worden, mußte der Funktionalität von Wohnhaus, Tagungshaus, Mensa, Clubraum mit Sauna geopfert werden.

»Die Bauten sind keinen Pfifferling wert.«

»Aber der Boden könnte sich lohnen«, fügte Martin Böck nachdenklich hinzu.

Sie trafen nur einen Verwalter an, der von zahlreichen Besichtigungen berichtete. Früher seien hier Parteischulungen für wissenschaftliche und technische Kader veranstaltet worden, jetzt solle hier ein Hotel mit Tagungsräumen und allem Komfort entstehen. Nein, einen Harald Ost kenne er nicht. Es seien verschiedene Interessenten für das Grundstück dagewesen, mehr wisse er nicht, auch nicht, ob er weiter hier arbeiten könne, alles sei ungewiß.

»Es wird sich wohl feststellen lassen, wem das Ding hier gehört«, meinte Böck und schaute grimmig an den Plattenbauten empor.

»Vielleicht hat die Senatsverwaltung doch mehr Akten, als mir bekannt sind«, sagte Sara, schuldbewußt daran denkend, daß sie ihre Arbeit vernachlässigte.

Die Rückfahrt ging schneller. Es war dunkel geworden, und Berlin strahlte, sobald man den Ostteil verließ, in vollem Lichterglanz.

Melitta Grund hatte sich das Gespräch anders vorgestellt. Sie war gekommen, um der Polizei bei der Suche nach dem Mörder behilflich zu sein. Schließlich sei ja auch ihr Mann im Saal anwesend gewesen und es hätte auch ihn treffen können. Dabei schloß sie einen kurzen Moment die Augen, als ob sie sich dieses Drama vorstellte. Dann fuhr sie sich mit der Hand durch ihr dichtes rotes Haar und blickte gespannt auf Martin Böck, der hinter einem Stoß Aktenmappen saß, den er erst verrückte, als sie zum drittenmal den Versuch machte, ihre Handtasche auf die Papiere zu stellen. Sie mochten sich auf den ersten Blick nicht. Böck rauchte eine Zigarette nach der anderen, blies den Rauch in ihre Richtung. »Arrogante Nuß«, dachte er, und sie titulierte ihn insgeheim als »Weiberfeind«.

»Sind Sie in die Geschäfte ihres Mannes eingeweiht?« fragte Böck kurz.

»Er makelt mit Grundstücken und ist an stadtpolitisch wichtigen Investitionsvorhaben beteiligt, vor allem im Ostteil Berlins. In letzter Zeit muß irgend etwas schiefgegangen sein, zumindest ist er sehr nervös.«

Sie verschwieg, was Fritz Fischer ihr gesagt hatte, erwähnte aber seinen Namen, indem sie geschickt einflocht, daß er vielleicht mehr über die Geschäfte ihres Mannes wisse.

Böck blickte sie erstaunt an.

»Ist Fischer ein Freund Ihres Mannes?«

»Das nicht gerade.« Unschuldiger Blick aus großen Augen.

Was hat sie vor, dachte sich Martin Böck, und sein Mißtrauen wuchs.

»Wo erreiche ich Ihren Mann?«

»Im Büro vermutlich.« Sie zögerte einen Augenblick.

»Sie wissen es nicht?«

»Er war seit zwei Tagen nicht zu Hause.«

Also, dachte Böck erleichtert, eine Ehekrise, vielleicht Eifersucht.

Nachdem Frau Grund ihn verlassen hatte, griff er zum Telefon und bat seine Sekretärin, einen Termin mit Bruno Grund zu vereinbaren: »Ja, heute noch. Ja, Pfeiffer soll mitgehen.«

Pfeiffer war ein junger Polizeibeamter, der vor ein paar Wochen von der Fachhochschule gekommen war. Böck hatte sich fest vorgenommen, diesen Schreibtischpolizisten mit der Praxis zu konfrontieren. In den vergangenen Jahren hatte der Anteil der Büroarbeit, das Schreiben von Berichten, die von politischer Seite gefordert wurden, zugenommen. Jedesmal, wenn irgendein Problem öffentlich diskutiert wurde, wurde ein Bericht gefordert, der weniger den Sinn hatte, das Problem zu beseitigen, als es zu verniedlichen oder als gelöst hinzustellen. In Wirklichkeit war die Polizei in Berlin seit dem Fall der Mauer heillos überfordert. Die Drogenkriminalität nahm dramatisch zu, ebenso Überfälle auf Ausländer durch Skinheads oder Rechtsradikale, Bandenkriminalität, ganz zu schweigen von Eigentumsdelikten.

Anstelle strategischer Maßnahmen ritt der neue Innensenator sein Steckenpferd, den Hütchenspielern nachzujagen. Das Hütchenspielen hatte sich in der Stadt ausweiten können, weil es offenbar mehr Dumme gab, die ihr Glück wagen wollten. Schnell wandert das Hütchen, die Kugel wandert nicht, verschwindet in der Hand des Spielers. Der angebliche Gewinner ist ein Bruder, Vetter oder Bandenmitglied. Geldscheine werden zum Schein ausgetauscht. Frustrierte Hausfrauen vom Lande verspielen ihr Einkaufsgeld. Großjagden auf die Hütchenspieler werden durchgeführt, alle Polizeikräfte auf die Fährte gesetzt, fehlen dann anderswo, Erfolge werden gemeldet. Die verhafteten Spieler sind schnell wieder frei, weil ihnen kein Betrug nachgewiesen werden kann.

Ein weiteres Problem war der jahrelang totgeschwiegene Rechtsradikalismus. Einsätze über Einsätze. Papiere über Papiere. Dieser ganze bürokratische Kram behinderte die Ermittlungsarbeit, so daß die Polizei wiederum keine Erfolge aufzuweisen hatte und darüber Berichte schrieb, warum dies so war. Bei dieser Gelegenheit verwies die Spitze der Polizei, unterstützt von der Gewerkschaft, immer auf die schlechte Personalausstattung. Er, Böck, hatte sich aus diesen politischen Diskussionen über die Arbeit der Polizei immer herausgehalten, war dafür bei mindestens zwei Beförderungen übergangen worden, galt als schwierig.

Bruno Grund machte den Eindruck eines kranken Mannes. Schwer saß er hinter seinem modernen gläsernen Schreibtisch. Auf einem kleinen Silbertablett stand ein leeres Cognacglas. Er hatte rote Augen, die gequält auf Böck schauten, als dieser ihn ohne große Umschweife fragte, ob er Harald Ost gekannt habe. Nach einem kurzem Zögern ein scharfer Atemzug.

»Ja, er kam zu mir, weil er eine Stelle suchte. Wie viele«, setzte er hinzu.

»Und – konnten Sie ihm helfen?«

»Ja und nein. Erst hatte ich etwas für ihn, das hat sich dann aber zerschlagen.« Er kam sich mit dieser Halbwahrheit besonders schlau vor. Er hatte nicht gelogen und konnte später immer noch, falls nötig, alles erzählen.

Dieser Böck kam ihm irgendwie bekannt vor. Es fiel ihm aber nicht ein, woher. Er müßte mal nachfragen, konnte nicht schaden.

»Es wird erzählt, Sie haben Probleme mit Ihren Geschäften.«

»Wer erzählt das?« Er schaute grimmig auf Böck, wollte der ihn bluffen, oder wußte er was? Er würde ihn hinhalten. Seine Geschäfte gingen die Polizei nichts an. Die sollten lieber... Seine Antwort fiel dünn aus: »Es gibt da ein paar Zahlungsprobleme, die sind aber lösbar.«

Mehr war von ihm nicht zu erfahren, das spürte Böck. Er konnte es sich aber nicht verkneifen, ihm vom Gespräch mit seiner Frau am Vormittag zu erzählen: »Sie macht sich Sorgen um Sie.«

Grund winkte ab: »Ach nicht doch, die und Sorgen um mich! Sie interessiert sich mehr für das Geld, das ich verdiene, damit sie es wieder ausgeben kann.«

Er hatte ihn nicht getroffen, das war deutlich. Ein harter Brokken, dieser Grund, dachte Böck. Aus dem hole ich nicht mehr raus. Vielleicht ein andermal weiter.

Böck verabschiedete sich zur Überraschung von Grund.

Der nächste auf Böcks Liste war Fischer. Wie Grund ein bekannter Geschäftsmann und Fachmann für Grundstücksfragen.

Vorher wollte er aber noch mit Sara telefonieren. Bei dem Gedanken an sie freute er sich. Er beschloß, sie zum Essen einzuladen. An der nächsten Telefonzelle hielt er an. Unter ihrer Nummer meldete sich niemand, im Sekretariat gab man ihm die Auskunft, daß sie einen Termin bei der Treuhand hätte und auch nicht mehr vor Dienstschluß zurückkäme.

Böck war enttäuscht. Im Büro erfuhr er, daß sich Sara schon zweimal telefonisch gemeldet hatte und ihre Bitte, sie zu Hause anzurufen.

Er diktierte zuerst das Ergebnis der bisherigen Ermittlungen. Notierte sich seine Vermutungen. Bruno Grund hatte etwas zu verbergen. Welche Rolle spielt Melitta Grund in dem Spiel? Es muß Personen geben, die mit dem Toten zusammengearbeitet, ein

Projekt geplant hatten. Vielleicht wußte Sara darüber inzwischen etwas. Das Ergebnis der Nachforschung über das Zentrum am See lag noch nicht vor. Er las kurz den medizinischen Bericht über den Mord an Harald Ost. War nichts Neues. Bis auf eines. Harald Ost hatte, bevor er zu der Podiumsdiskussion gegangen war, offensichtlich einiges getrunken. Bier und Schnaps. Vielleicht konnte er nur so die Reden der Politiker ertragen.

Sara war endlich zu Hause. »Ja, natürlich kannst du zu mir kommen. Wenn es dir Freude macht, kannst du bei mir essen. Du brauchst nur noch eine Flasche Rotwein mitzubringen. Mein Sortiment ist nicht das beste.«

»Sofort? Gut. In einer halben Stunde bin ich bei dir!«

Sie wohnte in einer ruhigen Straße in Wilmersdorf. Altbau, Treppenhaus roch modrig.

Sie stand leicht erhitzt vor ihm. »Ich koche gerade Spaghetti. Ich hoffe, du teilst meine Leidenschaft für Spaghetti?«

»Aber immer!« Er ging ihr nach in die Küche, die wie in den Berliner Altbauten groß und geräumig war. Er dachte an seine Neubauwohnung. Man konnte gerade in der Küche stehen. Sara hatte den runden Tisch mitten in der Küche schon gedeckt. Böck entkorkte die mitgebrachte Flasche Rotwein, Chianti, ökologischer Anbau. Während sie hungrig aß – die Spaghetti carbonara waren bestens, er lobte sie mehrmals –, faßte er kurz zusammen, was er bisher wußte. Er erzählte von seinem Gespräch mit Bruno und Melitta Grund.

»Warum ist sie zu dir gekommen?« Sara dachte angestrengt nach. »Sie muß doch etwas wissen, oder, das könnte es sein, sie will ihren Mann anschwärzen.«

Weibliche Logik, dachte Böck ohne es auszusprechen.

»Sie hat mir einen Fritz Fischer ans Herz gelegt. Werde ihn morgen aufsuchen.«

Sara legte die Gabel beiseite, stand schnell auf, um einen Teller wegzustellen. »Was will sie von Fischer?« fragte sie erstaunt.

»Du kennst ihn?«

War sie wirklich rot geworden? Sie fühlte, daß ihre Wangen heiß wurden. Er hatte nichts bemerkt, sah sie freundlich an oder, doch, in seinen Augen blitzte es. Sie erwähnte die Party. Dann, um abzulenken, die neuesten Nachrichten. Ihr Besuch bei der Treuhand war ein toller Erfolg, sie strahlte ihn an. Es war erst schwierig, den richtigen Mann zu finden, ziemlich undurchsichtiger Laden.

Ein kleiner schmaler Mann mittleren Alters habe sie dann informiert, indem er fortwährend mit dem Finger auf die besagte Stelle in seinen Akten tippte: »Das Kongreßzentrum am See ist eines jener undurchsichtigen Grundstückstransaktionen, die neu aufgerollt werden müssen. Unrechtmäßige Eigentumsübertragung, Sie wissen schon«, hatte er mit gehobener Stimme vorgetragen. Zuständig sei allerdings Brandenburg, nicht Berlin.

»Und jetzt kommt's, halte dich fest«, sagte Sara, »der jetzige Eigentümer heißt« – Pause, große Augen – »Bruno Grund.«

»Das ist doch«, Martin Böck stöhnte. »Der hat doch, na warte«, drohte er, »ich werde, nein, das wäre zu einfach.«

»Es muß eine geschäftliche Verbindung zwischen Ost und Bruno Grund gegeben haben. Grund hat eben gelogen«, meinte Sara.

Sie stießen auf diese Neuigkeit an. Er lobte wieder ihre Kochkunst, er würde sich revanchieren. Bald. Beim Abschied küßte er sie auf die Wangen.

Am nächsten Morgen nahm er sich beide Herren vor. Zuerst Fritz Fischer. Der Neue erhielt den Auftrag, Bruno Grund inzwischen auf den Fersen zu bleiben. Böcks Erwartung wurde bestätigt. Fritz Fischer wußte etwas. Gutgelaunt, aussehend, als käme er direkt von den Bahamas – muß wohl heute so sein, dachte Böck. Erfolgslook, würde Sara sagen.

»Ich bin nicht Ihr gesuchter Mörder«, sagte Fischer grinsend, »aber vielleicht kann ich helfen. Ost hat, wie ich aus gut informierten Kreisen weiß, seine Finger in ein Geschäft gesteckt, das andere schon gemacht haben.«

»Welche Kreise, welches Geschäft«, das wollte Böck schon genauer wissen. Der führte sich ja auf, als spiele man Monopoly. Es geht um einen Mord, geplant, zielstrebig, aus Gier oder Rache, aus Eifersucht oder Neid. Er wird aufgeklärt, auch wenn ein Herr Fischer seine gut unterrichteten Kreise um sich zieht, er, Böck, läßt sich davon nicht beeindrucken. Dies hätte er liebend gern alles gesagt. Fragte dann aber distanziert nach der Art der Geschäfte.

»Grundstücksspekulation«, war die Antwort. Fischer schien sich sichtlich zu amüsieren.

»Das, was jetzt in Berlin alle tun, die Kleinen und die Großen. Der eine verhökert seine Laube am See für einige Hunderttausend, der andere spekuliert mit den ganz großen Gewinnen.«

»War der Tote so ein Kleiner?«

»Wahrscheinlich.«

»Ist Bruno Grund so ein Großer?«

»War.«

»Warum war?«

»Weil er sich verspekuliert hat, aber das soll er Ihnen selbst erzählen.« Fischer goß sich einen Cognac ein, zwei Gläser standen auf einem silbernen Tablett bereit. »Auch einen?«

»Nein danke. Ich hätte zu gerne gewußt, warum Sie mir das alles erzählen. Sie sind doch selbst ein Großer.« Böck legte jetzt einen Gang schärfer ein.

»Ja, ja, aber ich will nicht, daß, nur weil einer ins Loch fällt, alle anderen hinterherpurzeln.«

Fischer stockte kurz, dachte bei sich, das war vielleicht doch ein wenig zu zweideutig oder forsch gesagt, aber er verspürte heute eine Fröhlichkeit, die zum Übermut trieb. Er würde jetzt keinen Fehler mehr machen.

Aber Böck ließ nicht mehr locker, der andere hatte wider den Stachel gelöckt. Diese Bonzen meinen, mit einem kleinen Polizeibeamten könne man herumspringen, so als sei er bei ihnen angestellt. Diese miese Art, mit öffentlichen Angelegenheiten wie mit einem Mord umzugehen, zeigt eben, welche Geschäfte da gemacht würden. Hat sicher gute Verbindungen in die Berliner Politik hinein. Würde mich nicht wundern, wenn zur SPD *und* CDU, um immer am Ball zu sein, bei jeder Regierung.

»Sie wurden mir von Melitta Grund als Informant genannt.« Jetzt hatte er ihn, mal sehen, wie er sich rausredet.

Fritz Fischer war sichtlich überrascht. Der Schlag saß.

Er antwortete zögernd, trank erst einen Schluck, um Zeit zu gewinnen.

»Ich kenne Melitta seit Jahren. Wir sind gut befreundet. Es ist also nicht verwunderlich, wenn sie sich auf mich beruft.«

»Ist sie Ihre Geliebte«? Böck hatte diese Idee plötzlich, er mußte an Sara denken.

Kurzes Hüsteln.

»Sie war meine Geliebte, ist länger her.«

Das hätte er nicht sagen sollen, dachte Fischer. Verdammt, das erzählt der doch bestimmt Melitta. Die würde ihm das nicht verzeihen, sie wußte viel von ihm, konnte ihm schaden. Aber auch nicht sehr. Sie war eben wie alle Frauen sehr anhänglich geworden. Er dachte an Sara, von der hatte er nichts mehr gehört. Das machte sonst keine. Er fragte Böck: »Wo ist denn ihre nette Kollegin geblieben, die gerne Detektivin spielt, der habe ich schon alles erzählt, als sie mich zu Hause besuchte. Wie heißt sie doch gleich?«

Die Revanche saß. Böck spürte es in der Magengegend. Der wußte doch genau, wie sie hieß. Er gab keine Antwort.

Das Gespräch war in einer Sackgasse gelandet.

Als Martin Böck sich verabschiedete, fiel Fischer noch ein, daß es sich bei dem Geschäft vielleicht um ein Kongreßzentrum am See handeln könnte, vielleicht aber auch um Erpressung.

»Erpressung?« Böck witterte das Wild. »Wer hat wen erpreßt?«

»Das ist nur eine Vermutung, aber Ost ist mit Bruno Grund im Ratskeller im Roten Rathaus gesehen worden. Bruno Grund trifft sich doch nicht mit so einem Würstchen, Verzeihung, wenn er nicht persönlich interessiert ist.«

Der weiß mehr, als er sagt, da war sich Böck sicher, bohrte aber nicht weiter, um den anderen zu ärgern. Böck verabschiedete sich von Fischer so, als wäre er an weiteren Informationen nicht mehr interessiert.

Martin Böck fuhr ins Büro. Sein nächster Kandidat würde Bruno Grund sein, dessen Lügenmärchen wie Schall und Rauch verflogen waren. Bin gespannt, was er mir jetzt auftischt, dachte Böck. Klar ist, daß es sich um Spekulation handelt und um großes Geld. Grund und Fischer sind vom selben Kaliber. Fischer will aber aus der Sache rausgehalten werden, während Grund sich verstrickt hat. Was Melitta Grund im Schilde führte, war noch unscharf zu erkennen. Sara müßte mit ihr sprechen. Geld, das häufigste Motiv für Verbrechen. Wer da alles seine Hemmungen verliert, wenn es plötzlich nach Geld riecht. Die Chance ist da, ergreift sie: im Westen Berlins kein Land, im Osten Bruch und Brache. Muß nur in Besitz genommen werden. An der deutschen Einheit verdient mancher. Es gibt Gewinner und Verlierer. Ost war wahrscheinlich ein Verlierer.

Und die Politik sieht zu, wie sich die Reichen bereichern, dachte Böck grimmig. Sie machen Gesetze, die so viele Lücken und Löcher haben, daß man mühelos durchschlüpfen kann. Am schlimmsten sind die Transaktionen, die vor dem 3. Oktober, nach der Wende und vor der deutschen Einheit, in aller Stille gemacht und dann durch den Vertrag zur deutschen Einheit rechtlich anerkannt wurden. Die ehemaligen Kader wußten wo und wie. Der »sozialistische Staat« wurde einfach privatisiert. Wer konnte, nahm sich ein Stück des Volkseigentums. Die Politik mußte zusehen, wie sich private Interessenten um die großen Happen rauften. Ein kleiner Häuslebauer schlägt sich mit der Bürokratie herum. Böck dachte an seine Eltern, die ein Reihenhaus in Spandau besitzen und jahrelang mit der Bezirksverwaltung wegen eines Garagenanbaus im Kampf lagen. Regelmäßig informierte ihn sein Vater. Er hatte schon eine Liste mit Namen zusammengestellt. »Hier haste die ›Idiotenliste‹«, sagte er, »vielleicht kannste die mal brauchen.«

In Böcks Büro herrschte Aufgeregtheit. Bruno Grund war unauffindbar. Pfeiffer, der Neue, war verzweifelt, weil er seinen Auftrag, Bruno Grund an der Leine zu halten, verpatzt hatte. Er hatte im Büro angerufen, Grund sei nicht anwesend gewesen, sollte aber, so seine Sekretärin, mittags zurück sein. Er habe sich auf den Weg gemacht, um Grund dort festzunageln. Der sei aber nicht gekommen. Seine Frau wüßte auch nicht, wo er sein könnte.

»Idiot«, brummte Böck leise, »der wird uns doch nicht entweichen, das sehen wir aber gar nicht gerne. Schließlich ist er der Verdächtige Nummer eins.«

Böck zögerte noch, einen Haftbefehl zu besorgen. Er hatte ein unbestimmtes Gefühl, daß man abwarten sollte, um die beteiligten Personen noch besser kennenzulernen. Wie immer in solchen Fällen, in die Politik mit hineinspielte, war die Leitung ebenso unentschlossen wie großmäulig. Es sollte alles getan werden, die Öffentlichkeit würde selbstverständlich alles erfahren, ja natürlich würde die Presse laufend über den Stand der Ermittlung unterrichtet. Tatsächlich telefonierte sein Chef Mayer seit dem Mord mehrmals täglich mit dem Staatsanwalt und mit Politikern, die er Böck aber nicht nannte, um ja keinen Fehler zu machen und sich abzusichern, falls sich herausstellen sollte, daß Prominenz in den Fall verwickelt war. Böck konnte sein unbestimmtes Gefühl, daß der Fall noch nicht reif zum Pflücken war, nicht näher begründen, und daher wurde trotzdem die Fahndung nach Bruno Grund eingeleitet. Die Mühlen der Bürokratie begannen ihn zu zermahlen. Böck saß den ganzen Nachmittag im Büro fest und gab Anweisungen, nahm Meldungen entgegen. Nichts. Bruno Grund blieb verschwunden. Lustlos nahm er sich erneut die Akten vor, las nochmals den Bericht über Harald Ost. Sie wußten immer noch nicht viel über ihn. Vielleicht sollte man mit der geschiedenen Frau sprechen. Vielleicht hatte er eine Freundin, Geliebte. Adresse der Ehefrau war nicht notiert. Frustriert legte er die Akten beiseite. Steckte sich eine Zigarette an und dachte wieder mal, man müßte endlich mit dem Rauchen aufhören.

Er versuchte Sara anzurufen. Wollte mit ihr über den Fall reden, über ihre Nachforschungen. Sara war nicht zu Hause. Eine Stunde später immer noch nicht. Er wählte jede halbe Stunde ihre Nummer, nichts.

Eine Fehlmeldung nach der anderen über das Verbleiben von

Bruno Grund wurde ihm auf den Tisch gelegt. Durch die neuen Kommunikationstechniken wurde noch mehr Papier produziert. Zum Glück ist die Berliner Polizei noch nicht mit PC ausgestattet, und ein Fax gibt es im Haus auch nur in der Zentrale. Vielleicht ruht sich Bruno Grund bei einer Freundin aus, oder er ließ sich in einer Kneipe vollaufen, oder er saß in seinem BMW und ließ die Landschaft an sich vorbeirasen. Könnte schon in Italien sein.

Böck stellte sich vor, Richtung Süden zu fahren. Der erste Blick auf die Berge, dann Kurven fahren, eng an steilen Felsen und durch tiefe schattige Schluchten. Dann der Blick in die helle Ebene hinunter, die Sonne wurde strahlender und der Himmel blauer. Pinienalleen, Weinberge, Olivenhänge vollendeten das Bild des Südens.

Sara war immer noch nicht zu Hause. Im Büro war es inzwischen ruhiger geworden. Nur Pfeiffer saß noch herum, der sich für Grunds Verschwinden verantwortlich fühlte. Böck hatte keine Lust, es ihm auszureden.

»Lehrgeld«, dachte er. Schluß für heute, brachte nichts mehr. Nach Hause. Ein Bier. Es war fast Mitternacht.

Als Böck seine Wohnungstür aufschloß, hörte er noch ein letztes Klingeln des Telefons. Dann Stille. Das muß Sara gewesen sein. Er war sicher. Wählte sofort ihre Nummer, er kannte sie auswendig. Lange nichts.

Dann: »Ja.«

»Sara? Wo hast Du gesteckt? Was ist los?« Er hatte am anderen Ende hastiges Atmen gehört.

»Ich, ich komme nach Hause, meine Fensterscheiben im Wohnzimmer sind eingeworfen worden. Überall Glassplitter, kehre gerade zusammen.«

»Nein«, rief Böck, »laß alles so, wie es ist, ruf die Polizei an, ich komme sofort zu dir.«

Er stürmte aus dem Haus. Als er ankam, stand bereits ein

Streifenwagen vor ihrem Haus. Sara erschien aufgelöst an der Wohnungstür. Zwei Polizisten standen ein wenig hilflos hinter ihr. Der eine, ein kleiner dicklicher mit zu eng sitzender Uniform, meldete, daß das Fenster mit einem Nothammer eingeworfen worden sei. Er verursachte ein kreisrundes Loch im inneren Fenster.

»Wie ausgeschnitten«, sagte er, »vielleicht Einbruchversuch.«

»Aber die Tür und das Fenster waren doch verschlossen, als ich kam«, wandte Sara ein.

»Es ist niemand sonst in der Wohnung«, sagte der zweite Polizist, ein mittelgroßer Mann mit ernstem Gesicht und pickliger Stirn.

Während die Männer über das Phänomen des kreisrunden Loches und der Reichweite der Splitter rätselten, stand Sara abseits, fröstelte. Böck sah, daß Sara zitterte, schickte die Polizisten weg, schloß die Tür hinter ihnen. Sara stand am Fenster und sah durch das Loch. Als Böck sie in die Arme nahm, atmete sie aufgeregt. Er hielt sie lange fest, bis sie sich beruhigt hatte.

Sara fühlte seine Wärme, fühlte sich sicher und unbeholfen zugleich, sah sich wie damals als kleines Mädchen, der Vater kniete vor ihr, zeigte ihr, wie man Schnürsenkel bindet: eine Schleife, durchziehen fertig. Sie konnte es nicht. Dann als zweite Möglichkeit zwei Schleifen, die zusammengebunden werden, ganz einfach. So machte sie es heute noch.

Sara kochte Spaghetti. Das half ihr, den Schreck zu verdauen. Eine einfache Basilikumsoße, mit Crème fraîche angerührt, war schnell zubereitet. Sie aßen in der Küche, tranken ein Glas Rotwein. Dann erst erzählte Sara, was sie alles Neues herausgefunden hatte. Martin Böck fühlte sich wohl, hatte Mühe, sich auf den Fall zu konzentrieren. Seit seiner Scheidung hatte er in Restaurants gegessen, hatte in seiner Wohnung höchstens Kaffee getrunken und manchmal abends vor dem Fernseher ein Bier. Seine Frau hatte abends immer mit dem Essen auf ihn gewartet, es war oft lauwarm geworden, weil er nie rechtzeitig kam. Seine Frau wartete mürrisch auf ihn, beklagte sich über Langeweile und Einsamkeit. Seit ihre Tochter aus dem Hause ging, war ihre Ehe ein einziger Nervenkrieg für ihn. Er hatte lange nicht den Mut gehabt, ihr das zu sagen. Blieb abends länger im Büro, auch wenn nichts Dringendes zu tun war, nur um nicht nach Hause gehen zu müssen. Das war nun alles vorbei. Er saß hier, fühlte sich wohl, sah Sara zu, wie sie lebhaft erzählte, hörte nur mit einem Ohr hin.

Plötzlich war er hellwach. »Das Fenster«, sagte er, »sie wollten dich warnen, bedrohen.«

Sie überlegte, wer »sie« wohl sein könnten. Sie verwarf den Gedanken an einen möglichen Zusammenhang zu ihren heutigen Gesprächen. Böck bat sie, den Ablauf des Tages genau zu schildern.

Sie sei noch einmal zur Treuhand gegangen, erzählte Sara. Hatte dort einen Hinweis erhalten, daß Bruno Grund nicht nur als Eigentümer des Objektes am See fungiere, sondern auch von einigen wichtigen Grundstücken im Zentrum Berlins. Zur Zeit werde noch geprüft, welche Rechtsgrundlage die Transaktionen hätten.

»Die Sache stinkt«, sagte Sara voller Überzeugung. »Habt Ihr Bruno Grund inzwischen gefunden?«

»Nein.« Böck kam sich dabei ein wenig blöd vor, so, als ob er gar nichts in der Sache täte. Sara erzählte weiter.

Als nächstes war sie einem Hinweis der Verwaltung nachgegangen, daß Mitarbeiter der Humboldt-Universität zu einem früheren Zeitpunkt mit der Idee eines Zentrums am See als Kooperation aller Berliner Universitäten aktiv geworden seien. Habe aber außer allgemeinen Klagen über die Finanzlage der Universität nichts Neues zu hören bekommen. Sie schilderte den Besuch der Humboldt-Universität mit ärgerlicher Stimme.

»Die haben keine Ahnung, was auf sie zukommt, sitzen da und setzen ihre eingefahrenen Pläne fort. Nur die Studenten sind klüger und verlassen die Universität.«

Sie war vom Rektor der Universität, den sie bereits bei einem Gespräch gemeinsam mit der ehemaligen Senatorin zur Zeit der rot-grünen Regierung kennengelernt hatte, empfangen worden. Damals war er zurückhaltend bis unterwürfig. »Wie hätten Sie es denn gerne, Frau Senatorin.« Heute war der Theologe, der sich nach dem Zusammenbruch der DDR zum Reformrektor der Humboldt-Universität im Ostteil Berlins wendete, mürrisch bis deprimiert.

»Es geht nichts voran«, hatte er geklagt.

Die sozialistische Kaderschmiede hatte sich schnell in den geschichtsträchtigen Namen Humboldts eingeigelt. Die alten Mauern der ehemaligen Friedrich-Wilhelms-Universität würden aber auch diese Historie der Wende überleben. Die Universität Unter den Linden, Nachbarin historischer Bauten, des Zeughauses, der Oper, lud geradezu ein, sich in die Vergangenheit zu flüchten, zurück in die Zeit vor 1933, in der die Friedrich-Wilhelms-Universität die berühmtesten Wissenschaftler Europas beheimatete. Sie war Zentrum eines aufgeklärten europäischen Geistes, bis die Nationalsozialisten diesen Geist brutal hinwegfegten. Die sowjetischen Befreier gaben der Universität zuerst den Namen Humboldts, als Kompromiß mit der wenigen Intelligenz, die geblieben war. Kurze Zeit später entfernten sie die Reste der bürgerlichen Intelligenz, die nicht ausgezogen war, um im Westen die Freie Universität Berlin zu gründen. Seit der Wende standen sich die Humboldt-Universität und die Freie Universität Berlin mißtrauisch gegenüber. Die FU ohne Geschichte, aber zu einem gigantischen Apparat angeschwollen, die HU ohne wissenschaftliches Ansehen, aber Zeuge einer geistigen Geschichte Berlins, die im Elend endete.

»Alles ehemalige Stasileute«, hatte ihr ein Kollege der Verwaltung die jetzige Mannschaft des Zentrums am See charakterisiert.

»Wir sollten das unbedingt nachprüfen, auch wenn die Behörde zur Überprüfung der Stasimachenschaften total ausgebucht ist«, schlug Sara vor.

Böck schaute nachdenklich auf Sara.

»Wer war bei dem Gespräch noch dabei?«

»Nur zwei Leute der Universitätverwaltung«, antwortete sie, »sie haben keinen Mucks gemacht.«

»Ich kann mir nicht helfen, du mußt mit irgend jemanden gesprochen haben, der in der Geschichte drinhängt.«

Böck dachte dabei an Fischer, der ihn nach Sara gefragt hatte.

»Ich habe Namen von Leuten, die mit dem Toten zusammengearbeitet haben, damals im Ministerium für Wissenschaft und Technik«, ergänzte Sara ihren Tagesbericht.

Böck wurde lebendig. »Das könnte was werden, es muß eine Gruppe geben, die das gemeinsam geplant hat.«

»Oder verkauft«, murmelte Sara.

»Verkauft? An Bruno Grund verkauft? Klingt unwahrscheinlich, aber wir werden es wissen, wenn wir die Unterlagen haben.« Böck schien zuversichtlich, den Fall bald zu lösen.

»Verkauft und dann erpreßt gibt keinen Sinn«, wandte Sara ein. »Das heißt«, sie rieb aufgeregt ihre Nasenspitze, schüttelte dann ihren blonden Kopf. »Ich hab's«, rief sie, »sie haben Bruno Grund erpreßt, weil er auf krummen Wegen zum Zentrum am See gekommen war. Nein, dann müßte Grund nicht nur Ost, sondern auch die anderen ermorden.« Sara schien mit dieser Lösung sichtlich unzufrieden.

Böck faltete die Liste mit den Namen der Kollegen des Ermordeten sorgfältig zusammen, steckte sie in seine Jackentasche.

»Werden wir uns morgen ansehen, jetzt trinken wir noch ein Glas.« Er sah sie mit neugierigen Augen an, dann fiel ihm ein, daß er mit Sara noch über Melitta Grund sprechen wollte. Er seufzte.

Sara hörte gespannt zu, ihre kleinen Hände spielten am Stil des Weinglases. Lieber hätte er sich an diesem Abend nur noch mit Sara beschäftigt. Was wußte er eigentlich von ihr.

»Was hältst du von Melitta Grund?« nahm er das Gespräch wieder auf.

»Kannst du damit was anfangen, daß sie ihren Mann und ihren Liebhaber als Kumpane dunkler Geschäfte andeutet«, fragte Böck.

»Sie hat von beiden die Nase voll«, kicherte Sara. Ernster meinte sie. »Enttäuschung, Eifersucht!« Und dachte an den Abend bei Fischer.

Sara war entschlossen, mit Melitta Grund zu sprechen. Böck nickte zufrieden. So hatte er es sich gedacht. Er goß ihr noch ein Glas ein. Auf dem schwarz lackierten Tisch spiegelte sich matt das Licht der Kerzen, die Sara soeben angezündet hatte.

Auf dem Ku-Damm herrschte diesen Vormittag hektischer Betrieb. Autofahrer, die einen Parkplatz auf dem Mittelstreifen suchten, blockierten den Verkehr zum Zorn derer, die nicht weiterkamen, weil die Busspur für sie tabu war. Touristen liefen scharenweise den Ku-Damm auf und ab auf der Suche nach dem Flair der Hauptstadt. Die Berliner, die hier unterwegs waren, hatten Eiliges zu erledigen, ärgerten sich über die Fremden, die im Weg standen und die Eingänge zu den Geschäften blockierten.

Eine schlanke Frau ging mit unsicheren Schritten durch die Menge, wurde gepufft, geschoben, blieb stehen, ließ sich weiter treiben. Sie hielt eine kleine schwarze Lacktasche fest unter den Arm geklemmt. Vor dem Schaufenster eines teuren Modesalons blieb sie stehen und schien sich lange mit dem Inhalt der Auslage zu beschäftigen. In Wirklichkeit waren ihre Blicke und ihre Gedanken woanders. Jetzt, da alles vorbei war, konnte sie die erhoffte Ruhe nicht finden, ging ihr der Tote nicht aus dem Kopf. Wie oft hatte sie an seinen Tod gedacht, jetzt, nachdem es geschehen war, mußte sie oft an ihn denken. Nachts träumte sie Bilder ihrer gemeinsamen Zeit. Harald, wie er sie am Müggelsee das erste Mal geküßt hatte, ihre schnelle Verlobung, die Heirat. Sie blickte um sich, als ob sie einen Verfolger fürchtete. Nun konnte man ihr Gesicht sehen. Ihr Make-up verdeckte ihre blasse Haut unvollkommen. Sie trug einen grauen Rock, weiß-blau gestreifte Bluse. Die hatte sie in den ersten Tagen der deutschen Einheit gekauft, dazu einen blauen Blazer. Nun ging sie kurz entschlossen in das Geschäft. Stand zögernd in Türnähe, bis sie von einer schicken, jugendlichen Verkäuferin mit leicht geringschätzigem »Aha-eine-Ossi«-Blick nach ihren Wünschen gefragt wurde. Sie suchte nach einem Kostüm, vielleicht in Braun oder Beige, lange Jacke, schmaler Rock.

»Die Frühjahrsmode hat zarte Farben oder Grautöne«, wurde sie belehrt. Sie probierte ein graues Kostüm an. Es saß wie angegossen. Sie sah noch schlanker aus. Der Preis erschreckte sie. Sie fragte zweimal, ob das kein Irrtum sei. Sollte sie sich das wirklich leisten? Sie tat es und kaufte noch zwei Blusen, ohne nach dem Preis zu fragen. Sie zahlte bar. Behielt das neue Kostüm gleich an und ließ sich die alten Sachen einpacken. Die Verkäuferin war sich nicht mehr so sicher, ob sie es mit einer Ossi zu tun hatte.

An Selbstbewußtsein gestärkt, ging sie eine Ecke weiter in ein elegantes Schuhgeschäft. Nun hatte sie die richtige Einstellung für ihren Einkaufsbummel und vergaß beinahe, daß sie nachmittags einen Termin mit einem Kommissar Böck vereinbart hatte.

Die warme Wintersonne lud zum Flanieren ein. Vor den Cafés standen schon Tische, und sie entschied sich für ein Steakhouse. Saß in der wärmenden Sonne und dachte daran, daß sie endlich etwas Gutes für sich tun konnte. Sie begann, sich über ihr neues Leben zu freuen. Entschloß sich aber dann, nicht mit den neuen Sachen zur Polizei zu gehen. Sie zahlte und zog sich auf der Toilette um. Ihre alten Kleider drückten.

»Eine Frau Ost möchte Sie sprechen, Herr Böck«, meldete die Sekretärin.

»Überpünktlich, sie möchte doch bitte noch ein paar Minuten warten.« Böck war ärgerlich, weil er noch nicht mit seinen Papieren fertig war.

Sein Chef hatte ihn morgens gebeten, den Stand der Ermittlungen im Fall Ost ausführlich darzustellen, Anweisung von oben. Wahrscheinlich wieder eine politische Vorgabe, dachte Böck wütend und entschied sich, seine Theorie des Mordmotivs zu Papier zu bringen. Die sollten ruhig schmoren, er malte sich aus, daß einige Politiker und Geschäftsleute der Stadt Angst vor Verwicklungen hatten. Insgesamt war die Luft seit der deutschen Einheit dick, voll von persönlichen Verdächtigungen und Intrigen. Viele der ehemaligen Kader und Mitarbeiter der Staatssicherheit der DDR hatten ihre Vergangenheit vergessen wie damals die Nationalsozialisten. Nun gab es täglich neue Enthüllungen und Entdekkungen. In allen Parlamenten der ostdeutschen Länder saßen Stasileute, die sich mucksmäuschenstill verhielten, bis sie entdeckt wurden. Minister wurden entlassen, Regierungskrisen geflickt, die Parteien, die ohnehin in der öffentlichen Meinung beschädigt waren, als Selbstbedienungsläden und Karrierebretter für Durchstarter und Opportunisten angesehen wurden, mußten schnell ihre Reihen säubern. Wurde die Verstrickung erst einmal aufgerollt, dann war kein Ende der Inflation der Politik in Sicht.

Wenn ich jetzt zu viel sage, mischen die sich dauernd ein, daher sagte er wenig, schloß seinen Bericht und rief Frau Ost herein.

»Sie sind also Frau Ost«, begann er das Gespräch mit seiner Besucherin.

Er sah sie neugierig an. Sie wandte den Blick schnell ab. Biedere, einfache Frau, dachte Böck bei sich. Große dunkle Augen, voller Trauer? Um ihren geschiedenen Mann? Wohl kaum. Breiter Mund, nach unten gezogen, blasse Haut, die auf wenig Schlaf schließen ließ.

Leise fragte sie nach dem Grund ihrer Vorladung.

Böck wurde förmlich. »Wir suchen Freunde oder Bekannte ihres geschiedenen Mannes, wir haben bisher keine Spur. Mit wem hatte er Kontakt, hatte er eine Freundin, was wissen Sie über ihn? Das wüßten wir gerne von Ihnen, Frau Ost.«

»Ich hatte keinen Kontakt mehr zu ihm, bis...«

»Bis was?« sagte Böck und dachte, wieder eine Pleite.

»Bis zur Einheit, da stand er plötzlich vor der Tür. Wollte mich unbedingt besuchen. Zuerst wollte ich ihn ja nicht reinlassen. Aber plötzlich hatte ich Mitleid mit ihm.«

»Ja und, was hat er erzählt?« Sie wußte also doch etwas, Böck wurde wach.

»Erzählt hat er nichts, das heißt, er sprach von seinen beruflichen Plänen. Hatte ein Angebot, in eine Immobilienfirma einzusteigen. Ich habe das nicht geglaubt. Aber er war fest überzeugt, hatte sich schon einen neuen Anzug gekauft.«

»Hat er Namen genannt?« fragt Böck eifrig.

»Nein.« Sie zögerte. »Er redete von Dingen, die er kaufen wollte, Möbel, Auto, dann...« Sie sah ihn mit Tränen in den Augen an.

»Dann?« fragte Böck ungeduldig, er dachte an seine Pläne.

»Dann kam er wieder.«

»Wann?«

»Einige Tage vor seinem Tod«, sie weinte.

Auch das noch, Böck fluchte innerlich und wünschte sich Sara her.

»Er wollte, er wollte«, stammelte sie, »er wollte zu mir zurückkommen.«

Nun kam doch ein wenig Mitleid in Böck auf. Sie trauerte offenbar um ihn. Er ließ sie gehen. War ein wenig enttäuscht, hatte sich mehr erhofft.

Melitta Grund war überrascht, als Sara sie anrief. Sie hatte mit der Polizei gerechnet, aber nicht mit einer Beamtin der Senatsverwaltung.

Als Sara vor ihr stand, erkannte sie sie sofort als die Frau, mit der Fritz Fischer auf seiner letzten Party geflirtet hatte. Sie begrüßte sie kühl.

»Sie wünschen?« Melitta Grund musterte Sara mit dem Blick einer eifersüchtigen Frau: taxierend, aber herablassend.

Sara überlegte fieberhaft, wie sie die Atmosphäre auflockern könnte.

»Ich führe gemeinsam mit Herrn Böck die Ermittlungen im Fall Ost durch«, sagte sie forsch, dabei mußte sie daran denken, daß sie seit Tagen nur sporadisch in ihrem Büro gewesen war. Einer der Kollegen hatte sich über ihre Abwesenheit bei der Staatssekretärin beschwert. Sara mußte sich rechtfertigen, ohne aber Details zu erzählen. Ihr wurde gesagt, daß kein Antrag auf Abordnung an die Ermittlungsbehörde gestellt sei, sie sei demnach gar nicht befugt, an dem Fall zu arbeiten. Niemand habe ihr einen diesbezüglichen Auftrag erteilt. Sie sei schließlich nicht bei der Polizei. Sie war sauer auf ihre Kollegen und auf ihren Job.

Melitta Grund bat Sara in einen großen hellen Raum, modern italienisches Design, geschmackvoll. Sara war beeindruckt. Mehrere glatte dunkelgraue Ledersofas, kleine Glastische, eine Palme, die bis zur Decke reichte, große moderne Bilder.

Sie tranken einen trockenen Sherry.

Sara entschied sich für den einfachen Weg. Sie fragte nach Bruno Grund. »Haben Sie denn keine Vorstellung, wo er sein könnte, warum er verschwunden ist?«

Naive Frage, dachte Melitta Grund und fühlte sich noch überlegener.

»Eigentlich interessiert mich das wenig. Wissen Sie, mein Mann und ich haben in den letzten Jahren unabhängig voneinander gelebt. Jeder lebt sein Leben. Ich weiß nicht einmal, ob er eine Geliebte oder Freundin hat.«

»Aber Sie wußten von seinen Geschäften?« Jetzt kam Sara zur Sache.

»Wissen ist vielleicht nicht der richtige Ausdruck dafür, ich kenne meinen Mann. Er nimmt sich, was er will, und er will alles.«

Melitta Grund schlug ihre schlanken Beine übereinander, sie trug ein kurzes Hosenkleid aus schwarzer Seide mit goldmetallenem breitem Gürtel. Sie schüttelte ihre vollen Haare und sagte lachend: »Er ist ein richtiger Raffer, kann nicht genug bekommen, auch bei den Frauen.« Dabei sah sie Sara prüfend an. »Kennen Sie meinen Mann?«

»Nein«, sagte Sara, entschlossen, mehr zu erfahren. »Ist Fritz Fischer ein Freund Ihres Mannes?«

Melitta Grund schnippte mit den Fingern, bevor sie antwortete. »Nein, das kann man nicht sagen, Fritz ist mein«, sie korrigierte sich, » war mein Geliebter.« Sie blickte herausfordernd auf Sara, so, als ob sie sagen wollte, jetzt bist du aber schockiert.

»War?« Jetzt aber ran, dachte Sara, bevor sie es sich anders überlegt.

»Ich habe kein Interesse mehr an ihm«, kam es kurz und bündig.

Jetzt wurde es schwierig. Wie sollte sie weiterfragen. Sara entschied sich für den direkten Weg.

»Haben Sie mit ihm gebrochen?«

»Gebrochen hört sich zu dramatisch an. Einfach Schluß, ohne

Aufwand, Ende, Amen. Ich hatte seine Eitelkeiten, seine Gier, seine ewigen Weibergeschichten satt.« Sie sah Sara spöttisch an. »Die Frauen fliegen auf ihn, schmelzen dahin.«

»Und seine Geschäfte?« fragte Sara betont forsch. »Wußten Sie von seinen Geschäften?«

»Er macht das große Geld, kennt alle Leute, die wichtig sind in Politik und Wirtschaft. Hat vielen schon aus der Klemme geholfen. Mehr weiß ich nicht.«

»Er hat Ihnen aber erzählt, daß Ihr Mann in Schwierigkeiten steckt. Was sind das für Schwierigkeiten?«

»Das fragen Sie ihn besser selbst.«

Plötzlich fiel Sara ein, daß sie nichts von Melitta Grund persönlich wußte. »Sie haben vor, sich scheiden zu lassen?«, fragte sie.

»Vielleicht ja, vielleicht nein, das ist nicht so wichtig.«

»Was ist wichtig?«

Die Anwort kam gut überlegt. »Daß ich mein eigenes Leben lebe.«

Sara dachte, typisch »Midlife-crisis«, ein Knotenpunkt, an dem man entdeckt, daß man schon einige Jahre vertrödelt hat und nun die zweite Hälfte des Lebens bewußter erleben will, sich nach dem sehnt, was man nicht gehabt hat. Liebe, Erfolg, Ansehen. Trennung vom Partner war für die meisten Menschen die Lösung dieses Konflikts. Wieder von vorne anfangen, ein neuer Lebenspartner, Berufswechsel sind schwieriger als das.

»Vielleicht verlasse ich Berlin, auf jeden Fall mache ich mich selbständig«, ergänzte Melitta ihren Neubeginn.

»Haben Sie es ihrem Mann und ihrem, hm, Fritz Fischer gesagt, daß Sie Schluß machen?«

»Ja, das heißt, sie wissen schon Bescheid.«

Melitta Grund erinnerte sich an die etwas steife Szene mit Fritz, als sie ihm, auf dem Bett liegend, rauchend sagte:

»Ach, übrigens, wir sehen uns heute das letzte Mal.«

Er hatte sie überrascht angesehen und gefragt, ob dies wieder so ein Trick von ihr sei, merkte dann aber an ihrer Gelassenheit und Ruhe, daß es wohl feste Absicht sei, eine jener kühlen Entschlüsse, die er bei Frauen schon oft bewundert hatte. Er konnte sich nie endgültig trennen, schleppte jede Affäre fort, bis alles zuviel wurde.

Auch Sara erinnerte sich daran, als ihr Mann nach einigen Monaten gequälter Rechtfertigungen und Entschuldigungen eines Abends seinen Abschied erklärte. Ich will mich scheiden lassen, hatte er wie nebenbei gesagt, und sie hatte ebenso ruhig geantwortet, ich weiß.

Eine undramatische Trennung nach einer für beide komplizierten Ehe.

Es entstand eine Pause im Gespräch, beide Frauen waren mit ihren Gedanken beschäftigt.

»Ich werde allein leben.« Melitta Grund zeigte eine fröhliche Gelassenheit. »Ein Single mehr in Berlin.«

»Haben Sie Geld, was werden Sie arbeiten?« Sara wußte, daß sie die Frage schlecht plaziert hatte, aber es mußte irgendeinen Zusammenhang zum Mordfall geben. Vielleicht erwartet sie Geld von einem der beiden Männer, vielleicht Erpressung.

Das schöne Gesicht verzog sich ärgerlich, als Melitta Grund antwortete.

»Ich bin finanziell unabhängig.«

Sara wußte, daß sie hier nicht weiterkam, aber eines war gewiß, Melitta Grund hatte bewußt und absichtsvoll die Namen beider Männer gegenüber der Polizei ins Gespräch bringen wollen. Ein kleiner Racheakt, oder Teil eines Spiels?

Im Palast-Hotel herrschte rege Geschäftigkeit. Seit der Einheit kamen alle nach Berlin. Wissenschaftler und Berufsverbände hielten ihre Vereinigungskongresse ab, die anfangs noch von den Senatoren der jeweiligen Fachressorts feierlich begrüßt wurden, dann, als die Tagungen die Stadt überschwemmten, mit Fachbeamten vorlieb nehmen mußten. Es gab auch Beschwerden deswegen: »In Bayern werden wir vom Ministerpräsidenten empfangen, in Berlin nicht einmal von einem Senator.« Geschäftsleute organisierten Mitarbeiterschulungen, Investments, Versicherungen, versprachen jungen Ossis das schnelle Geld. Von diesem ganzen Rummel profitierte auch das Palast-Hotel im Zentrum, einen Sprung vom Palast der Republik entfernt, dem asbestverseuchten Denkmal sozialistischer Macht, in Reichweite der Museumsinsel und des

Berliner Doms, rückte das sozialistische Prominenten-Hotel, ein häßlicher modernistischer Kasten, in der Rangliste des Marktes nach oben. Noch in der Übergangsregierung nach der Wende luden die kurzzeitigen Minister der noch existierenden DDR hier zum Festschmaus ein. Ein kleiner Nebenraum, verspiegelte Wände, kristallene Leuchter, gediegene dunkle Tische und Stühle mit hohen Lehnen, demonstrierten Bestand und Tradition der sozialistischen Republik. Das Essen war mäßig, der Wein aus Baden.

Vier Männer waren nacheinander in der Hotelhalle erschienen, waren langsam und sich umsehend zum Fahrstuhl gegangen und zum siebten Stockwerk hinaufgefahren. Der erste, ein großer, energisch auftretender Mann besaß den Schlüssel, die anderen klopften dreimal leicht an die Tür, bevor ihnen geöffnet wurde. Der Gang war leer.

Die vier Männer tranken Bier und dachten an ihren fünften Mann, der fehlte. Er war tot, ermordet.

»Es ist alles nur eine Frage der Zeit«, begann der Große, der offenbar die Rolle des Wortführers übernommen hatte, »dann haben sie uns gefunden. Wir müssen der Polizei eine plausible Geschichte erzählen können.«

Unruhe kam auf. Die Atmosphäre des Hotelzimmers, das mit schweren Kunstledersesseln, beigebraunem Teppichboden, importiertem Couchtisch aus Teakholz und schweren geblümten Vorhängen eher einem gediegenen Wohnzimmer glich, dämpfte nicht die Nervosität der Männer.

Der Große, der jetzt am Fenster stand, versuchte die Männer zu beschwichtigen: »Die Verträge sind gültig, da kann uns niemand etwas anhaben.«

»Aber sie werden uns verdächtigen, Harald ermordet zu haben«, jammerte ein kleiner Dicklicher. Er rieb sich seine schwitzenden Hände mit einem Taschentuch ab, ebenso die Stirn.

»Nein, vor lauter Angst siehst du nicht klar«, rief ein anderer, um alle zu übertönen. »Wir haben doch kein Motiv.«

»Aber wir waren am Tatort«, grinste der Große, der sich offenbar vor nichts fürchtete.

»Ich war nicht da, ich nicht«, betonte ängstlich der Dickliche.

»Nun hör doch mal auf zu lamentieren. Wir müssen jetzt zusammenhalten«, sagte der Große beschwörend. »Deshalb haben wir uns hier getroffen, um unser Verhalten gegenüber Bruno Grund abzustimmen.«

»Ich denke, der ist spurlos verschwunden«, meinte ein Kahlköpfiger, der bisher geschwiegen hatte.

»Ich weiß, der wird überall von der Polizei gesucht. Aber was hat das mit uns zu tun«, beruhigte der Große die anderen. »Wir wissen, daß Bruno Grund von Harald Ost erpreßt wurde. Das werden wir der Polizei erzählen. Wir werden auch von den nicht eingelösten Versprechungen gegenüber Harald erzählen können.«

Nach einer nachdenklichen Pause sah er die anderen vielsagend an: »Wir wissen aber nicht, wo das Geld von Harald geblieben ist. Ist es mit Bruno Grund verschwunden? Der würde sich nicht mit so kleinen Beträgen bekleckern. Harald hatte kein Geld bei sich, keinen Hinweis, nichts, als man ihn fand.«

»Vielleicht hat er's auf der Bank oder in einem Schließfach«, murmelte der kleine, Dickliche.

Die Männer sahen einander mißtrauisch an. Jeder überlegte, wer von ihnen das Geld haben könnte. Derjenige, der es hätte, könnte auch der Mörder des Freundes sein. Das Schweigen wurde unerträglich. Der Raum schien zu eng zu werden. Die Männer nahmen den Straßenlärm von draußen überdeutlich wahr. Der Große schaute auf die Uhr und mahnte zum Aufbruch.

Sie einigten sich auf eine gemeinsame Version ihrer Beziehung zu Harald Ost und Bruno Grund: Rein geschäftlich. Versteht sich.

Der Neue hatte gute Arbeit geleistet. Böck knurrte zufrieden. Die Befragung von Mitarbeitern des ehemaligen Ministeriums für Wissenschaft und Technik einschließlich Leitung, Sekretärinnen, Friseur etc. hatte Namen von Kollegen eingebracht, die als engere Kontakte von Harald Ost galten. Der Neue hatte einige Tage dafür gearbeitet. Nun standen vier Namen auf dem Berichtsbogen. Alle Achtung. Es waren dieselben Namen, die auch Sara erfahren hatte. Der Neue hatte sogar eine Vorladung vorbereitet.

Böck gab sie sofort weiter. Jetzt rundete sich die Sache ab. Böck nahm sich vor, den Neuen zu loben, vergaß es aber dann doch wieder.

Er rief Sara an und verabredete sich mit ihr zum Abendessen beim Italiener. Sie klang enttäuscht über das Gespräch mit Melitta Grund.

Bruno Grund war immer noch verschwunden. Die Presse hatte mehrmals kritisch die fehlenden Erfolge der Polizei angeklagt, in einer Zeitung wurde die schleppende Ermittlung sogar als Beweis für den notwendigen Ausbau der Polizei gewertet, was seitens der Polizeiführung und des Senators begierig aufgegriffen wurde. Diese Sichtweise paßte gut in die gerade heißgelaufene Diskussion über das neue Polizeigesetz, das der Polizei bei organisiertem Verbrechen das Recht auf Telefonüberwachung sowie den Einsatz verdeckter Ermittler verschaffen soll. Ein solcher Ermittler, den jeder aus amerikanischen Kriminalserien kennt, wird in eine Verbrecherbande eingeschleust, spielt dort den Ganoven, um, sofern er nicht vorher entlarvt wird, im entscheidenden Augenblick seine Kollegen zu benachrichtigen, die dann zuschlagen.

Die Berliner Polizei war bei den Haushaltskürzungen schlecht weggekommen, der gewünschte Ausbau fand nicht statt, es wurden sogar Überstunden abgebaut. Die Stimmung war gereizt. Bei der freiwilligen Polizeireserve sollte der 24-Stunden-Dienst abgeschafft werden. Das ging an die Substanz. Früher bekam einer nach dem 24-Stunden-Dienst zwei Tage frei, er konnte nach Westdeutschland fahren oder eine kleine Nebentätigkeit aufnehmen. Bei einem großen Einsatz, der in Berlin ständig stattfand, mußten dann Überstunden gefahren werden, um genügend Leute zu haben. Dieser Zuschlag sollte jetzt bei einem 12-Stunden-Dienst entfallen, weil ja mehr Polizisten einsatzbereit wären, ohne die Gesamtzahl zu erhöhen. Die Polizisten waren so erbost über solche unsozialen Sparvorschläge, daß sie auch gegenüber Bürgern, die einen Diebstahl anzeigen wollten, keinen Hehl aus ihrer Personalknappheit machten.

Böck hielt sich von politischen Diskussionen fern. Er war

persönlich gegen den Einsatz verdeckter Ermittler, die Polizei darf sich nicht an Straftaten beteiligen, um Straftaten zu verfolgen. Recht und Unrecht dürfen nicht verschwimmen, dachte er, hielt sich aber mit seiner Meinung zurück, weil die Stimmung so aufgeheizt war, daß er fürchtete, die Arbeit ginge noch schlechter voran.

Sara war nach dem Gespräch mit Melitta Grund in ihr Büro gefahren. Dort fand sie zwei wichtige Informationen vor. Die Leitung fragte schriftlich an, wo sie sich während ihrer Arbeitszeit befände und in welchem Auftrag. Sara schäumte vor Wut und ließ sich nicht gerade wohlwollend über diese Bürokraten und Sesselhocker aus. Die zweite war ein Auftrag, den sie sofort erledigen sollte. Sie mußte nach Berlin Adlershof fahren, um einer Anzeige aus einem der Institute der Akademie der Wissenschaften der DDR nachzugehen. In der Anzeige wurde behauptet, die Leitung des Instituts habe wissenschaftliche Geräte auf eigene Faust verkauft.

Die Fahrt dauerte lange. Sara verwarf die Sorge über Probleme mit der Abwesenheit in der Verwaltung schnell und grübelte über »ihren Fall« nach. Ihre Gedanken blieben bei Martin Böck hängen.

Ihre Ankunft riß sie abrupt aus ihren Überlegungen heraus. Das Institut befand sich auf einem riesigen öden Gelände, das ehemals zum Reichsministerium für Luft- und Raumfahrt gehörte. In den alten Gebäuden und einigen kargen Neubauten, an denen der Putz bröckelte, waren Akademieinstitute untergebracht. Sara fuhr auf holprigen Wegen durch das Gelände, bis sie das richtige Institut fand.

Der Direktor und zwei Personalräte waren anwesend. Einer davon erwartete sie am Eingang. Vorwurfsvoller Blick, weil sie so spät kam. Noch immer übten sie die Praxis, Besucher an der Pforte abzufangen und zum Zielort zu begleiten.

Es roch nach einer Mischung aus Desinfektionsmittel und Bohnerwachs, wie in allen Ämtern. In einem kleinen Sitzungszimmer, das nach der Wende weiß gestrichen worden war – im übrigen dürftig eingerichtet –, wurden Papiere über fehlende Geräte und deren Wert vorgelegt sowie ein Päckchen handgeschriebener Quittungen, die angeblichen Beweise für illegale Verkäufe. Der Direktor, ein blasser weißhaariger Mann, Anzug DDR-Qualität, konnte zur Sache selbst nichts sagen, kam aber nach einigen Umwegen direkt auf seine eigentlichen Sorgen, die Zukunft des Instituts, der Wissenschaftler, der Techniker, zu sprechen. Zwar war ein Konzept über das gesamte Gelände im Gespräch, aber die Experten hatten nur einige wenige Bereiche der bisherigen wissenschaftlichen Arbeit als erhaltenswert begutachtet. Hunderte von Menschen bangten um ihre Existenz. Junge qualifizierte Leute wanderten in die Industrie nach Westdeutschland ab. Sara dachte für sich, sie tun recht daran, sagte aber, daß die Berliner Verwaltung mit dem zuständigen Ministerium verhandle, die Aussichten für einen Technologiepark seien nicht schlecht. Aber die vorhandenen wissenschaftlichen Geräte sollten unbedingt erhalten bleiben. Die Personalräte trugen ihre Sorgen um die Arbeitssplätze direkter und fordernder vor, sie hatten schon den »Wessistil« drauf, während der Direktor noch den alten Respekt vor den staatlichen Instanzen zeigte.

»Wir tun, was wir können«, sagte Sara freundlich, »aber bitte sorgen sie dafür, daß es keine Skandale gibt.«

Der Direktor nickte, die Personalräte sahen sich vielsagend an und begleiteten Sara nach unten. Schon fast an der Tür, fragten sie nach einigem Herumdrucksen, wann und wie die alten Direktoren der Institute abgesetzt und neue gewählt würden.

Sara antwortete: »Wenn wir wissen, wie es weitergeht.« Sie wußte, daß sie nur enttäuschen konnte. Das war bei fast allen Besuchen von wissenschaftlichen Instituten so.

Sie hatte immer weniger Freude an dieser Vereinigungsarbeit. Kurz nach der Wende waren alle mit Elan an die Arbeit gegangen. Dann kamen die Probleme: kein Geld, alte Seilschaften, die noch am Werk waren, Verdächtigungen, denunziatorische Briefe über Kollegen an die Senatsverwaltung, zumeist ohne Unterschriften. Allein über die Vergangenheit der Ärzte in der Charité, die als Universitätsklinik zur Humboldt-Universität gehörte, wurden Dutzende anklagender Briefe anonym an die ehemalige Senatorin geschickt. Die Briefe wurden alle nach Fachgruppen der Medizin geordnet und abgeheftet. Sara war im Zweifel, ob der Inhalt des Briefes oder die Tatsache der anonymen Beschuldigungen trauriger war.

Auf dem Weg zurück verfuhr sich Sara. Das passierte ihr häufig. Der unbekannte Hinweg klappte tadellos, aber zurück ging nichts mehr. Sie hielt am Straßenrand, um den Stadtplan zu studieren. Das war nicht gerade ihre Stärke. Sie stieg aus, um nachzusehen, wo sie war, fand aber kein Straßenschild. Vielleicht ist gerade eine Straßenumbenennung im Gange, dachte Sara belustigt. Der Name eines Kommunisten wurde ausgetauscht gegen einen Feudalherren, den niemand mehr kannte. Die Otto-Nuschke-Straße in der Nähe des Brandeburger Tors hieß jetzt Jägerstraße. Gemeint war aber nicht ein Herr Jäger, sondern der ehemalige Durchritt der fürstlichen Jagdgesellschaft, hatte sich Sara erzählen lassen. Die Verwaltung für Verkehr hatte auch den Rosa-Luxemburg-Platz auf der Liste der bösen Namen. Das hatte aber die Sozialdemokraten erbost.

Sara fand schließlich den Weg und erreichte endlich bekanntes Terrain. Sie fuhr die Karl-Marx-Straße in Neukölln entlang. Niemand plante hier eine Umbenennung der Straße. Sie war wie fast immer verstopft. Dann fuhr sie die Flughafenstraße entlang, vorbei am Flughafen Tempelhof, der Turm mit runder Kuppel war von der Abendsonne erleuchtet. Sara fuhr entspannt weiter, freute sich auf das Treffen mit Martin Böck.

Er stand bereits vor der Haustür, als Sara mit einiger Verspätung ankam. Sie beschlossen, zu einem Spanier um die Ecke essen zu gehen. »Con mucho ajillo«, imitierte Sara und überlegte, welche Termine sie morgen haben würde.

»Nicht zuviel Knoblauch, ich muß morgen zum Chef«, sagte Böck lachend.

Das kleine Restaurant war voll besetzt, aber sie hatten Glück, ein Tisch für zwei Personen wurde frei. Weil Sara dem Wirt bekannt war, wurden sie freundlichst versorgt. Er war Gitarrist und fing, auf einem Barhocker sitzend, zu später Stunde an zu spielen und zu singen. Mit weicher tiefer Stimme, einige Unreinheiten waren nicht zu überhören, sang er bekannte spanische Schlager und Volkslieder. Die Gäste sprachen dem Wein noch mehr zu, und es kam mitten im bürgerlichen Berlin-Wilmersdorf eine wohlige Stimmung der Ferne auf. Sara vergaß beinahe, alle ihre Neuigkeiten zu erzählen, und Martin Böck freute sich, an einem Fall mit Sara zusammenzuarbeiten, und wünschte sich insgeheim, daß die Ermittlungen noch lange dauern würden. Wenn da nicht der Erfolgszwang wäre. Er mußte Bruno Grund finden, wenigstens um öffentlich etwas vorzeigen zu können. Denn Martin Böck war sich eigentlich sicher, daß mit dem Auffinden von Bruno Grund der Mord noch nicht geklärt war.

»Wenn ich den Bruno Grund habe«, sagte er plötzlich, Sara fest ansehend, »dann sind wir weiter, dann kommt Bewegung in die Sache.«

»Ich bin sicher, daß Melitta Grund nicht weiß, wo er sich aufhält. Sie schien auch nicht daran interessiert zu sein«, sagte Sara beinahe fröhlich. Sie mußte daran denken, wie Melitta Grund ihren rot gelockten Kopf schüttelte, um so zu demonstrieren, wie frei und unabhängig sie sich fühlte.

»Vielleicht ist sie eine gute Schauspielerin?«

»Nein«, antwortete Sara, »sie lebt ihr eigenes Leben.«

»Welches Leben?«

»Ein Leben unabhängig vom Mann und *seinem* Geld.«

»Hat sie selbst Geld?« fragte Böck.

»Entweder das, oder sie erwartet, Geld zu bekommen.«

»Woher?«

»Das konnte ich nicht erfahren, aber sie schien gänzlich unbekümmert, ohne Last und ohne Sorgen.«

Böck ärgerte sich zunehmend. Er spürte, daß Sara Gefallen an Melitta Grund fand, an ihrer zur Schau gestellten Emanzipation. Sara sah Böck prüfend an. Hatte er Probleme mit einem modernen Frauenleben? Sie wußte nichts von seiner Ehe, wollte auch nicht fragen.

»Morgen werde ich mit Kollegen von Harald Ost sprechen. Es

scheint sicher, daß sie mit ihm zusammen ein Geschäft geplant und wahrscheinlich auch durchgeführt haben.«

»Siehst du ein Motiv für einen Mord«, fragte Sara.

»Möglich wär's, aber verdächtig ist auch derjenige, der hinter den Grundstücksgeschäften steckt.«

»Ein einzelner? Bruno Grund?«

Böck schilderte sein Unbehagen darüber, daß das Verschwinden von Bruno Grund zu hoch bewertet würde. Seine Erfahrung sprach dagegen. Warum sollte Bruno Grund den kleinen Harald Ost ermordet haben? Weil dieser von ihm Geld wollte? Erpressung und Bezahlung? Selbst wenn Ost ein Erpresser war, es sprach einiges dafür, wäre das Risiko für Bruno Grund zu hoch gewesen, er hätte gezahlt.

»So einfach ist dieser Fall nicht«, stöhnte Böck.

»Auch in anderen wissenschaftlichen Instituten wurden Geschäfte gemacht, z.B. wissenschaftliche Geräte verkauft.«

Sara schilderte ihren Besuch auf dem öden Gelände in Adlershof. »Die ehemaligen Kader versuchten noch vor der deutschen Einheit, ihre Zukunft zu sichern, weil sie wußten, daß ihre Karriere beendet sein würde.«

Böck fragte: »Gerücht oder Wahrheit? Wie können wir das wissen, wenn sich die Menschen untereinander denunzieren?«

»Der Fall in Adlershof ist noch unklar«, wandte Sara ein.

»Es hat offenbar Verkäufe von Geräten der Akademie gegeben. Das Geld ist nicht zurückgeflossen.«

»Die sozialistischen Kader privatisieren die Reste des sozialistischen Staates und machen sich selbst zu Privateigentümern«, amüsierte sich Böck. »Morgen wissen wir mehr.«

Er sah auf die Uhr. Es war spät geworden. Der Wirt sang gerade ein trauriges Liebeslied. Sie hörten abwesend zu.

Der nächste Tag verlief anders, als Martin Böck ihn geplant hatte. Er hatte schlecht geschlafen, seine Träume kreisten um den Mordfall und um Sara. Im Traum saßen Sara und Melitta Grund zusammen und erzählten sich bei einem Glas Sherry von den Plänen eines selbständigen Lebens. Sie kicherten, prusteten wie Schulmädchen und gaben sich Zeichen, die er nicht verstehen konnte. Er schaute an sich herunter, war entsetzt – er hatte einen Rock an. Und im Traum lag der Tote auf der Damentoilette, die Mordwaffe steckte in seinem Rücken. Es war ein kleiner schmaler Dolch, mit hübschen kleinen Ornamenten als Verzierung am Griff.

»Der Mörder ist jedenfalls ein Mann«, sagte Böck beim Aufstehen zu sich selbst, denn Frauen suchen ihr Opfer nicht im Waschraum einer Herrentoilette. Sie hatten inzwischen festgestellt, daß Ost im Waschraum ermordet worden war. Es gab hinreichend Spuren. Der Waschraum war durch eine Tür von den Toiletten getrennt. Auch über das Messer wußten sie mehr. Es stammte aus russischen Armeebeständen. Konnte man jetzt überall kaufen. Keine Fingerabdrücke. Nur die von Ost. Der Stich hatte, berichtete ihr Spezialist, schnell zum Tod geführt.

Das Telefonläuten riß ihn aus der morgendlichen Nachdenklichkeit.

»Bitte sofort kommen, Termin mit dem Chef ist vorgezogen worden, wichtig.«

Verdammt, er mußte wieder ohne Frühstück aus dem Haus.

Böck wohnte in Charlottenburg und mußte sich zu seinem Büro durch den dichten Frühverkehr quälen. Beinahe wäre er, in Gedanken versunken, seinem Vordermann aufgefahren, als dieser nicht, wie erwartet, bei gelber Ampel über die Kreuzung raste, sondern brav zum Stehen kam.

Im Büro saßen seine Leute mit langen Gesichtern herum.

»Die vier Wissenschaftler kommen um zehn«, sagte seine Sekretärin zum drittenmal.

Der Neue stolperte mit der Nachricht ins Zimmer, daß Bruno Grund in Berlin gesehen worden sei.

»Von wem?« stieß Böck hervor.

»Die Nachricht wurde aus dem Büro von Fritz Fischer übermittelt.«

»Was?!« schrie Böck. »Sofort verbinden.«

»Er ist nicht erreichbar, haben wir schon versucht.«

»Dieser Fritz Fischer meint, er könne mit uns seine Spielchen wagen, nur weil er einige Politiker kennt.« Martin Böck war sauer.»Wir bewachen das Büro von Fischer und von Grund, werden ja sehen, wo wir ihn erwischen.«

»Sofort?«

»Ja klar, sofort.«

»Und dann?« fragte der Neue.

»Was heißt und dann, erst sehen, dann handeln.«

Jetzt konnte er dem Chef wenigstens berichten, daß etwas geschehen wird, auch wenn sie noch keine Fakten in der Hand hatten.

Das Büro des Chefs sah so aufgeräumt aus, daß Böck kurz dachte, dieser sei noch nicht im Hause. Der Schreibtisch war leer geräumt, kein Staub war auf der glänzenden Tischplatte zu sehen.

Er kam hastig aus dem Nebenzimmer.

»Wenig Zeit! Neuigkeiten? Bericht nach oben, heute noch!«

Er stieß die Worte hastig aus, ohne Betonung, und sah Böck dabei durchdringend an. Sie konnten sich nicht leiden. Böck hatte schon mehrmals grußlos das Zimmer verlassen und dabei die Tür heftig ins Schloß geworfen. Sein unangemessenes Verhalten einem Vorgesetzten gegenüber wurde Bestandteil seiner Personalakte.

Böck spürte, wie der Zorn sich in ihm ausbreitete, sich in der Magengegend konzentrierte und dann langsam nach oben stieg, wellenförmig sein Hirn überspülte und seine Gedanken lähmte. Er kämpfte dagegen an, wollte sich nicht hinreißen lassen.

»Gute Aussichten, Bruno Grund festzusetzen«, knurrte er.

»Heute?« fragte der andere.

»Möglich.«

»Sofort mitteilen!«

»Wem?« fragte Böck frech.

Der andere sah ihn verkniffen an, ohne zu antworten.

Böck war entlassen. Wie immer ärgerte er sich, daß er sich nicht verstellen konnte. Wieder war er seinen Gefühlen erlegen, den anderen zu verachten. Er haßte diese Bürohengste, die nach unten traten, während sie nach oben wieherten.

Die vier Männer hatten sich erneut verabredet, um noch einmal alles abzusprechen, was sie dem Kommissar sagen würden.

»Wichtig ist«, sagte der Große, »daß wir unser Recht auf Verkauf glaubhaft darstellen.«

»Keine Unsicherheit.«

»Wir sind im Recht«, wiederholte der Kahlköpfige.

»Ich werde alles sagen«, winselte der Dickliche, »ich habe eine neue Stelle in der Senatsverwaltung in Aussicht, ich will aus der Sache raus.«

»Willst Du auch das Geld loswerden?« warf der Große spöttisch ein.

»Dieser Böck ist ein schlauer Kerl, dem können wir nichts vormachen. Die werden versuchen, uns den Mord anzuhängen, weil sie nicht weiterkommen.«

»Quatsch keinen Unsinn. Wir haben kein Motiv«, fuhr der Kahlköpfige dazwischen.

Alle redeten durcheinander.

Der Große steckte sich hastig eine Zigarette an und sagte drohend zu den anderen:

»Wir bleiben bei unserer Version, kein Gesetz kann uns etwas anhaben. Alles klar.«

»Hast du seine Frau besucht?« Er sah den Dicklichen fragend an.

»Nein, war nicht zu Hause. Bleibe dran.«

»Die trauernde Witwe«, grinste der Kahlköpfige.

»Mir tut sie leid«, murmelte der Dickliche.

»Du gehst mir auf die Nerven. Wir müssen zusehen, wie wir aus dem Schlamassel kommen. Also, daß sich jeder an die abgesprochene Taktik hält.«

Als die Vier aus dem Hotel traten, sahen sie, daß sich gegenüber auf dem Platz eine Menschenmenge versammelt hatte. Polizeiwagen postierten sich am Rande und in den Seitenstraßen. Das Rote Rathaus, in dem nun die neue Berliner Regierung aus großer Koalition von CDU und SPD die Stadt verwaltete, war beinahe täglich Ziel protestierender Bürger. Der Senat wollte einen rigorosen Sparplan durchführen. Die Verwaltung sollte kleiner werden. Stellenabbau war beschlossene Sache. Öffentliche Einrichtungen sollten privatisiert werden, um die Kosten zu senken. Viele Errungenschaften des öffentlichen Dienstes der »Frontstadt Berlin«, wie die Berlinzulage, die zahlreichen Sonderregelungen der Mitbestimmung, die mit dem Berlinstatus gewonnenen Gewohnheitsrechte der Menschen, waren mit einem Mal gefährdet. Die Nabelschnur zu Bonn war durchschnitten. Berlin mußte sich mit anderen Bundesländern messen und vergleichen lassen. Zuerst waren die Lehrer betroffen. Wieviel Stunden arbeiten Lehrer in Berlin im Vergleich zu Lehrern in Hamburg? Mehr als tausend Planstellen kostete dieser Vergleich. Bei der Polizei sollten fünfhundert Stellen eingespart werden. Es blieb kein Auge trocken.

»Warum immer die Lehrer«, empörten sich die Lehrer.

»Mehr Kriminalität und weniger Polizei, das nimmt ein böses Ende«, prophezeiten die Lobbyisten der Polizisten.

»Gesundheit muß mehr wert sein«, nahmen die Profis für sich in Anspruch, und gingen auf die Straße.

Die Mehrzahl der Menschen hatte andere Sorgen, denn die Mietpreise schossen in die Höhe. Berlin war das Eldorado der Spekulation und der hohen Profite geworden. Auf dem Grundstücks- und Wohnungsmarkt tummelten sich die Spekulanten. Der Staat mußte immer mehr Menschen durch Wohngeld unterstützen. Obdachlosigkeit nahm stetig zu. Die Bahnhöfe wurden immer mehr zu Notunterkünften für Asylbewerber und Obdachlose. Die Bevölkerung protestierte gegen die unhygienischen Bedingungen in den Bahnhofstunneln.

Heute waren die Mieter vor dem Ostberliner Rathaus versammelt. Die Forderung der Demonstranten war die Begrenzung der Altbaumieten.

»Wir wollen zahlbare Mieten für alle«, war durch den Lautsprecher zu hören. Kommentare aus dem Publikum:

»Die reden, aber handeln tun sie nicht.«

»Selbst wohnen die in Eigentumswohnungen.«

Da gab es auch einige, die von den alten Zeiten schwärmten.

Noch vor einem Jahr hatten am selben Ort andere protestiert. Sie hatten vom Magistrat den billigen Verkauf kommunalen Eigentums gefordert, sie wollten sich ihr Eigenheim sichern, bevor die Grundstückpreise stiegen. Die Übergangsregierung hatte bis zur legalen Wahl des Magistrats damit begonnen, kommunalen Boden, auf den private Häuser gebaut wurden, zu verschleudern. Die demokratisch gewählte Stadtregierung im Ostteil Berlins setzte dieser Begünstigung ein Ende. Die Betroffenen hatten voller Zorn das Rathaus gestürmt. Ehemals »brave« DDR-Bürger waren über den roten Teppich die Treppen hinaufgelaufen, die Gänge entlanggejagt, bis sie vor dem Sitzungssaal der gemeinsamen Landesregierung aus Senat und Magistrat, genannt Magisenat, vor verschlossenen Türen standen.

So etwas war seit vierzig Jahren nicht geschehen. Die Beamten rauften sich die Haare. Was tun?

Die Hauseigentümer wollten ihre Forderung dem Regierenden Bürgermeister von Westberlin und dem Bürgermeister von Ostberlin vortragen.

»Nein«, lautete die klare Antwort des Chefs der rot-grünen Regierung aus dem Westteil. »So nicht, wir arbeiten hier. Dies ist eine Senatssitzung.«

Vor dem Sitzungssaal Schreie, Rufe. Es wurde an die Tür gehämmert. »Rauskommen.«

Drinnen wurde ohne Unterbrechung nach Tagesordnung weitergearbeitet, gestritten, entschieden, vertagt. Der Chef strich sich nicht ärgerlich über die Glatze, wie viele vermuten würden, er rieb sich, wie immer, wenn er ungeduldig wurde, die Nase, bis sie an der Spitze rot angelaufen war.

Sein Zwilling, der Oberbürgermeister, rutschte auf seinem Sitz hin und her. Der Chef der Senatskanzlei gab den Beamten Anweisungen, die Polizei zu holen. Nach einiger Zeit wurde es still. Die aufgebrachte Gruppe verließ murrend das Rathaus.

Die vier Männer mußten sich durch eine Menschenmenge protestierender Mieter durchwühlen, bis sie zu ihrem Auto kamen. Sie fuhren gemeinsam ab.

Nun standen die Vier schweigsam im Vorzimmer von Martin Böcks Büro. Es dauerte einige Minuten, bis Böck sie hineinrief. Ihnen waren die Minuten wie Stunden vorgekommen. Böck ließ sie an seinem Besprechungstisch Platz nehmen. Er sah sie sekundenlang prüfend an. Dann begann er:

»Ich möchte von Ihnen alles über Harald Ost wissen. Woher sie ihn kannten, wie lange, mit wem er befreundet, verfeindet war.«

Kurzer prüfender Blick in die Runde.

Der Große trotzte dem Blick ovn Martin Böck. Die anderen wichen ihm aus.

»Ich möchte von Ihnen wissen, wie er in der DDR gelebt hat.«

Der Große machte sich zum Sprecher. Die anderen nickten entweder zustimmend oder schüttelten verneinend den Kopf.

»Wir kennen beziehungsweise kannten Harald schon vom Studium her. Haben viele Jahre zusammen am selben Institut für Elektrotechnik zusammengearbeitet.«

»Woran?« interessierte sich Böck.

»Harald hat auf dem Gebiet der Elektrotechnik und Informatik geforscht. Das hat bei uns bedeutet, auch Geräte zu basteln oder verschiedene Technikprodukte aus dem Westen mit unseren Apparaten kompatibel zu machen. Dafür war er Spezialist.«

»Also ein Praktiker?«

»Kann man sagen.«

»Und im Ministerium?«

»Er war zuständig für Informationstechnologien.«

»Kompetenzen?«

»Nichts Besonderes. Die DDR war ja in diesem Bereich sehr zurückgeblieben. Diese technologische Lücke sollte aufgeholt werden. Es war viel davon die Rede, daß mit dem Westen vergleichbare Produktqualität entwickelt werden sollte. Vor allem sollte die DDR unabhängig vom technologischen Import gemacht werden.«

»Fuhr er viel in den Westen?«

Kurzes Zögern, bevor der Große antwortete: »Nicht oft, aber öfter.«

»War er Geheimnisträger?«

»Na ja, das waren wir doch alle, bei dem Theater, das bei Westkontakten gemacht wurde.«

»Irgendein Vorfall?«

»Was meinen Sie damit?« Erstauntes Fragen.

Jetzt stellt er sich dumm, dachte Böck bei sich und entschloß sich, seine Frage später zu wiederholen.

»Kannten Sie seine Frau?« Böck sah in die Runde.

Es kam Unruhe auf. Nicht lange, aber doch auffallend genug, daß sich Böcks Vermutung verstärkte.

»Seine Frau!« wiederholte er ungeduldig. »Kannten Sie sie?«

»Ja, natürlich«, dann: »Wie man sich halt so kennt von Besuchen oder Feiern.«

Jetzt wurde ein kleiner Dicklicher lebhaft. »Ich kannte sie gut«, gestand er.

Der Große warf ihm einen kurzen warnenden Blick zu. Die anderen beiden rieben sich nervös die Hände. Martin Böck entging nichts.

»Wie gut?« hakte Böck nach.

»Das war aber vor der Scheidung, dann verlor ich sie aus den Augen.«

»Wie gut?« drängelte Böck.

»Sie war früher mit meiner Frau befreundet, vor der Scheidung«, ergänzte er. »Wie das so bei einer Scheidung ist, die Frau scheidet aus dem Freundeskreis aus.«

»Warum sind sie nicht von selbst zu mir gekommen?«

Böck wechselte die Tonart. Er zeigte seinen Ärger offen.

»Warum haben Sie uns wochenlang suchen lassen, bis wir Freunde oder Kollegen von Harald Ost fanden?«

Wieder entstand kurze Unruhe.

»Hatten wir keinen Anlaß«, antwortete der Große frech.

»Harald war tot, was sollten wir da tun?«

»Er wurde ermordet«, sagte Böck lauter. »Wäre es da nicht selbstverständlich gewesen, sich zu melden?«

»Nein, für uns nicht«, der Große sah Böck fest an, »bei uns geht man nicht einfach zur Polizei und sagt, hier bin ich, kann ich helfen. Man hält sich raus, wie man das immer getan hat.«

»Auch Harald Ost?«

»Der ganz bestimmt. Hielt nicht viel von der Partei und der Politik. War nicht dagegen, aber auch nicht dafür.«

»Hat ihm das nicht geschadet?« Wieder spürte Böck, daß diese Frage wichtig war, kam aber auch nicht weiter.

»Von seiner Sorte gab es viele.« Der Große war offenbar nicht von der Sorte.

»War er in der Partei?«

»Früher mal, glaube ich.«

»Wie konnte er in den Westen fahren, wenn er unzuverlässig war?«

»Unzuverlässig?« fragte der Große zurück. »Er war interessiert an seinem Beruf, konnte seine technischen Spezialhobbys ausüben, hatte sein Auskommen.«

Böck merkte, daß er nicht weiterkam und entschied sich für Provokation.

»Wir wissen, daß Sie mit Harald Ost zusammen ein Geschäft geplant haben, es ging um Grundstücke.«

»Geschäfte macht man eher im Westen, wir sind doch die dummen Ossis«, reagierte der Große prompt.

»Es ging nicht um ein Geschäft, nicht um Geld?« bohrte Böck nach.

»Ich denke, Sie wissen alles.«

»Ich möchte es von Ihnen hören.«

»Was hören?«

»Was Sie mit Harald Ost gemeinsam geplant haben.«

Der Große räusperte sich, die anderen spielten unbeteiligtsein. Nur der Dickliche fummelte nervös an seinem Hemdkragen.

»Geplant haben wir«, sagte der Große, »unsere gemeinsame

Zukunft, indem wir ein Kongreßzentrum an einem Seegrundstück errichten wollten. Aber das wissen Sie sicher bereits.«

Er fixierte Martin Böck, der ihn ebenso gespannt ansah. Bevor der Große weitersprechen konnte, wurde Böck ans Telefon gerufen.

Der Neue erzählte hastig, daß Fischer inzwischen in seinem Büro eingetroffen sei, ob er, Böck, mit ihm sprechen wolle. Böck überlegte kurz. Sollte er ihn aufwerten, indem er ihn anrief und nachfragte, woher er von Bruno Grunds Aufenthalt in Berlin wisse, oder sollte er lieber abwarten. Abwarten wäre einerseits ein Risiko, andererseits könnte er dann aus der Ferne beobachten, was zwischen den Männern geschehen würde. Er entschied sich trotzdem, ihn anzurufen und verließ dazu den Raum.

Fischer meldete sich sofort am Telefon. »Ich habe Ihren Anruf erwartet.« Böck ärgerte sich. »Woher wissen Sie ...?«

Doch noch bevor Böck die Frage beendet hatte, antwortete Fischer: »Ich habe eine Verabredung mit Bruno Grund.«

»Was?« schrie Martin Böck ins Telefon.

»Er hat mich angerufen, will mit mir sprechen.«

»Wann?«

»Heute nachmittag.«

»In Ihrem Büro?«

»Ja.«

»Ich werde dort sein«, kündigte Böck ihm an.

»Ja, sicher, aber ich habe eine Bitte, ich würde gerne kurz mit Grund persönlich sprechen, bevor die Polizei eingreift, ich garantiere...«

»Worüber?«

Böck wäre überrascht gewesen, wenn Fischer keine Sonderregelung für sich in Anspruch genommen hätte. Prominentenneurose, dachte er abfällig.

»Ich habe mit ihm ein Geschäft abzuwickeln«, klang es forsch.

»Was?« rief Böck entsetzt, »wir suchen einen Mörder, und Sie denken an Ihre Geschäfte, auf die wir Rücksicht nehmen sollen, Sie sind verrückt.«

»Ich habe meine Interessen«, antwortete Fischer lakonisch,

»und Sie haben Ihre. Übrigens verhandle ich mit Grund im Interesse des Landes Berlin.«

»Sie schrecken wohl vor nichts zurück«, sagte Böck resigniert, denn er wußte, er mußte nachgeben.

»O.k., verhandeln Sie mit ihm. Ich gebe Ihnen eine halbe Stunde, keine Minute länger. Und ein Beamter von mir wird in Ihrem Büro sein. Arrangieren Sie das unauffällig.«

»Kommen Sie selbst?« fragte Fischer.

»Ja.«

Böck war zufrieden. Nun hatten sie Bruno Grund so gut wie sicher. Er schickte seine Leute los. Suchte einen erfahrenen Kollegen aus, dem er persönlich vertraute. Ein weiterer Beamter sollte sich in der Nähe aufhalten, die anderen vor dem Haus und auf der Treppe.

Das Gespräch mit den vier Männern konnte fortgesetzt werden. Böck hatte den roten Faden verloren. Er erinnerte sich an die Frage nach Frau Ost. Irgend etwas verschwiegen die Männer. Er nahm sich vor, noch einmal mit Frau Ost zu sprechen. Oder vielleicht käme Sara besser an sie heran, er würde sie später anrufen. Darauf freute er sich, nicht nur aus dienstlichen Gründen.

Die Männer hatten sich inzwischen noch einmal über ihre gemeinsame Version der Geschichte verständigt und saßen am Besuchertisch wie bei einer Dienstbesprechung. Gelassen und uninteressiert.

»Das Kongreßzentrum«, begann Böck die zweite Runde, »was sollte es genau sein?«

»Es ging um eine ehemalige Akademie der Weiterbildung, Neubau, gute Lage, Schwimmbad, Sauna, Restaurant, zweihundert Betten.«

»Ein Hotel?«

»Nein, eine Tagungsstätte mit Hotelbetrieb.«

»Wer oder was tagt dort?« Er erinnerte sich, wie er und Sara zum See gefahren waren, Plattenbau, trostlos, Blick zum See verstellt, kahle kalte Räume. Unfreundlicher Hauswart, der angeblich von nichts wußte.

»Berlin braucht wissenschaftliche Tagungsorte. Die Universitäten, die Forschungsinstitute, internationale Kongresse, das ICC reicht nicht mehr für die Hauptstadt Berlin. Berlin ist Wissenschaftsmetropole. Kontakte zu Osteuropa werden wichtiger.«

Der Große hatte sich bei dieser Aufzählung von Bedeutungen aufgerichtet und seine Worte mit Handbewegungen unterstrichen.

Böck verachtete die Attribute, die Berlin seit der deutschen Einheit erhalten hatte. Alles Größenwahn, dachte er. Er liebte Berlin so, wie es war, wollte hier einfach leben, dazu brauchte er keine Kulturmetropole, kein Zentrum für alles, kein Tor zu Osteuropa, sondern nur normales Leben in der Stadt. Er wußte, daß auch andere so dachten wie er.

»Wer ist Eigentümer des Grundstückes. Die Häuser sind doch keinen Pappenstiel wert, sind höchstens aus Pappe.«

Böck freute sich über seinen Witz, während der Große seinen Mund verkniff und die rechte Hand zur Faust ballte.

»Das Pappenstiel-Grundstück haben wir bereits verkauft.«

»Sie haben was verkauft?« Böck verschluckte sich beinahe.

»Wir haben das Grundstück am See verkauft.«

»Aber Sie sind doch nicht der Eigentümer gewesen«, Böck war sichtlich irritiert.

»Nein«, der Große zögerte, »wie sagt man in Wessiland, wir hatten eine Option, es zu verkaufen. Die haben wir benutzt. Mit dieser Option, das Grundstück zu verkaufen, haben wir gehandelt.«

»Das müssen sie mir genauer erklären.« Böck erinnerte sich an Saras Spekulation, sie hatte Recht gehabt.

»Wir hatten durch das Ministerium für Wissenschaft und Technik das Recht erhalten, Grundstück und Gebäude zu privatisieren, allerdings war die Nutzung als Kongreßzentrum festgelegt worden.«

»Durch wen?« fragte Böck.

»Durch das Ministerium natürlich.«

»Und wie kamen sie an die Option?«

»Geschäftsgeheimnis. Es ist doch bei euch auch nicht üblich, alles auszuquatschen«, grinste der Große triumphierend.

»Aber nicht in einem Mordfall«, sagte Böck ziemlich scharf.

»Damit haben wir nichts zu tun!«

»Und an dieser Option«, Böck sprach dieses Wort gedehnt aus, »war auch Harald Ost beteiligt?«

»Ja.«

»Hat das Geschäft geklappt, ich meine, haben Sie Ihr Geld erhalten?« Böck richtete sich im Stuhl erwartungsvoll auf.

»Ja.«

»Sie haben?« klang es überrascht.

»Ja.«

»Auch Harald Ost?«

»Ja, auch Harald Ost.«

»Jetzt brauchen Sie mir nur noch den Namen des Käufers zu nennen, der sich an Ihrem betrügerischen Geschäft beteiligt hat.«

»Den Betrug weise ich zurück«, der Große stand auf, »wir haben für alles Papiere und Beweise.«

»Das wird sich zeigen, nicht mein Ressort, ich interessiere mich nur für den Mord und natürlich für das Motiv.« Er sah einen nach dem anderen taxierend an.

Die Männer blickten unsicher auf Martin Böck, so, als ob ihr weiteres Schicksal hier und jetzt entschieden würde.

»Den Namen?« wiederholte Böck hartnäckig.

»Steht im Grundbuch.«

»Ich will ihn jetzt aus Ihrem Munde hören, bevor ich die Sache an die Staatsanwaltschaft weiterleite.«

»Bruno Grund, das wissen Sie doch bereits«, provozierte der Große.

»Deckt sich mit unseren Vermutungen.«

Böck rief Pfeiffer herein und erteilte ihm den Auftrag, diese Information sofort weiterzuleiten. »Sie wissen, was Sie zu tun haben.« Der nickte. Er wird schon noch lernen, aber nicht am Schreibtisch, dachte Böck.

»Eine kleine Information fehlt mir noch«, Böck verzog das Gesicht und trommelte mit dem Bleistift auf den vor ihm liegenden Block, »die Summe?«

Der Große hatte sich wieder zu den anderen an den Tisch

gesetzt, er fummelte nervös eine Zigarette aus der Packung.

»Darf ich?«

»Ja, wenn es Ihnen hilft.«

»Der Preis für die Option betrug eine halbe Million.«

»Was, Sie haben eine halbe Million für dieses krumme Geschäft eingesteckt?«

»Das weise ich zurück, das mit dem krummen Geschäft!« Der Große erhob sich wieder von seinem Platz.

»Jeder einhunderttausend. Auch Harald Ost?«

»Ja.«

»Er hatte also zum Zeitpunkt seines Todes einhunderttausend Deutsche Mark in der Kasse.« Böck schrieb die Zahl groß auf seinen Block und dahinter das Wörtchen – wo?

»Ja.«

Böck war platt. Es ist schon für weniger Geld gemordet worden. Er blickte forschend in die Runde. Jeder von den vier Männern könnte der Täter sein, wenn er nur gierig genug für einen Mord war.

»Ich möchte von jedem von Ihnen für den fraglichen Abend ein Alibi und Namen von Personen, die es bestätigen können.«

»Das haben wir uns gedacht«, sagte der Große zynisch und übergab Böck einen Bogen Papier, mit vier Namen, Ortsangabe und Zeugen.

Ein frecher Hund, dachte Böck bei sich, zu frech für einen potentiellen Mörder.

»Wir werden alles überprüfen.«

»Das hatten wir vermutet. Dürfen wir uns jetzt verabschieden?«

Als Böck die vier Männer entlassen hatte, vermeinte er, etwas Wichtiges übersehen, überhört zu haben. Er ließ die Begegnung noch einmal wie einen Film ablaufen. Aber was? Er sah auf seinen Block, er hatte ein großes dickes Fragezeichen oben auf die Seite gemalt. Er nahm sich vor, das Gespräch mit Sara noch einmal durchzugehen. Vielleicht fiel ihr mehr auf. Ihr »weiblicher Blick« auf die Dinge half ihm vielleicht weiter. Das war's, es fiel ihm wieder ein, irgend etwas war mit Frau Ost. Die Männer hatten ihm etwas verschwiegen, was sie betraf. Da war sich Martin Böck mit seinem kriminalistischen Instinkt ganz sicher.

Der Mann verschloß das Haus hinter den Dünen zweimal, den Schlüssel legte er in ein kleines Fenster der Garage, das von außen zu öffnen war. Er vergewisserte sich noch einmal, daß die Haustür verschlossen war, sah prüfend auf das sauber weiß getünchte Haus zurück. Er nahm seinen Koffer und zwei Plastiktüten auf, die er neben seinem Mercedes abgestellt hatte, und verstaute sie im Kofferraum. Dann fuhr er einen kleinen schmalen Weg an den Dünen entlang, bis er auf eine Straße kam, die zum nahegelegen Dorf führte und von dort aus auf eine Landstraße. Er würde drei Stunden nach Berlin brauchen und überlegte, ob er noch im Dorf essen sollte, entschied sich dann aber dagegen. Er sah gut erholt aus. »Schade, daß ich wieder abreisen muß«, dachte er bei sich. »Eine hübsche Gegend, könnte mich hier auch niederlassen.«

Die Ruhe, das leise Rauschen der Ostsee im Ohr, der frische Wind, die Spaziergänge durch die grün bestrauchten Dünen, dahinter der Wald, hatten seinen Willen gestärkt, die notwendigen Entscheidungen ohne Aufschub und ohne die für ihn sonst charakteristischen Umwege und Ausflüchte zu treffen.

Er fuhr an einer Reihe von kleinen und mittleren Ferienhäusern entlang, alle frisch weiß angestrichen, manche von hohen Hecken umgeben. An einigen standen Autos mit westdeutschen Nummern, aus Hamburg und auch aus Berlin. Früher machten hier Politprominente aus der DDR Ferien. Abgeschirmt vom normalen Leben, saßen sie abends am offenen Kamin und rauchten westliche Zigaretten und Zigarren, tranken französischen Wein. Er bog gerade um die Ecke, wo ein wichtiger ehemaliger Parteifunktionär seine Villa hatte, wie ihm erzählt worden war. Er hatte den Namen vergessen. Die Villa, die weit entfernt von dem kleinen Sandweg hinter Bäumen und Hecken verborgen lag, war bereits verkauft worden. Als er gerade in die Straße zum Dorf einbiegen wollte, sah er ein Schild »zu verkaufen«. Er hielt an und überlegte, ob er fragen sollte, als eine Frau durch die Gartentür kam und zu ihm hinüberblickte. Sie hatte ihre dunklen Haare mit einem roten Seidentuch zu einem Pferdeschwanz gebunden und trug Bluse und Hose aus Jeansstoff. Als er ausstieg, lachte sie ihn erwartungsvoll mit großen Augen an.

»Sind Sie der Käufer, den mir ein Hamburger Makler schickt?«

»Nein«, antwortete der Mann, »ich bin selbst Makler, bin aber an dem Haus eventuell persönlich interessiert.«

»Ich zeige es Ihnen.«

Sie fing fröhlich an zu erzählen über das Haus, das einmal ihren Eltern gehört hatte, die in Hamburg lebten. Nach dem Krieg sind hier fremde Leute eingezogen, die ausgebombt waren, später irgendwelche Politprominenz aus der DDR. Sie rannte durch das Haus, so daß er ihr kaum folgen konnte. Die Einrichtung war abgenutzt, aber alles sauber hergerichtet. Komfortable Korbmöbel standen in einer renovierungsbedürftigen Glasveranda mit wunderschönen Jugendstilfenstern und -türen.

»Gefällt es Ihnen?« fragte sie und ließ sich in einen Sessel plumpsen.

»Sie sind mein vierter Kunde heute, das strengt an«, seufzte sie.

»Ich mach' uns einen Kaffee.« Sie lief in die Küche und kam mit zwei Tassen und einem Teller Gebäck zurück. Er konnte nicht widersprechen. Er fühlte sich wohl bei ihr. Sie sah ihn gespannt an.

»Kaufen sie?«

»Ja.« Er wußte selbst nicht, warum er sofort zusagte.

Sie sprang auf ihn zu und fiel ihm um den Hals vor Freude. Er spürte ihre Wärme. Schade, daß er eine Verabredung in Berlin hatte. Er riß sich los, gab ihr seine Visitenkarte. Sie hielt sie wie eine Kurzsichtige vor die Augen.

»Bruno ist ein schöner Name«, schmeichelte sie.

»Ich muß jetzt nach Berlin, ich komme morgen wieder, dann erledigen wir alles.«

»Nehmen Sie mich mit, ich würde gerne mal wieder nach Berlin fahren.«

»Ja, wie Sie wollen.«

»Ich bin in fünf Minuten reisefertig.«

Sie kam nach einigen Minuten mit einer kleinen schwarzen Reisetasche zurück. Wieder wurde ein Ferienhaus sorgfältig verschlossen und der Schlüssel am Haus versteckt. Er hatte einen Platz an einer schadhaften Stelle unter einem Fensterrahmen.

Sie erreichten schnell das Dorf, in dem Geschäftigkeit eingekehrt war, Häuser wurden renoviert, kleine Geschäfte eingerichtet, noch wurde aus einer notdürftig gezimmerten Bude der alltägliche Bedarf verkauft. Es gab aber bereits eine richtige Bäckerei.

Als sie die Landstraße ein Stück gefahren waren, verspürte er Hunger. Sie hatte ihm alles über sich erzählt. Sie war fünfunddreißig Jahre alt, von Beruf Rechtsanwältin, geschieden, keine Kinder, liebte Musik, war sportlich, was man ihr ansah, und wollte sich mit dem Geld des verkauften Hauses in Hamburg eine Wohnung kaufen. Er hatte nichts von sich erzählt, es war ihm zu kompliziert, das hob er sich für später auf.

»Da vorn ist ein Wegweiser zu einer Gaststätte, wollen wir einkehren?«

»Eine gute Idee«, rief sie. »Ich könnte auch was Kräftiges vertragen.«

Sie fuhren einen Weg entlang Richtung Dünen, der sich bald als sandig und kaum passierbar herausstellte; er führte zu einem ehemaligen Ferienlager eines Kombinats. Sie stiegen aus und gingen zu Fuß einen schmalen Pfad weiter, der durch einen Zeltplatz zum Strand führte. Der Zeltplatz bestand aus einem befestigten Haus mit Toiletten und Waschgelegenheiten, das von außen einen verwahrlosten Eindruck machte. In der Mitte eines freien Platzes mit Spuren von Lagerfeuern stand ein aus Wellblech gebautes Kino, das Schild war von Wind und Regen verrottet. Gegenüber befand sich eine holzgezimmerte Bude, davor zwei arg angeschlagene Gartentische und Stühle. Einer davon war mit einem jungen Pärchen besetzt, das ein Eis lutschte, die Beine von sich gestreckt. Es waren Fahrradtouristen, die Räder standen vollbepackt an einen Baum gelehnt.

Es gab Würstchen mit Brot oder belegtes Brot, das nicht besonders appetitlich aussah. Sie entschieden sich für Würstchen und lachten über den Aufwand des Weges und das Ergebnis. Sie gingen nochmals zur See hinunter. Der Wind wehte schwach, das Wasser kam in kleinen Wellen näher. Sie aßen schweigend im Stehen.

Wieder auf der Landstraße, erzählte sie lange von ihren Ausflügen in dieser Gegend, wie alles kaputt aussah, wie wenig Bequemlichkeit es gab, von Hotels, die wie Internate für Schwererziehbare geführt wurden, und wie sich jetzt alles sehr langsam veränderte.

Fritz Fischer hatte bereits den Vertrag vor sich liegen, den Bruno Grund unterzeichnen sollte. Er überflog ihn noch einmal und sah zufrieden um sich. Auf dem Tisch vor dem schwarzen Ledersofa stand bereits ein Tablett mit zwei Cognacgläsern. Er müßte jeden Augenblick kommen. Ein Polizist war in dem kleinen Nebenzimmer, in dem Aktenschränke verwahrt wurden, postiert. Vor dem Haus und im Haus sollte auch jeweils ein Polizist sein. Er trat ans Fenster, konnte aber nichts Auffälliges entdecken. Er wartete ungeduldig. Grund hatte bereits zehn Minuten Verspätung. Hoffentlich platzte Böck nicht zu früh herein. Er sollte ihm besser Bescheid geben, daß Bruno Grund noch nicht da war. Er ließ seine Sekretärin bei Böck anrufen, der gerade sein Büro verlassen wollte. Kurze Zeit darauf klingelte es endlich an der Tür. Im Nebenraum hörte er Bewegung. Der wird sich doch still halten, dachte Fischer besorgt. Bruno Grund kam herein, gutgelaunt, bestens aussehend, wie aus dem Urlaub. Fischer bat ihn, Platz zu nehmen.

»Warum waren Sie so lange weg. Hat alles geklappt?«

»Ja danke. Ich mußte lange nachdenken, wie es weitergeht und so. Habe neue Pläne gemacht. War nötig. Jedes Ding braucht seine Zeit«, sagte Grund.

»Und Melitta?« Fischer wußte, daß diese Frage überflüssig war. Grund wußte das auch und lächelte spöttisch.

»Die Polizei sucht Sie«, fügte er hastig hinzu.

»So?« fragte Bruno Grund uninteressiert.

»Ja wissen Sie nicht, daß man Sie verdächtigt, Harald Ost ermordet zu haben?«

»Ich? Wieso ich? Habe ihn nur einmal gesehen. Wieso sollte ich ihn ermordet haben?«

»Mir ja auch egal. Kommen wir zum Geschäftlichen!« Fritz Fischer legte den Vertrag vor, um dieses unbequeme Gespräch zu beenden. Der Rest war Angelegenheit der Polizei.

»Alles so wie besprochen. Sie können das Geld sofort abheben. Ich habe alles veranlaßt.«

»Ich brauche jetzt nur einen Teil, den Rest später.«

»Selbstverständlich, kein Problem«, erwiderte Fischer, unsicher, was der andere wohl vorhatte.

»Es sind alles Filetgrundstücke, wie man sie jetzt nennt, dafür ist der Preis gering.«

»Wollen Sie handeln?«

»Nein, nein.« Bruno Grund unterschrieb den Vertrag, steckte die Papiere über sein Bankdepot in die Jackentasche.

In diesem Augenblick war die Türglocke zu hören. Bruno Grund hatte sich bereits vom braunen Ledersofa erhoben, als Martin Böck eintrat. »Jetzt hab' ich Sie endlich!«

Bruno Grund kam nicht mehr dazu zu fragen, warum, als Martin Böck ihn barsch auffordete, ihn zu begleiten.

»Sie sollten Ihren Anwalt anrufen«, schlug Fritz Fischer vor.

»Der sitzt unten im Auto«, grinste Grund.

Die junge Frau – sie hatte sich als Gabriele Vogel, genannt Gabs, vorgestellt –, die Grund nach Berlin begleitet hatte, saß tatsächlich unten im Auto. Sie reagierte prompt, als sie Bruno Grund mit Martin Böck zusammen aus der Tür treten sah. Gegenüber stand ein Polizeiwagen. Sie riß die Wagentür auf und eilte den beiden Männern entgegen.

»Was passiert?« fragte sie.

»Der Kommissar will mir einen Mord andichten.«

»Ich bin Anwältin, was liegt vor«, reagierte sie forsch.

»Nicht hier«, sagte dieser beherrscht, »kommen Sie mit.« Bei sich dachte er, daß der sich gleich einen Anwalt mitbringt, und so eine junge Frau, das paßt nicht zu ihm. Martin Böck wußte, daß sein Erfolg, über den er sich so gefreut hatte, zu zerplatzen drohte. Dem werde ich jetzt erst einmal einheizen, ganz egal, ob er den Mord begangen hat oder nicht. Wie ein Mörder sieht er im Moment nicht aus, gesünder als das letzte Mal und beinahe fröhlich, vielleicht war er übergeschnappt. Er wandte sich im Auto nach hinten und fragte ironisch: »Soll ich Ihre Frau Gemahlin informieren lassen?«

»Nein«, sagte Bruno Grund, »das fehlte mir noch.«

Sie fuhren schweigend ins Amt, gingen lange Gänge entlang, bis sie nach mehreren Biegungen endlich Böcks Büro erreicht hatten.

»Kaffee?« fragte Böck in die Runde.

»Ich gern«, antwortete die junge Anwältin. Hübsche Frau, dachte Böck, viel zu hübsch für diesen Geldbonzen. »Ich nehme auch einen«, sagte Grund nach einer Pause, als ob er lange darüber nachdenken mußte.

Böck bat seine Sekretärin, Kaffee zu holen. Bruno Grund saß unbekümmert an Böcks schlichtem Besuchertisch und sah sich im Büro um. Der Raum des Kommissars war kärglich ausgestattet, stellte er für sich fest. Er dachte an sein Büro, das er jetzt aufgeben würde. Vielleicht sollte er seine Sachen dem Kommissar schenken. Der Gedanke belustigte ihn. Böck war sichtlich irritiert. Grund benahm sich, als ob er zufällig auf eine Tasse Kaffee vorbeigekommen wäre.

»Wo haben Sie gesteckt?« begann Böck sein Verhör. »Sie stehen auf der Fahndungsliste, ohne Erfolg, bis heute.«

»Hat mich dieser Fritz Fischer sozusagen verpfiffen?« fragte Grund beleidigt. Er zog ein goldenes Zigarettenetui aus der Tasche und fischte sich mit spitzen Fingern eine Zigarette heraus. »Darf ich? Sie rauchen?« Er bot der jungen Anwältin ein Zigarette an, dann dem Kommissar.

»Danke, ich rauche nicht. Fangen wir an.«

Der Kaffee wurde gerade hereingebracht. Böck bediente die junge Frau, die ihm dabei scheinbar interessiert zusah.

»Verdächtigen Sie mich wirklich, diesen Mann, wie hieß er noch, diesen Ost umgebracht zu haben?«

Dabei streckte er seine langen Beine von sich und besah seine schwarzen Slipper, die noch Spuren des Dünensandes zeigten. Böck folgte seinem Blick.

»Sie waren auf dem Land? Urlaub oder Flucht?«

»Ich mußte mich zurückziehen. Es ist mir alles über den Kopf gewachsen. Fritz Fischer wird Ihnen sicher erzählt haben, wie es um mich steht. Ich bin bankrott. Habe mich verspekuliert, meine Geschäfte in den Sand gesetzt.« Er lachte. »Ja, in den Sand.«

Die Anwältin stieß erstaunt aus: »Was? Sie wollen doch mein Haus kaufen?«

»Was für ein Haus?« Martin Böck verstand nichts. Er fragte noch einmal: »Wo sind Sie gewesen?«

»Sagen Sie es ihm doch«, bat jetzt die Anwältin, »wir kommen sonst nicht weiter.«

»Ich war an der Ostsee in einem kleinen Ferienhaus, direkt hinter den Dünen, wunderschön, ruhig, menschenleere Gegend, habe Zeit zum Nachdenken gehabt. Habe vieles falsch gemacht, auch in meiner Ehe.« Er sah nachdenklich auf die Anwältin. »Jetzt beginne ich von vorn«, dabei strich er sich mit der rechten Hand durch seine dichten kurz geschnittenen Haare und sah sehr jung aus.

»Ich werde mich dort niederlassen, an der Ostsee, wenigstens für einige Zeit.« Er sagte dies so, als ob er sich selbst dazu Mut machen mußte.

»Sie haben sich ein Haus gekauft, heute?« Martin Böck schien fassungslos.

»Ich werde es kaufen, wenn die junge Dame es will.« Er sah auf die Anwältin, die erleichtert aufatmete.

»Ja klar will ich, Sie sind mir als Käufer recht.« Martin Böck hatte das unbestimmte Gefühl, daß ihm die Situation aus den Händen glitt. Er sagte forsch:

»Jetzt mal schön der Reihe nach. Sie waren an der Ostsee, um nachzudenken. Sie wußten aber, daß wir Sie vorladen wollten, haben es jedoch vorgezogen zu verschwinden. Ist das richtig?«

»Wenn Sie wollen, ja. Sie hatten in meinem Büro nachgefragt. Es schien mir nicht wichtig zu sein. Mir war wichtiger, meine Angelegenheiten in Ordnung zu bringen.«

»Und das haben Sie?« fragte Böck lakonisch.

»Ich habe mich um meine Zukunft zu kümmern, schließlich gehe ich noch nicht auf Rente.« Seine gebräunte Stirn zeigte Falten. »Ich habe die nötigen Schritte unternommen, meine Zukunft zu sichern. Jetzt kann ich tun und lassen, was ich will. Da kommen Sie mir mit dieser Mordgeschichte.«

»Entschuldigen Sie, daß ich Sie wegen so einer Lappalie wie Mord belästige«, sagte Böck ironisch, »aber Sie wissen auch nicht zufällig, wer außer Ihnen als Mörder in Frage kommt?«

»Ich habe diesen Ost nur einmal gesehen, unbedeutender Mensch«, kommentierte Grund arrogant. »Den soll ich ermordet haben?«

»Was hatten Sie mit Ost zu besprechen? Sie trafen sich mit ihm im Ratskeller des Berliner Rathauses.« Jetzt kam Böck ins Laufen.

»Ach, das wissen Sie also. Die Augen des Gesetzes sind überall.«

Die Anwältin warf Bruno Grund einen warnenden Blick zu und sagte: »Vielleicht sollten Sie dem Kommissar nur«, sie betonte nur, »erzählen, welcher Art Ihre Beziehung zu Harald Ost war.«

»Also, es war so«, Grund seufzte, um zu zeigen, wie lästig ihm die Fragerei schien, »Ost bat mich, ihm einen Job zu besorgen. Ich wollte ihm behilflich sein, dann hat es aber nicht geklappt.«

»Und dazu eine Verabredung im Ratskeller, das können Sie Ihrer Großmutter erzählen.« Böck schmunzelte innerlich über diese Phrase. Sein Lehrer, Kommissar Fritsche, hatte diesen Satz geliebt und hatte ihn bei jeder passenden und unpassenden Gelegenheit angewandt.

»Nein, er bot mir an, für mich zu arbeiten. Auf dem Grundstücksektor. Er offerierte mir einige Informationen, die sich aber später als unbrauchbar herausgestellt haben.«

»War es nicht so«, sagte Böck scharf, »daß er Ihnen ein Geschäft vermittelte, Sie ihn aber aufs Kreuz legten.« Böck war aufgestanden, die Hände in den Hosentaschen geballt. Bruno Grund sah unsicher zu ihm auf.

»Haben Sie ihn aufs Kreuz gelegt oder nicht?«

»Was verstehen Sie von Geschäften«, brummte Grund, »wer hier in Berlin mithalten will, der muß schnell und eiskalt sein. Eine

Memme kommt hier nicht weit. Was meinen Sie, was hier im Augenblick hinter den offiziellen Preisen an Geld über den Tisch geht. Da bleibt kein Auge trocken. Das Ansehen eines Objektes allein hat schon seinen Preis.«

Grund hatte sich so erregt, daß er eine zweite Zigarette anzündete, die andere lag qualmend im Aschenbecher. »Hier werden Optionen und potentielle Eigentumsansprüche in Millionenhöhe gehandelt.« Beim Wort Millionen breitete sich ein zufriedenes Lächeln über sein Gesicht aus.

»Ja, ich weiß«, knurrte Böck, »die Investoren jagen hinter den Alteigentümern her wie der Teufel hinter der Seele.«

Da war es wieder, dieses Gefühl der Wut über diese Herren, die sich nahmen, was sie wollten, andere Menschen ins Unglück stürzten, Mieter aus ihren Wohnungen, alte Frauen ins Altenheim trieben, wo sie entwurzelt und isoliert verkümmerten. Böck verließ wortlos das Zimmer.

Die Anwältin und ihr Zufallsmandant steckten die Köpfe zusammen und tuschelten aufgeregt, sobald sich die Tür hinter Böck geschlossen hatte. Als Böck wieder in den Raum trat, standen beide am Fenster und sahen auf die Straße hinunter, als ob dort etwas Wichtiges geschähe.

»Und was ist das hier«, sagte Böck energisch, »das haben Sie wohl bei ihrem Sonntagsspaziergang verloren.«

Er knallte eine Aktentasche aus weichem schwarzen Leder auf den Besuchertisch. Bruno Grund schloß kurz die Augen, wie zum Träumen. Aber es war heller Tag, und es war kein Traum. Dort auf dem Tisch lag seine Aktentasche, es mußte seine sein, weil Böck so siegessicher war. Es war die Tasche, die ihm Melitta geschenkt hatte und die er nach vierzehn Tagen verloren hatte. »So gehst du mit meinen Geschenken um«, hatte sie gemault. Wahrscheinlich hatte das boshafte Weib dem Kommissar gegenüber die Tasche als die seine identifiziert. Aber es ist vielleicht besser, erst mal zu leugnen.

»Solche Taschen gibt es viele. Ich hatte auch mal so eine, hat mir meine Frau geschenkt. Die kauft immer viel zu teure Sachen. Habe sie dann irgendwo liegenlassen mit einer Schachtel Pralinen für eine Freundin.« Er grinste breit und zwinkerte vielsagend in Richtung Böck.

»Wir wissen, daß die Tasche Ihnen gehört«, sagte Böck resigniert, »lassen Sie das Theaterspielen. Ich interessiere mich für den Inhalt der Tasche. Sie war nämlich leer, als wir sie in der Urania fanden. Vor dem Mord ist Ost mit der Tasche gesehen worden.«

Das Letzte hatte Böck so nebenbei hingeworfen, sah dabei lauernd zu Grund. »War es nicht so«, spöttelte er, »daß der Inhalt der Tasche Ihnen viel Geld wert war?« Er hatte eine deutliche Erleichterung bei Grund bemerkt, als er davon sprach, daß die Tasche leer gewesen sei.

»Hat Ihnen Ost in der Urania den Inhalt der Tasche übergeben?« Böck spürte, daß er langsam fündig wurde. Er bohrte tiefer: »War Geld in der Tasche oder waren Grundstücksverträge in ihr?« Böck hatte getroffen.

Bruno Grund zuckte zusammen und machte sich im Sessel kleiner. Er fingerte in der Jackentasche nach seinem Zigarettenetui, das aber vor ihm auf dem Tisch lag.

»Es wird Zeit, daß Sie mit der Wahrheit rausrücken«, herrschte Böck ihn an. »Vielleicht wollen Sie auch lieber eine Nacht bei ›Brot und Wasser‹ darüber nachdenken, was Sie mir zu sagen haben.«

Die junge Anwältin sprang auf. »Soll das heißen, daß Sie meinen Mandanten verhaften wollen? Was liegt gegen ihn vor? Wo sind die Beweise?« rief sie aus, als sei sie zum Vorspielen in ein Provinztheater geladen.

»Langsam, langsam, junge Frau, bei uns wird auch nur mit Wasser gekocht.« Böck mußte an Sara denken, eine gewisse Ähnlichkeit im spontanen Reagieren war nicht zu übersehen.

Bruno Grund saß mit gesenktem Kopf am Besuchertisch, sein linker Arm hing schlaff über die Armlehne, während seine rechte Hand nervös an der Zigarette drehte. Ihm fiel nichts ein, was er dem Kommmissar anbieten konnte, aber die Wahrheit wollte er nicht sagen. Noch nicht. Er hatte zwar den Vertrag mit Fritz Fischer unterzeichnet, aber es schien ihm besser zu sein, ein bis zwei Tage verstreichen zu lassen. Er wollte erst an das Geld ran.

Noch hatte er die fünf Millionen nicht in der Hand. Er entschied sich, einen Teil der Geschichte zu sagen, daß Harald Ost zu ihm gekommen sei und ihm ein attraktives Grundstücksgeschäft angeboten habe. Er habe dieses zuerst abgelehnt, aber dann doch zugeschlagen. Es habe sich um ein Seegrundstück gehandelt, worauf ein Kongreßzentrum errichtet werden sollte.

»Keine Ahnung vom Markt hatte der Bursche, ein Kongreßzentrum in Plattenbauweise. Stillos, unerträglich spießig. Allein das Grundstück war mehr wert, als Ost sich das hatte vorstellen können.« Er schüttelte verächtlich den Kopf, als säße Ost lebend vor ihm.

»Ich weiß«, stimmte Martin Böck zu, »war selbst dort.«

»Ach ja?« fragte Grund erstaunt. »Dann wissen Sie sicher auch, daß ich das Ding gekauft habe.«

»Ja«, war Böcks schlichte Antwort, »und weiter?«

»Nichts weiter, Ost hat erhalten, was er wollte. Ich habe ihn nie mehr gesehen.«

»Und die Tasche, wie kommt der Mann an ihre Tasche? Binden Sie mir bloß nicht wieder einen Bären auf.« Wieder ertappte sich Böck bei einer beliebten Redewendung seines Lehrers und Chefs.

»Die Tasche hatte ich, wie schon gesagt, verloren. Vielleicht hatte sie Ost gefunden.«

»An solche Zufälle glaube ich nicht, aber wir werden ja sehen«, drohender Blick auf Grund. »Jetzt würde ich gerne wissen, wo Sie an dem Abend, an dem der Mord geschah, waren.« Böck sagte dies ganz beiläufig, so, als ob es gar nicht wichtig wäre.

»Das wissen Sie doch sicher auch schon«, maulte Grund.

»Nein.«

»Sie wissen nicht, daß ich dieselbe Diskussionsveranstaltung in der Urania besucht habe wie dieser Ost? Bin aber früher gegangen. Hatte noch im Büro zu tun.«

»Allein?«

»Ja, allein.«

»Das soll ich glauben?«

»Ja, es gibt sicher Zeugen dafür, wann ich weggangen bin.«

»Sie könnten zurückgekommen sein und im Waschraum Ost getroffen haben.«

»Mit einem Messer in der Hand. Er ist doch erstochen worden? Sie hätten mich gerne als Mörder, Kommissar«, beklagte sich Grund.

»Wär' nicht schlecht, wenn auch mal einer von Ihnen bezahlt.« Böck konnte seine Feindseligkeit nicht verbergen.

Die junge Anwältin griff ein: »Gehen Sie jetzt nicht zu weit, Kommissar? Bisher haben Sie offenbar nur Vermutungen und Vorurteile zu bieten. Das muß sich mein Mandant nicht gefallen lassen. Entweder bringen Sie jetzt Tatsachen, oder wir gehen.« Sie erhob sich demonstrativ. Grund sah unsicher von Böck auf die junge Anwältin.

»Kommen Sie morgen nachmittag um drei wieder«, sagte Böck unwirsch. »Ich gehe davon aus, daß Sie unter Ihrer Adresse erreichbar sind«, scharfer Blick auf Grund. »Keine Faxen mehr.«

Grund stand auf. »Ja, Herr Kommmissar.« Er spielte den Schuljungen.

Unten auf der Straße: »Da sitzen Sie aber ganz schön in der Sch..., Tinte. Ihr Auftritt ist mißlungen von Anfang bis Ende. Böck hat Sie längst am Wickel.«

»Jetzt gehen wir erst mal essen«, lachte Bruno Grund, »darf ich Sie einladen? Ich kenne ein nettes kleines Restaurant in der Leibnizstraße. Oder wollen Sie japanisch essen? Sushi zum Beispiel?«

»Habe ich mal in New York gegessen. Ist zwar einige Jahre her, aber keine schlechte Erinnerung.«

Sie hatte eigentlich zu großen Hunger für Japanisch. Aber sie wurde eines Besseren belehrt. Sie aßen bereits den vierten Gang. Es wurden winzige Portionen serviert. Jede exotisch garniert. Kaum war das Häppchen verschluckt, brachte eine puppchenhaft geschminkte Japanerin mit schnellen Schritten das nächste. Sie aßen beide gekonnt mit Stäbchen.

Nach dem Essen gingen sie den Ku-Damm entlang und unterhielten sich über den Mordvorwurf. Er zögerte, ob er sie einweihen sollte, entschloß sich dann, als sie sich bei ihm untergehakt hatte, ihr alles zu sagen. Sie hörte gespannt zu, blieb mehrmals stehen, als er seine Geschäfte rechtfertigte, ihr seine Philosophie des Marktes erläuterte. Als er endete, schlug sie vor, noch einen

Kaffee zu trinken. Sie wollte sich noch nicht von ihm trennen, obwohl alles Geschäftliche besprochen war. Als sie im Café ihm gegenüber saß, studierte sie sein Gesicht, seine lebhaften Augen, beobachtete, wie er sich mit der rechten Hand durch die kurzen dichten Haare strich. Seine Augen stehen ein wenig zu eng zusammen, dachte sie, und seine Nase ist ein wenig zu fleischig. Kein Romeo, nur ein Berliner Makler, der das Geld liebte und die Dinge, die man dafür kaufen konnte. Das gefiel auch ihr.

Das Telefon klingelte jetzt zum drittenmal. Sara rannte durch die Wohnung, sie hatte gerade eine Kiste italienischen Rotwein ausgepackt und hielt noch eine Flasche in der linken Hand. Mit der rechten nahm sie den Hörer ab. »Hallo.« Schweigen, aber Sara glaubte am anderen Ende ein Atmen zu hören, sie sagte wieder »Hallo« und dann »Wer ist da?« Niemand antwortete. Sie warf den Hörer auf die Gabel. »Idiot.« In den letzten Tagen hatte sich des öfteren ein Anrufer nicht gemeldet. Er legte aber auch nicht auf. Er, dachte Sara, vielleicht ist es eine Sie.

So oft kann das kein Zufall sein. Irgend jemand will wissen, ob sie zu Hause ist. Sie wurde nicht klug daraus. Was Martin Böck wohl dazu sagen würde. Weil sie auf seinen Anruf wartete, machten sie die anderen nervös. Vielleicht wäre es besser, gar nicht mehr ans Telefon zu gehen. Sie müßte sich einen Anrufbeantworter kaufen. Wieder klingelte das Telefon. Diesmal war es wirklich Böck. Sie erzählte von dem Anrufer. »Ach, um Himmels Willen, du bist ja ein Pechvogel. Weißt du, ich wollte dich soundso sprechen, deinen Rat einholen, kann ich nicht bei dir vorbeikommen? Dann können wir auch über den Anrufer sprechen, o.k.?«

Sara öffnete eine Flasche Rotwein und bereitete einen kleinen Imbiß aus Schinken, Salami, Oliven und Artischocken vor, legte ein Baguette in den Backofen. Dann zog sie sich statt der Jeans eine bunte Hose an, dazu ein rote Bluse, besah sich prüfend im Spiegel, als auch schon die Türklingel schellte.

Böck nahm sie in die Arme und flüsterte ihr ins Ohr: »Ich werde dich vor allen Übeltätern beschützen.« Sara kicherte mädchenhaft.

Dann gingen sie in die Küche und während des Essens erzählten sie sich die neuesten Ereignisse. Böck berichtete voller Stolz, wie er Bruno Grund verhört hatte. »Aber leider, ich glaube nicht, daß er der Mörder ist.«

»Warum bist du so sicher? Er ist der einzige, der ein Motiv hat.«

»Das sehe ich anders.« Böck berichtete von dem Gespräch mit den vier Arbeitskollegen Osts. »Der Große ist ein harter Brocken. Er hatte die anderen voll im Griff. Die saßen in meinem Büro und machten keinen Muckser. Natürlich war alles vorher abgesprochen. Keiner sprang aus der Reihe. Nur einer.« Böck äußerte sein Unbehagen bezüglich Osts Frau. »Da kam ein Stocken, ein Schweigen, ein Verschweigen in unser Gespräch.«

Sara fragte erstaunt, ob denn Osts geschiedene Frau den Männern bekannt gewesen sei. »Ja«, sagte Böck,»einer erzählte sogar, daß seine Frau mit ihr befreundet gewesen sei. Ich hatte den Eindruck, daß die Männer offenbar etwas wissen bezüglich seiner Frau, das sie unter keinen Umständen offenbaren wollten.«

»Aber du als Kriminalist solltest doch von den einfachen Tatsachen und Motivlagen ausgehen. Bisher drehte es sich bei diesem Fall allein ums Geld. Warum nicht auch bei Frau Ost. Wovon lebt sie? Hat sie ein eigenes Einkommen? Hat Ost für sie gesorgt? Offenbar wollte er ja zu ihr zurück, er liebte sie noch oder wieder. Also hat er ihr sicher auch von seinen Geschäften mit Grund und den anderen erzählt.«

»Du bist ein Schatz«, rief Böck aus. »Das ist es! Wenn Harald Ost aus dem Verkauf des Grundstücks am See einhunderttausend DM erhalten hat, und davon können wir ausgehen, wo ist das Geld? Erbt sie es, hat er ihr das Geld gegeben? Werde morgen zu ihr fahren. Kommst du mit? Ich kann auf Deinen ›weiblichen Blick‹ nicht verzichten.«

»Kannst du wohl, sonst hätte ich heute bei Bruno Grund dabeisein müssen. Hätte mich interessiert, wie der Snob versucht, sich aus der Affäre zu ziehen.«

»Da war schon eine andere junge Frau dabei.« Böck beschrieb, wie Grund mit einer jungen Anwältin bei ihm aufgetaucht sei, die er zufällig an der Ostsee, wo er sich versteckt hielt, kennengelernt hatte.

»Ist sie hübsch?«

»Oh ja«, beteuerte Böck, »eine flotte Hamburgerin.«

»Was die Frauen an dem finden?«

»Der und Fritz Fischer«, provozierte Böck, »locken die Frauen an mit ihrem Flair.«

Sara bekam heiße Wangen. »Ich fahre morgen mit zu Frau Ost«, lenkte sie ab, »mußt mich danach nur im Büro absetzen, wird schon gehn.«

»Hast du Lust, mit mir an die Ostsee zu fahren?« Böck sah sie bittend an.

»Zum Versteck von Bruno Grund?«

»Nein, zum Vergnügen«, log er, »gute Luft und so. Ist doch toll, daß man da wieder überall hinfahren kann. Ich war als Kind oft auf Rügen. Meine Eltern fuhren bei jeder Gelegenheit los. Zwar mochte meine Mutter das Wasser und den Wind nicht leiden, aber sie wurde entschädigt durch die vielen interessanten Menschen, die man dort traf. Wochen später hörte ich sie reden und kommentieren, wer was warum mit wem gesagt, getan, gedacht hatte. Mein Vater war damit zufrieden, das Wasser zu sehen, über die Felsen zu stapfen und abends ein Gläschen zu trinken. Meine Mutter träumte von interessanten Persönlichkeiten oder Berühmtheiten, die man hätte treffen können. Ich kletterte als Kind in den Felsen und Dünen herum, litt unter dem Kommando ›Vorsicht, paß auf!‹, das mich, solange ich in Sichtweite meiner Eltern war, verfolgte.«

»Ich mag Rügen nicht, nicht den Charme der sozialistischen Freizeitgesellschaft, die sich wie Mehltau auf die Überreste einer bürgerlichen Kultur gelegt hat. Das macht mich traurig«, meinte Sara.

»Ich werde schon aufpassen, damit du nicht traurig wirst, ich verspreche es. Außerdem gibt es wunderbare Landschaften dort, Naturschutzgebiete, die jetzt wieder zugänglich sind, mit seltenen Vogelarten und Pflanzen, die anderswo ausgestorben sind.«

»Frösche auch?«

»Warum Frösche?« fragte er.

»Ich mag Frösche.« Sara sah Martin Böck begeistert an.

»Ich bleibe heute bei dir«, sagte Böck, »um dich zu beschützen.«

»Wirst du ins Telefon bellen, wenn der Anrufer sich wieder meldet?«

»Ich werde deinem Anrufer sagen, daß dein Bett schon belegt ist«, lachte Böck, »weil ich nämlich der Froschkönig bin.«

Am nächsten Morgen fuhr Sara ins Büro, um sich abzumelden. Sie rannte die Treppe hinauf, was nicht nur an der Eile lag. Auf ihrem Schreibtisch fand sie einen Zettel vor mit der Nachricht, sich bei der Leitung des Hauses zu melden. Sie ahnte nichts Gutes, zum Glück waren aber alle ausgeflogen. Eine Reihe von Anrufen hatte es gegeben. Ein Name stand mehrmals auf der Liste.

Sie steckte den Zettel in ihre Jackentasche. Sie würde sich später damit befassen. Ein Stapel von neueingegangenen Akten belegte ihren Schreibtisch. Sie schaute flüchtig durch: Das hatte Zeit bis morgen. Sie mußte sich beeilen, um rechtzeitig zum Treffpunkt mit Martin Böck zu kommen.

Böck hatte inzwischen Pfeiffer über den Stand seiner Ermittlungen informiert und ihn gebeten, Frau Ost zu benachrichtigen, daß er unterwegs zu ihr sei. Er wollte nicht einfach so bei ihr hereinplatzen. Um diese Zeit würde sie sicher noch zu Hause sein. Er lobte Pfeiffer außerdem für seinen Einsatz bei Bruno Grund. »Der kommt heute nachmittag wieder«, sagte Böck, »wenn Sie wollen, können Sie bei dem Gespräch dabeisein.« Pfeiffer freute sich, daß er zu dem Gespräch hinzugezogen werden sollte, konnte er doch so am besten seine praktischen Erfahrungen erweitern.

Nachdem Böck noch mit seinem Chef telefoniert hatte, ging er zu seinem Auto. Es stand im Halteverbot. In diesem Moment kam Sara an. Böck überließ ihr diesen »sicheren Parkplatz« mit dem Trost, die Strafgebühren zu übernehmen. Als sie dann mit Böcks Wagen weiterfuhren, sprachen sie nochmals über Frau Ost.

»Bei meinem ersten Gespräch mit Frau Ost hatte ich Mitleid mit ihr«, erzählte Böck, »und dann fing sie auch noch an zu heulen. Danach war sie unzugänglich, als Frau seltsam fremd.«

»Wo du doch die Frauen so gut verstehst«, Sara ergriff seine Hand.

»Ein bißchen schon. Allerdings hatte ich in meiner Ehe nicht den richtigen Instinkt. Meine Frau gefiel mir auf den ersten Blick. Sie sah gut aus, war eine gute Hausfrau, aber geistig sind wir uns in den Jahren kaum nähergekommen.« Er sah Sara von der Seite an, während sie scheinbar desinteressiert mit dem Finger auf der Stadtkarte die Richtung Hohenschönhausen auszumachen versuchte, wo Frau Ost wohnte. »Ich hab's«, rief sie, »am besten über den Alex, dann die Leninallee hinunter bis nach Hohenschönhausen, dann ...«, sie verstummte.

»Warum haben alle Frauen einen so schlechten Orientierungssinn«, lachte Martin Böck. »Ich kenne keine Frau, die einen Stadtplan richtig lesen kann.«

»Ich verfahre mich regelmäßig«, seufzte Sara, »vor allem beim Rückweg. Ich fahre stadtauswärts, anstatt umgekehrt, links, anstatt rechts, mache alle Umwege, die möglich sind.«

»Das kann man lernen«, sagte Böck streng, »beim Polizeidienst brauchst du Spürsinn.«

»Frauen haben eben einen anderen Sinn als ihr Männer, für uns stehen die menschlichen Beziehungen im Mittelpunkt, deren Wege und Irrwege spüren wir nach, da bleibt für das Räumliche, für Straßen und Plätze, für Höhen und Tiefen nichts mehr übrig.«

Böck stimmte ihr innerlich zu. Er wollte aber nicht nachgeben und widersprach. »Ihr Frauen erobert euch alles, warum nicht auch den Orientierungssinn. Sonst müßt ihr ewig den Männern folgen, die euch vorausgehen.«

»Ich komme immer ans Ziel, wenn auch auf Umwegen«, lachte Sara. »Ich könnte unglaubliche Geschichten über Irrwege und Irrfahrten erzählen.«

»In Hohenschönhausen, kann man sich nicht verfahren oder verlaufen. Da ist alles in einer Reihe säuberlich geordnet, Plattenbauweise im Neubaugebiet. Ich würde dort nicht wohnen wollen.«

Martin Böck war schon einmal draußen gewesen, als es um die

Einheit der Berliner Polizei ging. Im zuständigen Polizeirevier war er freundlichst mit einer verständlichen Unsicherheit der Kollegen begrüßt worden. Miserable Ausstattung der Polizei, keine Funkgeräte, Telefon konnte man vergessen, alte Polizeifahrzeuge, denen jeder westliche Mittelklassewagen davonfuhr. Die Kollegen klagten über ihre Arbeitsbedingungen. Viele waren froh, als sie im Zuge der Vermischung der Westberliner Polizei mit der ehemaligen Volkspolizei der DDR in den Westteil übernommen wurden. Böck hatte später ein Fortbildungsseminar geleitet. Es hatte ihn interessiert, von den Kollegen über die DDR mehr zu erfahren, als man als Wessi wußte. Über die Allmacht der Stasi wurde viel geredet, sie hatte den Polizeiapparat beherrscht, der nur Hilfsfunktionen zu erfüllen hatte. Die neue Aufgabe war für manch einen Polizisten daher unklar definiert. Es müßte viel mehr Ausbildung stattfinden, als es der normale Alltag erlaubte, aber die Bürokraten wußten ja immer alles besser. Nun galten die Regeln des Rechtsstaates, und diese sind in Büchern nachzulesen.

Sie hatten den Alex erreicht. »Ich kenn' ihn noch von früher«, sagte Böck, »haben mächtig kahlgeschlagen hier.«

Sara nickte, sie hatte früher in einem kleinen Laden Musiknoten gekauft, der dann dem Abriß einer ganzen Straße zum Opfer fiel. »Das muß genau dort gewesen sein, wo jetzt der Fernsehturm mit seiner Betonkrake steht.«

»Vielleicht ist es gut, daß hier noch so viel freier Platz ist, dann können die von der Westseite alles zubauen. Ist ja alles in Privatbesitz. Die kommen alle wieder!« ärgerte sich Böck. Das war ein Thema, bei dem er sich so richtig erregen konnte. Wenn er die Händler und Schwarzhändler überall in der Stadt sah, stieg der Zorn heiß in ihm auf. »Über die Ossis wird der ganze Schund, den man im Westen nicht mehr verkaufen kann, geschüttet«, meinte er unvermittelt.

Sara widersprach. »Das war nur am Anfang so, jetzt wissen die längst, was die Dinge wert sind.« Sie erinnerte sich daran, wie mit der Maueröffnung die Menschen durch die Fußgängerzone der Wilmersdorfer Straße quollen. An jeder Ecke standen fliegende Händler und boten goldimitierten Schmuck aus billigstem Metall an. Man bekam schwarze Streifen am Hals davon. Die Frauen kauften und kauften für zehn Mark. Die Dinger waren keine Mark wert und gingen weg wie warme Semmeln. Sara wollte eine Frau davon überzeugen, nicht zu kaufen. Die entgegnete auf sächsisch: Wir haben so lange auf Goldschmuck verzichten müssen, ich will meiner Tochter etwas mitbringen.

Sie bogen in die Leninallee ein. »Gegenüber den gekachelten und geplatteten Häusern rund um den Alex wirkt der sozialistische Klassizismus geradezu ästhetisch, zwar heruntergekommen, aber doch strukturiert.« Sara blickte anerkennend um sich.

»Wohnen möchte ich hier nicht«, kommentierte Böck, »waren bestimmt Bonzenwohnungen, oder sind es noch.«

»Aber der Ostteil hat die Linden, die Oper, das Zeughaus, den Gendarmenmarkt, der gefällt mir«, schwärmte Sara. »Ich bin im Sommer mit dem Fahrrad durch das Brandenburger Tor, Unter den Linden bis zum Alex gefahren, dort hab' ich mir ein Eis gekauft und habe den Leuten zugesehen. Zurück über den Gendarmenmarkt, wieder durchs Brandenburger Tor, Tiergarten, Ku-Damm.«

»Bald kannst du ja mit dem Auto durch das Brandenburger Tor«, schlug ihr Böck vor.

»Das ist nicht mein Problem«, lachte sie, »die ganze Diskussion, ob man durch das Brandenburger Tor fahren kann oder es umfahren muß, ist blödsinnig. Das Brandenburger Tor war immer ein Symbol für Sieg, Frieden, Niederlage, für die Teilung Berlins, für den kalten Krieg. Napoleon hat sich vor dem Brandenburger Tor malen lassen mit seinen Soldaten, ebenso Hitler. Dem war das Tor allerdings zu klein. Wollte mächtigere Bauten, die vor allem den Reichstag in den Schatten stellen sollten. Diese ganze Geschichte von Krieg und Frieden wird heute banalisiert, wenn man diskutiert, ob man durch- oder vorbeifahren soll.«

»Das ist eben der moderne Krieg«, philosophierte Böck, »der findet im Straßenverkehr statt, ebenso Sieg und Niederlage.«

Ehe Sara über diesen Zeitgeist nachdenken konnte, sagte Böck: »So, da sind wir. Mal sehen, ob die Dame brav zu Hause ist.«

Er parkte vor einem uniformen Neubau. Alles war so, wie sich Sara diesen Stadtbezirk vorgestellt hatte.

»Ist es nicht peinlich, einfach so hereinzuplatzen?« fragte Sara.

»Ich habe uns anmelden lassen.« Böck war sich sicher, daß es so richtig war, schien ihr, so daß sie nicht weiter fragte.

»Sie wohnt im fünften Stock, sicherlich hat das Haus keinen Fahrstuhl. Frühsport ist angesagt.« Kurzatmig kamen beide oben an. Böck klingelte, während Sara noch einmal kräftig durchatmete.

Es waren schnelle Schritte zu hören. Die Tür wurde regelrecht aufgerissen. »Ich habe Sie schon erwartet, ah, sie sind nicht allein.« Sie sah Sara fragend an. Böck stellte Sara vor und sagte: »Sie entschuldigen sicher meinen, unseren spontanen Besuch, aber unser letztes Gespräch ließ noch sehr viele Fragen offen. Ich hoffe, Ihnen geht es jetzt besser.« Böck sah sie neugierig an.

»Kommen Sie.« Sie wurden in ein kleines Wohnzimmer geführt, das so dicht möbliert war, daß man im ersten Augenblick die Übersicht verlor. Sara dachte an ihre großen hellen Räume. Frau Ost hatte Saras Gedanken erraten und sagte: »Ich werde demnächst umziehen und«, sie sah sich abfällig im Raum um, »dann auch neue moderne Möbel kaufen.«

»Wohin?« Böck wollte damit zum Geschäftlichen übergehen, aber er mußte noch warten, bis Frau Ost Kaffee aus der Küche geholt hatte.

»Ich werde nach München ziehen«, überraschte sie die beiden.

»Ich habe dort liebe Freunde. Sie haben mir geraten, zu ihnen zu kommen und hier alles«, sie zögerte, »aber auch alles zu vergessen.«

Böck hatte sofort wieder dieses Gefühl, daß er etwas Wichtiges übersehen hatte oder nicht verstand. Er überlegte, ob er gleich zur Sache kommen sollte oder erst ein wenig um den Brei reden sollte, um sie aufzulockern. Er entschied sich für die direktere Methode. »Der Fall, äh, der Mord an Ihrem geschiedenen Mann ist aber doch noch nicht abgeschlossen, da wollen Sie schon gehen?«

Sara sah ihn entsetzt an. Was treibt ihn so an, dachte sie, da wird er nicht sehr weit kommen.

Frau Ost schien aber nicht aus der Ruhe gebracht zu sein.

»Warum?« fragte sie erstaunt, »muß ich denn in Berlin bleiben?«

»Nein, nein«, versicherte ihr Böck. »Ich dachte nur, daß Sie vielleicht Interesse an der Aufklärung des Mordes an ihrem Mann haben.«

Sara wunderte sich über Böcks Absichten. Wollte er Frau Ost in den Kreis der Verdächtigen einbeziehen, jetzt, wo er Grund in der Hand hatte?

»Bei unserem Gespräch damals vor einigen Wochen haben Sie mir erzählt, daß Ihr geschiedener Mann zu Ihnen zurückkommen wollte. War es das erste Mal, oder hatte er diese Idee schon vorher?«

»Er kam nach dem Fall der Mauer. Es war abends. Ich saß gerade vor dem Fernseher und sah die Nachrichten. Er stand vor mir, nach dem neusten westlichen Standard gekleidet, mit einem Strauß roter Rosen in der Hand. Ich hatte ihn Jahre nicht gesehen«, fügte sie schnell hinzu.

Warum sagt sie das so hastig, so als ob sie sich selbst davon überzeugen müßte, überlegte Sara.

Böck wollte mehr wissen. »Worüber hat er gesprochen, über Beruf, Pläne. Es gab doch vieles zu berichten?«

»Ja, ja schon. Er sprach darüber, daß das Ministerium aufgelöst würde, daß er aber sowieso andere Pläne hätte.«

Sara empfand, daß Frau Ost sehr abwesend wirkte. Sie hatte diese Sätze sehr automatisch, fast wie vorbereitet gesprochen. Die Frau wirkte blaß und unkonzentriert. Sie hatte weit auseinanderstehende helle Augen, die dem Gesicht einen interessanten Ausdruck verliehen, wäre da nicht ein schmaler Mund mit fest zusammengepreßten Lippen. Sie sah aus, als ob sie sich heute nicht gekämmt hätte, dünne blonde Locken hingen kreuz und quer. Sie trug ein Jackenkleid aus alten Zeiten, das sah man am Stoff, braun mit dunklen Streifen. Sie sah wie ihre eigene Großmutter aus, fand Sara, irgendwie verkleidet.

Auch Böck war nicht zufrieden mit dem Gespräch. Wahrscheinlich wurde er deshalb heftiger. »Frau Ost, welchen Vorteil haben Sie vom Tod ihres Mannes?«.

Dieser Satz mußte sie getroffen haben, Sara beobachtete, wie sie die Hände rang, es schien, als ob sie zitterte. Sie richtete sich auf und sagte mit fester Stimme: »Mein geschiedener Mann hat mir sein gesamtes Hab und Gut vererbt, wenn Sie das meinen.«

Böck reckte den Kopf vor wie ein Geier: »Sie haben also sein Geld aus dem Mogelgeschäft erhalten? Das ist ja toll.« Das also war's, was mir im Kopf herumging, natürlich, dachte er.

Die beiden Frauen sahen ihn irritiert an. Sara wollte selbst eine Frage an Frau Ost stellen, wagte es aber nicht, Böck in seiner, für sie undurchsichtigen Dramaturgie zu stören. Sara war sicher, daß Böck die falsche Spur verfolgte. Sie wollte ihm ein Zeichen geben, vorsichtiger zu sein, um nicht alles zu verderben. Es war zu spät.

Frau Ost sagte mit hoher spitzer Stimme: »Das Geld hat mich nicht interessiert. Ich bin gewöhnt, mit wenig auszukommen. Natürlich habe auch ich meine Wünsche, die hat jeder Mensch, aber dafür bringe ich keinen um.«

»Hab' ich das gesagt?« Böck merkte jetzt seinen Fehler; er hatte Frau Ost in eine Ecke getrieben. Vielleicht konnte Sara weiterhelfen. Er nickte Sara aufmunternd zu. Na endlich, dachte diese, das hat ja gedauert.

Sara begann freundlich lächelnd zu Frau Ost gewandt: »Es ist sicher sehr viel für Sie passiert in letzter Zeit. Die neue Situation im Lande. Das war schon Aufregung genug«, sie sah Frau Ost fragend an.

»Ja«, sagte diese, »ich war erleichtert, befreit. Ich fühlte mich richtig als neuer Mensch.«

»Viele haben den Zusammenbruch der DDR auch als Verlust erlebt«, sagte Sara, »haben Zukunftsängste, sind arbeitslos, die Preise steigen.«

Bevor Sara das Bild richtig ausmalen konnte, wurde sie von Frau Ost unterbrochen. »Ich weine den alten Zeiten keine Träne nach. Ich fühle mich freier.«

»Sie haben Freunde in Westdeutschland?« stimmte Sara ein neues Thema an. Böck bewunderte das taktische Vorgehen Saras.

»Ja, in München. Sagte ich bereits.« Frau Ost wurde wieder knapp. »Deshalb will ich auch nach München umziehen, das heißt«, sie sah fragend auf Böck, »wenn die Polizei...«

»Selbstverständlich können Sie umziehen, München ist ja nicht aus der Welt«, riß Böck das Gespräch wieder an sich. Sara sah ihn entrüstet an, aber Böck zwinkerte ihr zu. Sie verzieh ihm.

»Hatten Sie früher, ich meine zu DDR-Zeiten, Kontakt zu ihren Freunden aus München?«

Frau Ost zögerte mit ihrer Antwort: »Sie wissen, es war gefährlich, Westkontakte zu haben, da mußte man mit äußerster Vorsicht vorgehen.« Sie sah aus, während sie sprach, als ob sie in weite Ferne blickte. »Wir schrieben Briefe«, fügte sie abrupt hinzu.

»Waren es auch die Freunde Ihres Mannes?« Böck verfolgte eine Spur, ohne genau zu wissen, wohin sie ihn führte.

»Nein. Er kannte sie, aber Freunde, nein.«

»Aber er war doch beruflich öfter in Westdeutschland?« hakte Böck nach.

»Ja, wir fuhren auch manchmal zusammen. Aber Freunde, nein.«

Mehr war an dieser Stelle nicht zu erfahren, das spürte er. Böck schrieb sich die Namen der Freunde aus München auf.

Er war noch nicht zufrieden. Sie verbarg etwas, das war ihm inzwischen klar geworden. So armselig und harmlos, wie sie auf dem Sofa saß, war die Frau nicht. Vielleicht hing es doch mit dem Geld zusammen.

»Haben Sie bereits eine Aufstellung der Vermögenswerte Ihres Mannes?« wollte Böck wissen.

»Ich bin nicht sicher, da ist ein Konto und natürlich das Haus.«

»Bargeld?«

»Nein.«

»Konto, wieviel Geld war vorhanden?«

»Einhundertausend Mark«, war die Antwort, sie sprach die Zahl langsam und, wie Sara zu hören glaubte, mit innnerlicher Zufriedenheit. Dabei schloß Frau Ost die Augen, um sich die Summe genau vorstellen zu können, wie Sara annahm.

Die Antwort überraschte nicht. Das Bild nahm allmählich vor Böcks Augen Konturen an.

»Wissen Sie, woher das Geld stammt?« bohrte Böck weiter.

»Das werden Sie besser wissen als ich«, sagte sie ärgerlich, »ich weiß nur, daß diese Summe auf dem Konto liegt und daß, sobald alle Formalitäten erledigt sind, ich über das Geld verfügen kann. Ich habe keine Eile.«

»Ihr Mann hat Ihnen nichts von seinen Geschäften erzählt?« Böck schien ungläubig.

»Mein geschiedener Mann«, korrigierte sie.

Sara spürte, wie sich die Frau zunehmend verschloß. Viel war ohnehin nicht zu erfahren, was nicht schon bekannt war. Andererseits strahlte Frau Ost etwas aus, das Sara noch nicht verstehen konnte. Eine Zerrissenheit. Es schlummerte etwas in ihr, das auf den Ausbruch wartete. Vielleicht wollte sie deshalb den Ort wechseln. Verbarg sie die Freude über ihren Umzug nach München?

Oder hatte sie eine heimliche Liebe? Sara verwarf diesen Gedanken, so wie die Frau aussah, bestimmt nicht.

Sie beobachtete Martin Böck, wie er die Stirn runzelte; er schien unzufrieden. Sara sah sich im Raum um, vielleicht fand sie ein Zeichen? In den Kriminalromanen, die sie gelesen hatte, war es oft ein Familienfoto oder ein Foto von nahen Verwandten und Freunden, das einen wichtigen Hinweis barg. Tatsächlich stand auf dem Fernseher, einem alten Gerät in DDR-Design, ein Bild von Frau Ost mit ihrem Mann, wohl ein Hochzeitsfoto, man hatte nicht in Weiß geheiratet. Daneben waren mehrere kleinere Fotos in einem Bilderrahmen zusammengesteckt worden. Sara konnte sie nicht genau erkennen. Sie erhob sich, trat zum Fenster: Ein langweiliger Anblick auf eine Reihe von hohen Betonkästen. Dazwischen eine schmale Baumreihe, ein bißchen Wiese. Kein Mensch war zu sehen. Sie bewegte sich unauffällig in Richtung Fernseher. Böck fragte gerade, ob Frau Ost die Freunde ihres Mannes nach seinem Tod noch einmal gesehen hatte.

»Sie waren natürlich zu seiner Beerdigung gekommen. Dann nicht mehr.«

Sara stand nachdenklich vor dem Fernsehapparat. Sie studierte das Hochzeitsfoto, auf dem Frau Ost lächelte, ihre hellen Augen schienen vergnügt zu blitzen, sie hatte ein feines, liebes Gesicht. Die Haare waren nach der Mode der Zeit gescheitelt, Locken bildeten einen weichen Kranz um den Kopf. Sie trug eine helle

Bluse mit rundem Spitzenkragen unter einer engen, wahrscheinlich hellgrauen Kostümjacke. Schlank, auf hochhackigen Schuhen, lehnte sie sich an ihren frischgebackenen Ehemann an. Auch Ost lachte, ein wenig verkrampft, fand Sara. Kindliches Gesicht, nicht unsympathisch, schmale lange Nase, Haare nach hinten gekämmt, über den Ohren weit ausrasiert. Er trug einen dunklen schlottrigen Anzug, vielleicht ausgeliehen, dachte Sara.

Mit den anderen Fotos konnte Sara nicht viel anfangen. Ein Porträt eines Mannes mit vollem wirren Haar, sehr männlichen Gesichtszügen. Er gefiel Sara. Fältchen um die Augen, starkes Kinn mit Grübchen. Daneben war auf einem Gruppenbild wieder der Mann abgebildet, diesmal in voller Körpergröße, kräftig gebaut, und neben ihm: Frau Ost. Herr Ost war nicht zu sehen. Auf dem anderen Bild war er dabei, stand er neben seiner Frau, eingehakt, aber sauer in die Kamera blickend. Die anderen Personen waren Sara unbekannt. Zwei Fotografien waren besonders interessant. Wieder der gut aussehende Mann und Frau Ost; sie standen mit zwei anderen Frauen an einem Seeufer, so einer Art Seepromenade. Bänke in einer Reihe, kleine blühende Bäume, es war offenbar Frühling. Im Hintergrund sah man Ruderboote auf dem Wasser und ganz klein ein Segelboot. Dieselbe Gruppe saß auf einem zweiten Bild an einem Tisch in einem Gartenlokal. Der Tisch war reichlich gedeckt. Man sah große Maßkrüge, eine Riesenbrezel, mehrere Teller. Eines war sicher, dieser Tisch hatte nicht in der DDR gestanden, sondern in Süddeutschland. Sara tippte auf Bayern. Starnberger See oder Ammersee? Sara erinnerte sich an die Ferien ihrer Kindheit. Sie betrachtete noch einmal das Bild mit dem Seeufer. »Ist das nicht der Starnberger See?« fragte sie Frau Ost.

»Sie kennen den See? Ja, das ist bei Tutzing. Schöne Gegend und gepflegt, damals schon.« Der Köder war gelegt, wie in den Kriminalromanen, die sie gelesen hatte. Jetzt mußte man wachsam sein.

Martin Böck hatte sich erhoben und trat neben Sara. »Du kennst die bayerischen Seen?« fragte er, sie spitzbübisch ansehend, »Du sollst meine Fremdenführerin sein, wenn wir nach München reisen.« Letzteres hatte er sehr leise, fast in ihr Ohr flüsternd gesagt. Sie war mit sich zufrieden.

Freundlich verabschiedeten sie sich von Frau Ost, die irritiert auf die Fotografien blickte.

»Sie haben uns sehr geholfen«, betonte Böck übertrieben. »Wo können wir Sie wann in München erreichen?« Er notierte ihre Angaben auf einen kleinen Block.

»Du warst gut«, lobte er sie, als sie bereits im Auto saßen. »Frau Detektivin, darf ich Sie als Gehilfin einstellen?«

»Als Gehilfin? Wenn schon, dann als Hauptkommissarin«, lachte Sara, »nein, lieber eröffne ich eine Privatdetektei, gehe als Miß Emma Peel.«

»Dann hast du nur Scheidungsfälle, mußt nächtelang bei Eis und Schnee vor dem Haus der Ehefrau oder des Ehemannes lauern, auf den Ehebruch warten«, drohte Böck. »Außerdem, bei deinem Orientierungssinn bist du besser in der Amtsstube aufgehoben.«

»Wann fahren wir nach München? Bald?« wollte Sara wissen.

»In den nächsten Tagen, vielleicht morgen oder übermorgen, mal sehen, was Bruno Grund mir heute nachmittag zu sagen hat.« Er war entschlossen, Grund heute härter anzufassen, ihn nicht eher gehen zu lassen, bis er alles ausgepackt hatte. Da wird ihm auch seine kleine Anwältin nicht mehr helfen können. Heute würde er mit Grund allein sein wollen, damit er ihm auch einheizen konnte. Auch Sara wollte er nicht dabei haben. Er sagte es ihr.

»Dann kann ich heute noch meinem eigentlichen Beruf nachgehen. Ich muß die Senatsverwaltung bei einer wissenschaftlichen Tagung über Stadtplanung vertreten. Es werden sich alle über Berlin ausquatschen, und dann wird bei einem Glas Wein kein gutes Haar an keinem der Vorträge gelassen.« Sara äffte die Kommentare nach: »Also, was Professor X über humanes Wohnen sagte, ist 50er Jahre. Er hat den modernen Prozeß der Individualisierung völlig vernachlässigt, daraus ergeben sich völlig neue Wohnansprüche.«

»Was ist ›Individualisierung‹?« wollte Böck wissen.

»Jeder lebt für sich und gegen die anderen. Du lebst ja auch allein, bist geschieden und unabhängig«, klärte Sara ihn auf.

»Ich? Nein, ich bin auf Weibchensuche«, protestierte Böck.

Sara wurde rot, lenkte durch ein zweites Beispiel eines wissenschaftlichen Kommentars unter Wissenschaftlern ab: »Herr Kollege, es handelt sich in der Regel um Herren, Herr Kollege, Ihr Beitrag über den Verkehrsinfarkt der Metropole Berlin, vor allem im zentralen Bereich, war sehr interessant, auch Ihr Plädoyer für den öffentlichen Nahverkehr ist mir sympathisch, aber wie wollen Sie erreichen, daß die Menschen ihr Auto zu Hause lassen? Sie müssen zuerst den Menschen umerziehen«, endete Sara.

»Da hat er recht, ich weiß gar nicht, was du hast«, war Böcks Kommentar.

»Themenwechsel. Diese Frau Ost«, Sara klang plötzlich nachdenklich, »macht auf mich einen ganz merkwürdigen Eindruck. Sie ist nicht die Frau, für die sie sich ausgibt. Auf den Fotografien wirkte sie wie ein anderer Mensch. Ich glaube, sie verstellt sich.«

»Die Fotografien sind alt«, erwiderte Böck, »vielleicht haben die Jahre in der DDR und die Ehe mit Harald Ost sie so verändert?«

»Und die Scheidung«, fügte Sara hinzu, »die Scheidung«, murmelte sie. »Ja, das könnte es sein.«

»Eines jedoch scheint sicher«, betonte Sara überzeugt. »Das Geld bedeutet ihr nicht viel. Das war ganz deutlich herauszuhören.«

Böck war hier nicht sicher, er ging erst einmal davon aus, daß das Geld eine zentrale Rolle spielte, wie in den meisten Mordfällen, aber seine Erfahrung lehrte ihn, die Zweifel wachzuhalten, und in diesem Fall hatte er Zweifel. Geld als Motiv würde er Bruno Grund jederzeit unterstellen, aber welche Rolle spielte Frau Ost in diesem Geschäft des großen Geldes?

»Ich wäre da nicht so sicher, Sara. Sie ist ›Nutznießerin‹«, sagte Böck, »vielleicht fühlt sie sich durch das Erbe entschädigt für die Vergangenheit. Was wissen wir, wie ihre Ehe verlaufen ist.«

Sara versuchte, sich das Leben von Frau Ost vorzustellen. Verheiratet mit einem Wissenschaftler und Techniker, der seinen Beruf liebte, anerkannt war, denn er durfte nach Westdeutschland reisen. Sie konnte ihn mehrmals begleiten. Es war deutlich zu erkennen, daß Frau Ost diese Reisen liebte, sich gern erinnerte. Und sie hatte Freunde gewonnen, die sie besuchen konnte, so gute Freunde, daß sie entschlossen war, zu ihnen zu gehen. Sara wußte, daß der Schlüssel zum Verständnis für Frau Ost in München lag.

»Wir müssen nach München fahren und diese Freunde sprechen«, sagte sie zu Böck gewandt.

»Du willst nur einen großen Krug Bier trinken, gib es zu.« Er sah sie liebevoll an.

»Ich mag überhaupt kein Bier«, entrüstete sich Sara.

Am Brandenburger Tor hielten sie an einer der Würstchenbuden, die es jetzt auch reichlich im Ostteil Berlins gab. Das Brandenburger Tor war von Buden und wilden Händlern regelrecht umstellt. Sie kauften »Currywurst«, ein altes Leibgericht der Berliner. Sie waren mit der »Mahlzeit« zufrieden.

»Setze mich bitte an der Technischen Universität ab, dort findet meine Tagung statt«, bat Sara.

»Sehen wir uns heute abend, ich kann dir dann von Bruno Grund berichten«, Böck sah sie fragend an. Es hätte aber dieser Begründung nicht bedurft.

Sara nickte. Nach einer schnellen Umarmung lief sie auf das TU-Gebäude zu. Martin Böck fuhr weiter, er wollte noch im Büro ein paar Dinge mit seinen Leuten absprechen, bevor Bruno Grund kam.

Pfeiffer wartete schon ungeduldig auf ihn. Melitta Grund hatte angerufen und wollte Martin Böck unbedingt persönlich sprechen. Ihre Stimme klang aufgeregt, meinte er. Der Chef wollte Böck sehen, wollte einen mündlichen Bericht, vor allem wollte er wissen, warum Bruno Grund nicht verhaftet worden sei. Dann habe ein Herr aus der Wissenschaftsverwaltung angerufen und gefragt, ob sie wüßten, wo sich eine Sara Müller aufhält. Pfeiffer sah Böck fragend an, der aber sagte nur, so, so. Er ärgerte sich, daß er zum Chef sollte. Ihre Beziehung wurde immer gespannter. Früher hatten sie zusammengearbeitet. Dann war der Chef mehrmals befördert worden, er hatte das richtige Parteibuch. Das hört in Berlin nie auf, denn auch der jetzige Senator hatte bereits kurz nach seinem Amtsantritt politische Beförderungen durchgeführt, was erhebliche Unruhe in der Verwaltung geschaffen hatte. Der Senator wurde seinem schlechten Ruf gerecht, den er als früherer Universitätspräsident durch einen Skandal, es ging offenbar um Denunziationen eines Gegners bei den Universitätswahlen, erworben hatte. Die Berliner waren diese schlechte Praxis der Begünstigung gewöhnt, und so gab es wenig öffentliche Kritik. Ohnehin war das Ansehen der Berliner Polizei nie hoch gewesen. Niemand wunderte sich mehr, wenn ein Beamter befördert wurde, weil er Mitglied der richtigen Partei war, man erwartete gar keine Kompetenz. Letzteres wurmte Böck vor allem, denn er liebte seinen Beruf. Er ließ den Chef warten und ließ Melitta Grund anrufen.

Bevor er sich mit Namen gemeldet hatte, überschüttete sie ihn: Ihr Mann sei gestern plötzlich aufgetaucht, habe seine Sachen gepackt und sei ausgezogen, wohin wisse sie nicht. Er habe eine junge Frau dabei gehabt, die er als seine Anwältin vorstellte. Melitta Grund lachte schrill: »Glauben Sie das?« Dann habe er die Scheidung angeboten mit einer Abfindung von einer viertel Million sowie der gemeinsamen Wohnung. Böck pfiff durch die Zähne. »Wo hat er das Geld her, ich denke, er ist bankrott«, fragte sie. Diese Frage konnte auch Böck nicht beantworten. »Warum haben Sie ihn gestern nicht verhaftet«, klang es entrüstet. So ein Biest, dachte Böck, woher wußte sie überhaupt, daß... Fritz Fischer fiel ihm ein, der hat sie wahrscheinlich informiert, freundschaftshalber.

»Ich kann Ihnen nicht mehr sagen, als Sie selbst wissen.« Böck bemühte sich, freundlich zu klingen. Er hatte nicht die Absicht, ihr Rechenschaft darüber zu geben, warum er Bruno Grund laufen ließ. Vielleicht würde sie ihre Kontakte in die Politik spielen lassen, um mehr zu erfahren. Wahrscheinlich wollte ihn der Chef deshalb sprechen. Seine Abneigung wuchs. Er verabschiedete sich schnell von Melitta Grund, murmelte etwas von Besuch.

Jetzt fiel ihm ein, daß er dem Neuen versprochen hatte, ihn zum Verhör mit Grund dazuzuholen. Es paßte ihm gar nicht mehr in sein Konzept, aber er wollte zu seinem Wort stehen. Er ließ ihn holen. »Kommen Sie mit zum Chef, da können Sie was lernen: Inkompetenz ist die sicherste Leiter zur Karriere,« knurrte Böck. Pfeiffer war sichtlich erschrocken. »Ich meine nicht Sie«, lenkte Böck ein, »Sie nicht.«

Der Chef saß wie immer vor einem leeren abgestaubten Schreibtisch. Glänzende Fläche. Das war wahrscheinlich das einzige Zimmer im Haus, das die Reinigungsleute regelmäßig besuchten, meins auf jeden Fall nicht, dachte Böck. Er setzte sich ohne Aufforderung. Der Neue stand unschlüssig im Raum.

»Was will Pfeiffer«, fragte der Chef, an Böck gewandt.

»Mich begleiten.« Böck hatte keine Lust, viel zu erklären. »Sie wollten mich sprechen?«

»Es geht um Bruno Grund«, begann der Chef. »Setzen Sie sich«, forderte er Pfeiffer auf. Er sah Böck scharf an, kannte seine Ablehnung. »Man, hm, das heißt, ich will wissen, ob er des Mordes an diesem Menschen verdächtig ist, man hatte erwartet, daß Sie ihn verhaften.« Er sah grimmig auf Böck. »Er richtet Schaden an in der Stadt.«

»Schaden?« Böck tat erstaunt. »Wem soll er denn Schaden zufügen?« Naive Frage.

»Er läuft herum und erzählt von Geschäften, äh, Plänen, die bisher nicht öffentlich bekannt waren.« Der Chef räusperte sich. »Wir, Sie sollten vorsichtig sein, daß nicht andere mit hineingezogen werden, Menschen mit hohem Ansehen.« Der Chef rieb sich die Hände, als ob er sie wärmen wollte.

Nun reicht es aber, dachte Martin Böck. Es war von Menschen die Rede, die offenbar keinen Namen hatten. Was sollte er damit anfangen? Insgeheim freute er sich, daß er Bruno Grund hatte laufen lassen. Jetzt fühlen sich einige der Herren verunsichert. Na wunderbar, was wollte er mehr. Er zeigte seine Freude nicht, nur der Neue grinste breit bis zu den Ohren, konnte sich nicht beherrschen, aber er hatte verstanden. »Kluges Kerlchen«, dachte Böck, er nahm sich vor, den Neuen stärker einzubeziehen, er hatte ihn vielleicht zu voreilig den Bürokraten zugeordnet.

Dem Chef sagte er nur: »Wir haben einige Mordverdächtige,

die vier Männer, Kollegen und Freunde von Harald Ost, Bruno Grund und die Frau des Toten.« Jetzt hatte er ausgesprochen, was unbewußt in ihm nagte. Er hatte Frau Ost in den Kreis der Verdächtigen mit einbezogen. »Und natürlich kommen auch als Täter in Frage, die mit den Maklergeschäften von Ost und Grund zu tun hatten«, fügte Böck boshaft hinzu.

»Namen«, bellte der Chef.

»Keine konkreten Hinweise«, lautete die kurze Antwort.

Böck war entlassen.

Pfeiffer fragte neugierig: »Werden Sie heute Bruno Grund verhaften?«

»Abwarten und Tee trinken.« Wieder eine Redeweise, die sein alter Lehrer und Chef liebte. Böck nahm sich vor, den Alten wieder mal zu besuchen. Vielleicht würde Sara mitgehen.

Bruno Grund kam absichtlich eine halbe Stunde zu spät. Er würde sich doch nicht von dem Kommissar schikanieren lassen. Böck sah demonstrativ auf die Uhr, sagte kein Wort. Kindisch, dachte er für sich. Er bat Grund, Platz zu nehmen und ließ Kaffee kommen. Damit es so richtig gemütlich wurde. Er hatte dem Neuen eingeschärft, sich alles, was nur irgendwie wichtig war, aufzuschreiben. Ein Wortprotokoll wollte er nicht aufzeichnen lassen, schon um den Chef zu ärgern.

»Die Tasche«, begann er, »das will mir nicht in den Kopf, daß Sie nicht wissen, wo Sie sie gelassen haben.«

»Wenn es meine ist«, wandte Grund ein.

»Davon gehe ich aus, Ihre Frau hat die Tasche identifiziert. In dem Geschäft, wo sie sie gekauft hat, ist nur diese Tasche in den letzten Monaten verkauft worden. Es war ein Einzelstück. Ganz was Edles. Kommen Sie schon, Grund, raus mit der Sprache, heute werden Sie diesen Raum erst verlassen, wenn Sie mir verraten haben, wie Harald Ost an Ihre Tasche kam und was in der Tasche war.« Drohender Blick auf Grund, der glaubte dem Kommissar. »Ach übrigens«, ergänzte dieser, »es gibt Leute, die gerne Ihren Kopf rollen sehen würden. Sie haben Feinde.«

Grund war beunruhigt. Wußte der Kommissar etwas oder bluffte er? Wen meinte er mit Feinden. Seine Frau Melitta?

»Hat sie sich über mich bei Ihnen etwa ausgeweint?« gab er zur Antwort.

»Wer?«

»Meine Frau, Ich kann mir denken, daß sie wütend auf mich ist. Wenn Blicke töten könnten, wäre ich jetzt nicht hier.« Er schien sich sichtlich darüber zu freuen, daß er seine Frau verlassen hatte.

»Sie sollen mir antworten, ich frage – ein ganz einfaches Spiel. Kommen Sie zur Sache. Wie war das mit der schwarzen Aktentasche?«

Grund verlor plötzlich die Lust am Versteckspielen: »Er hat mich erpreßt.«

»Wer?« Endlich, dachte Böck, jetzt kommt er rüber.

»Harald Ost hat mich erpreßt, er wollte Geld und einen Job von mir.«

»Wofür, ich meine, was war die Gegenleistung?« Pfeiffer kam kaum mit dem Schreiben mit. Böck nickte ihm kurz zu.

Grund stöhnte laut auf: »Der Kerl wollte Geld für etwas, was für ihn nichts wert war.«

»Und dieses etwas war in der schwarzen Tasche«, ermunterte ihn Böck.

»Ja, ich hatte die Tasche bei der feierlichen Öffnung des Brandenburger Tores dabei, weil ich kurz davor eine Besprechung Unter den Linden hatte. Es war ekelhaft naß und kalt, dann kam es zu einem Gedränge, in das ich geriet. Ich verlor die Tasche und wurde weiter geschoben. Später, als sich alles beruhigt hatte, suchte ich den ganzen Platz um das Tor herum ab. Nichts. Die Tasche war verschwunden. Jemand mußte sie mitgenommen haben.«

»Und dieser jemand war Harald Ost?«

»Ja.«

»Und der Inhalt, was war in der Tasche?« Böck drängte voller Ungeduld.

»In der Tasche waren Grundstückspläne und Dokumente über den Verkauf von mehreren Grundstücken im zentralen Bereich.«

Grund machte bei dieser Aussage ein gequältes Gesicht, fummelte sich eine Zigarette aus seinem goldenen Zigarettenetui, bot Böck und Pfeiffer eine an.

»Und deswegen haben Sie Harald Ost umgebracht?« Böck schien enttäuscht.

»Wo denken Sie hin. Er hat mich deswegen erpreßt. Hat mir dann die Papiere im Ratskeller zurückgegeben, und ich habe ihn bezahlt. Könnte mich heute noch darüber ärgern, daß ich ihm Geld gegeben habe.« In Erinnerung an diesen Fehler machte er ein weinerliches Gesicht.

»Wieviel?«

»Ich habe ihm Fünfzigtausend in bar gegeben und ihm versprochen, mich um einen Job für ihn zu bemühen. Nicht irgendeinen Job, nein, der Kerl wollte hoch hinaus, eine leitende Position, hat er gesagt, nichts darunter.«

»Sie haben ihm also fünfzigtausend Mark in bar übergeben, und er hat Ihnen dafür die Papiere sofort ausgehändigt.« fragte Böck.

»Ja.«

»Und die Tasche?«

»Die Tasche hatte er nicht dabei«, sagte Grund erstaunt. »Ich habe gar nicht darauf geachtet. Ich habe die Papiere in eine Mappe aus meinem Büro gesteckt. Er hat mir die Tasche nicht zurückgegeben.« Er sagte dies in einem Ton, als sei ihm das erst jetzt aufgefallen und schüttelte nachdenklich den Kopf.

»Oder er hat das Geld in die Tasche gesteckt. Das ist doch möglich. Es war doch eine Summe, die man nicht einfach in die Jackentasche steckt. Wie haben Sie ihm das Geld gegeben, in großen Scheinen?«

»Er wollte es nicht zu groß. Es waren, glaube ich, Fünfhundert- und Hundertmarkscheine. Genau weiß ich es nicht mehr.« Grund schien zu überlegen.

»Nun zu den Papieren«, sagte Böck forsch. »Ich möchte genaueres darüber wissen, das verstehen Sie doch?« Er zwinkerte Grund an. »Vielleicht kann ich mich ja auch beteiligen an dem Geschäft«, sagte Böck lauernd.

»Alles seriöse Transaktionen. Nichts Problematisches dabei.

Ich habe leider diese Dinge nicht mehr abwickeln können. Ich konnte nicht mehr zahlen, aber das wissen Sie ja alles.«

»Das gibt es doch nicht«, rief Böck aus, »Sie haben sich von Harald Ost erpressen lassen für nichts und wieder nichts? Das glaube ich Ihnen nicht. Mir kommen ja die Tränen.«

»Ganz so ist es nicht«, seufzte Grund. »Ich mußte ja etwas für meine Zukunft tun, habe vorgesorgt und das Geschäft weiterverkauft.«

»Aha, so geht das.« Böck schien begeistert. »Man verkauft ein Geschäft, das man selbst nicht machen kann, an einen Dritten, bekommt aber dafür gutes Geld. Ist es so?«

»Wie Sie es ausdrücken, klingt es unsauber.«

»Oh, Verzeihung«, sagte Böck ironisch, »ich wollte nicht Ihre Ehre als Geschäftsmann verletzen. Ich ahne, wem Sie das Geschäft verkauft haben. Darf ich seinen Namen nennen?«

Grund schaute Böck voller Unverständnis an. »Ja, bitte.«

»Sein Name ist Fritz Fischer«, schoß Böck seinen Versuchsballon ab.

»Sie wissen also alles? Dann brauchen Sie mich ja nicht mehr.«

Grund wußte nun, daß es keinen Sinn hatte, die Wahrheit noch ein paar Tage schmoren zu lassen. Er hatte, was er wollte. Nun mußte er aufpassen, daß er aus der Angelegenheit heil raus kam.

Zur Überraschung des Kommissars legte er eine Aufstellung der Grundstücke und der Transaktionen vor, mit Wertangabe, und Böck machte große Augen über die Namen der beteiligten Käufer und Verkäufer. Böck war baff. Das hatte er dem windigen Bruno Grund nicht zugetraut, da steckte bestimmt die junge Anwältin dahinter. Frauen haben einen sicheren Instinkt, wenn es darum geht, rechtzeitig zu verlieren.

»Kann ich mich nun verabschieden?« fragte Grund höflich und erhob sich zu ganzer Länge.

»Halten Sie sich für Nachfragen bereit. Hinterlassen Sie Ihre Adresse. Bleiben Sie in der Stadt. Und hüten Sie sich vor Ihren Feinden.« Das klang fast gutmütig. Grund war sich aber nicht sicher, er verabschiedete sich schnell.

Böck saß vor dem Papier, das aus zwei Seiten bestand, und

schüttelte den Kopf. »Ich kann es nicht fassen. Es übertrifft meine Vorstellung bei weitem.« Das wird noch Ärger geben und die geliebten Unterredungen mit dem Chef.

»Ich verstehe nicht«, meldete sich Pfeiffer zaghaft zu Wort, »warum er so schnell aufgegeben hat. Er hätte uns doch noch wochenlang schmoren lassen können. Wir hatten doch nichts in der Hand?« Er sah Böck stirnrunzelnd an.

»Ja, mein Junge, das wirst du noch lernen, du mußt hinter die Dinge sehen; nicht was die Menschen dir sagen und was sie tun, sondern das, was sie nicht sagen und nicht tun, ist für uns interessant.« Der andere schien nicht zu kapieren.

»Ist doch sonnenklar«, erklärte ihm Böck das Verhalten von Grund, »der hatte auch nicht vor, uns heute die Wahrheit zu offenbaren, aber es gab eine Kleinigkeit, die ihn dann doch dazu bewogen hat.«

Böck ging zum Fenster. »Kannst Du es nicht erraten?« Böck lief im Zimmer auf und ab. Pfeiffer folgte seinen Schritten mit den Augen, als ob sie die Lösung darstellten. »Ich habe ihm etwas angedeutet, was ihn umgestimmt haben muß. Na, komm schon.«

Pfeiffer schaute verzweifelt auf seine Notizen. »Ich kann nicht... Oh doch, ich kann«, sagte er plötzlich freudig. »Sie haben ihm angedeutet, daß er Feinde habe, da hat er es wohl mit der Angst zu tun bekommen. Stimmt's?« Er sah Böck strahlend an.

»Stimmt, Junge, und was tun wir jetzt?«

Pfeiffer überlegte, man konnte ihm ansehen, wie es in seinem Kopf arbeitete. »Ich würde warten, bis sich seine Feinde zu Wort melden«, sagte er tapfer.

»Gut, sehr gut«, lobte ihn Böck, »aber wo und wie warten wir?« Er blickte abwesend, wiederholte: »Wo und wie?« und griff zum Telefonhörer. »Ich brauche sofort einen Mann, der das Büro von Fritz Fischer bewacht und einen Mann für seine Wohnung. Adresse? Müssen Sie selbst. Ja, danke. Ja, sofort, am besten schon vor fünf Minuten.« Er hängte auf.

»Warum Fischer«, fragte Pfeiffer erstaunt, »warum nicht Grund?«

»Weil wir Grund schon haben, Junge, der stellt nichts mehr an.«

Böck nahm sich Grunds Geheimpapier vor. Studierte es lange, ließ sich einen Rechner bringen. Das hatte er lange nicht gemacht, sich als Buchhalter zu betätigen. Wen könnte er um einen fachlichen Rat fragen. Er starrte auf die Summe, die er errechnet hatte. Nicht schlecht. Makler müßte man sein und die richtigen Beziehungen haben. Ein ehrliches Geschäft ist das sicher nicht. Er mußte an seine Eltern denken, die sich mit ihrem kleinen Lebensmittelladen in der Wilmersdorfer Straße abgerackert hatten. Dann, nach dem Wiederaufbau der Stadt, kamen die Kaufhäuser. Seine Eltern »wanderten nach Spandau aus«, wie sein Vater diesen Umzug nannte. Sie übernahmen dort einen kleinen Laden mit einer Wohnung über dem Laden. Am Anfang ging das Geschäft ganz gut, dann kamen auch dort die Kaufhäuser und Supermärkte. Seine Eltern gaben auf.

Klein, aber fein, hatte sein Vater den Laden genannt. Er kaufte täglich frisches Gemüse ein. Böck war als Junge oft dabei, er ging gern auf den Markt, schleppte Kisten mit Orangen und Tomaten, trug Kartoffelsäcke zum Auto. Jede Mark war durch eigene Arbeit verdient.

Wie altmodisch ich denke, besann sich Martin Böck. Trotz fast zwanzig Jahre Polizeidienst glaube ich noch immer an die Arbeit mit den Händen. Seine Frau hatte sich immer über das niedrige Einkommen beschwert. »Du bist nie zu Hause und hast trotzdem wenig Geld, das paßt nicht zusammen.«

Sie hatte seinen Beruf nie gemocht. Vielleicht weil sie nicht neugierig war. Sara war anders. Sie steckte ihre Nase in alles.

Da fiel ihm ein, daß er sich noch um ihre anonymen Anrufe kümmern wollte. Er rief einen Kollegen an, der sich mit so was auskannte, hatte ihn schon öfter beraten.

»Haben die Anrufe mit einem aktuellen Fall zu tun?« fragte dieser.

»Weiß nicht, schon möglich.«

»Besorgt?«

»Ja, schon.«

»Dann laß eine Fangschaltung durch die Post installieren, geht schneller als bei uns und ist technisch besser.«

»Wirklich?« Böck hatte zur Bundespost wenig Vertrauen.

»Ich sag's dir doch, es gibt eine neue Technik. Du hast dreißig Sekunden Zeit, durch einen Tastendruck geht ein Signal bei der Post ein. Der Anruf wird gefangen, und die Nummer kann zurückverfolgt werden.«

»Merkt der Anrufer etwas?« Böck kannte diese Technik noch nicht.

»Nein, überhaupt nichts. Der Vorgang kann wiederholt werden, damit man sicher gehen kann, wer der Anrufer ist, falls er nicht seinen privaten Telefonanschluß benutzt.«

»Danke für deinen Rat.«

Böck hatte Sara gegenüber seine Sorge verschwiegen. Aber er war Polizist genug, um einen möglichen Zusammenhang zum Fall Ost zu sehen. Sara hatte schließlich ihre Nase tief drin. Böck stellte sich ihre kleine Nase vor.

Vor dem Großen Hörsaal der Technischen Universität standen kleine Grüppchen von Tagungsteilnehmern, die sich angeregt über eine Rundfahrt durch Berlin mit dem Schwerpunkt im zentralen Bereich, Potsdamer Platz, Leipziger Platz, Friedrichstraße, Unter den Linden, Pariser Platz, Reichstag, Diplomatenviertel, unterhielten. »Das ist ja eine tolle Möglichkeit, etwas ganz Neues zu planen, einmalig«, hörte Sara, als sie an den Gruppen vorbeilief. »Das ist einmalig in Europa, da kann was ganz anderes entstehen, Zukunftweisendes.« Solche Sätze konnte Sara schon nicht mehr hören, seit der Streit um den städtebaulichen Wettbewerb Potsdamer Platz ausgebrochen war. Die Zeitungen heizten diesen Krieg um Ästhetik, Hochhäuser ja oder nein, Verkehrsknotenpunkt und Sperrung für den Individualverkehr erst richtig an. Die überregionale Presse machte sich über die zaghafte Planung in Berlin lustig, eine Gewohnheit, die sie seit dem Hauptstadtstreit pflegte. Man sah der neuen Hauptstadt auf die Finger. Sara hatte die Diskussion anfangs mit Interesse, später mit zunehmender Unlust verfolgt, denn immer häufiger mischten sich Stimmen ein, die aus dem Potsdamer Platz gern einen Vorgarten gemacht hätten. Viele Berliner nahmen ihre neue Stadt noch nicht an.

Als Sara den Hörsaal betrat, zögerte sie kurz. Vor dem Podium, das auf einer Art Bühne aufgestellt war, stand, eifrig gestikulierend auf seinen Gegenüber einredend, Fritz Fischer. »Was macht der denn hier«, entfuhr es ihr. Sie hatten sich seit der Party in seiner Wohnung nicht mehr gesehen. Sie ging langsam nach vorn, um sich beim Veranstalter als Vertretung der Senatsverwaltung vorzustellen.

Fischer entdeckte sie sofort, kaum war sie bei den ersten Reihen angekommen. Er eilte die kleine Stufe der Bühne hinunter zu ihr, umarmte sie wie eine alte Freundin, Küßchen auf beide Wangen. Sara machte einen steifen Rücken.

»Ja so was, unsere kleine Detektivin, haben wir den Mörder schon verhaftet?« Er lachte sie verschmitzt an. »Sie müssen mir alles erzählen, vielleicht können wir uns hier davonschleichen und einen Kaffee trinken«, langer Blick aus seinen dunklen Augen.

Sara wehrte ab: »Nein, heute nicht, ich muß hier anwesend sein. Danach bin ich verabredet, ein andermal.« Sie versuchte, kühl zu wirken.

Der Veranstalter befreite Sara, er schleppte sie auf einen für die Vertreter des Senats freigehaltenen Platz, rechts und links neben ihr war bereits besetzt. Inzwischen hatten sich die Teilnehmer der Podiumsdiskussion auf der Bühne installiert, jeder der Experten hatte ein Schild mit Titel und Name vor sich stehen. Sara las die Namen der Reihe nach, konnte aber nicht viel mit ihnen anfangen. Wahrscheinlich Architekten und Stadtplaner, dachte sie, das war nicht ihr Gebiet.

Der Präsident der Technischen Universität hielt eine kleine Begrüßungsrede. Auch er sprach von der Chance, die Berlin habe, neue Wege der Stadtplanung zu gehen. »Wir müssen nur den Mut haben.« Von Mut zu sprechen paßte zu ihm, dachte Sara, denn er hatte gerade den Versuch unternommen, die Technische Universität in neue Fachbereiche zu gliedern. Er war damit völlig gescheitert. Niemand wollte etwas ändern, an diesem Punkt waren sich Professoren und Studenten einig. Der erste Vortrag hatte begonnen. Es wurden Weltstädte vorgestellt, aus deren Geschichte und Fehlern man lernen konnte, natürlich New York, London, Paris, Tokyo. Nach Paris könnte ich eigentlich mal wieder reisen, nahm sich Sara vor. Vielleicht mit Böck, aber sie verwarf diese Gedanken schnell. Sie wollte jetzt nicht über ihre Beziehung zu Böck nachdenken.

Sie versuchte, sich wieder auf den Vortrag zu konzentrieren. Der Redner war Professor für Stadtentwicklung, wie Sara seinen Ausführungen entnahm. Er schien viel gereist zu sein, gab sich große Mühe, weltmännisch zu wirken, er flocht des öfteren englische oder französiche Vokabeln ein. Der zweite Redner sprach über neue Forschungen, wie Menschen in einer Großstadt arbeiten und wohnen, und widersprach nachdrücklich der allgemeinen Behauptung, die er als irrwitzig und geradezu dümmlich bezeichnete, daß Menschen in der Großtadt alleine leben, ganz für sich und ohne Kontakt zur Familie und Freunden. »Ganz im Gegenteil«, rief er begeistert, »wir haben festgestellt, daß mehr soziale Kontakte, dichtere soziale Netze in einer großen Stadt als auf dem Lande oder in der Kleinstadt existieren. Großmütter werden von Töchtern gepflegt, Kinder von den Großmüttern versorgt.«

Die werden sich schön freuen, dachte Sara, erst die eigene Familie, die eigenen Kinder aufziehen, dann die Enkelkinder. Der Redner hatte seine Redezeit überzogen, er wurde vom Leiter des Podiums unsanft daran erinnert, indem dieser aufstand und ihm einen weißen Zettel hinschob. Deutsche Professoren reden immer zu lange, die müßten doch eigentlich ihre Redezeit aus Erfahrung besser planen können, überlegte Sara. Der dritte Vortrag war weniger theoretisch und lockerte durch praktische Beispiele auf. Es ging mal wieder um Verkehrspolitik. Damit kann immer Stimmung gemacht werden, freute sich Sara, sie dachte an die stadtpolitischen Dauerthemen, Tempo 30, Busspur, Öffnung des Brandenburger Tores. Der Redner entwarf ein Modell für den zentralen Bereich Berlins. Der Individualverkehr sollte völlig verbannt, der öffentliche Nahverkehr entsprechend ausgebaut und von allen Seiten an die Mitte herangeführt werden. S- und U-Bahn sowie Intercity-Züge sollten bequem erreichbar sein. Das Publikum fing bei diesen Vorschlägen gleich an mitzudiskutieren. Einer rief dazwischen »blauäugig« ein anderer gar »Schikane«. Der Diskussionsleiter ermahnte zur Ruhe, so daß der Redner seine Utopie einer verkehrsberuhigten Innenstadt weiter ausmalte. Es trat wieder Ruhe im Publikum ein.

Danach gab es eine kurze Pause. Ehe Sara sich versah, hatte sie Fritz Fischer am Arm davongezogen und schleppte sie in ein verrauchtes Studentencafé.

Der Kaffee kam prompt. Fischer rückte seinen Stuhl näher an Sara heran, damit er am Nebentisch nicht zu verstehen war.

»Sie müssen unbedingt mit mir essen gehen. Ich rufe Sie morgen an«, kam Fischer zur Sache.

Sara wich aus: »Ich weiß nicht, ob ich morgen Zeit habe, viel zu tun, meine Arbeit bleibt liegen.« Sie ärgerte sich über sich selbst, daß sie nicht kategorisch nein sagte.

»Arbeiten Sie denn noch an dieser Mordgeschichte, das ist doch nicht Ihr Fach.«

»Mein Teil der Untersuchung ist nicht der Mord, sondern die dahinterstehende Geschichte der Planung des Kongreßzentrums.« Das entsprach zwar nicht ganz der Wahrheit, war aber vorstellbar.

»Das ist doch längst kalter Kaffee, mit so etwas brauchen Sie, wenn Sie Bruno Grund belasten wollen, nicht mehr zu kommen. Der ist da längst raus. Es geht um größere Dinge.«

Er wollte also etwas über Bruno Grund erfahren, dachte Sara und sagte ganz beiläufig: »Das ist nicht der einzige Verdächtige in diesem Fall.«

Das saß. Fritz Fischer wurde unruhig, bemühte sich um eine fröhliche Miene. Er musterte Sara nachdenklich.

»Ich habe der Polizei sehr geholfen in diesem Fall«, sagte er endlich, »aber dieser Kommissar Böck ist ein arroganter Kerl, der für Leute wie uns keinen Finger krumm macht. Gegenleistung für Leistung. Er sollte kooperativer sein.« Er nahm Saras Hand. »Er hat mich doch tatsächlich beschatten lassen. Das habe ich aber abgestellt.«

Das würde Böck wahnsinnig ärgern, dachte Sara.

»Sie sind eine mutige intelligente junge Frau, wollen Sie ewig in der Verwaltung arbeiten? Das ist nichts für Sie.«

Jetzt bietet er mir gleich einen Job an, dachte Sara für sich. Sie sagte: »Ich habe meinen Beruf nie besonders geliebt, im Augenblick ist er aber spannend.«

»Sie suchen das Abenteuer«, lachte er gereizt. Er spürte, daß etwas zwischen ihnen stand, vielleicht weil sie zu viel über ihn wußte. Wieder sah er sie prüfend an. »Na ja«, sagte er, »vielleicht klappt es mit uns ja ein andermal. Ich werde Sie jedenfalls anrufen«, dabei sah er sie mit bedeutungsvollem Blick an. Sara mochte seine Augen.

Sara kehrte in den Saal zurück, Fischer verabschiedete sich, hatte noch eine andere Verpflichtung. Sara lief über die Straße, Fischer blickte ihr nach, bis sie in der Tür verschwunden war.

Inzwischen sprach ein Professor aus Bremen über neue Konzepte der Stadtplanung. »Grün und Sonne für jeden Menschen« war sein Motto. Sie hatten mal wieder keine Frau für die Diskussion eingeladen, dachte Sara und musterte kritisch die Reihe der Herren, die auf der Bühne saßen. Alles Männer, Professoren um die Fünfzig, schütteres Haar bis auf einen, der gelockt war, ernste Gesichter, vom Nachdenken gezeichnet, gebeugte Schultern. Nur der Lockige sah sportlich aus, unauffällig gekleidet, der trug Jeans und Turnschuhe, hatte aber eine Krawatte umgebunden. Die blauen Beine reihten sich in die grauen belustigend ein.

Endlich wurde die Diskussion eröffnet. Zahlreiche Wortmeldungen. Es gab auch vorbereitete Statements von Vertretern der Berliner Industrie und der Kammern. Die warte ich noch ab, dachte Sara, dann verschwinde ich. Sie sah sich im Saal um. Einige der Zuhörer hatten sich bereits davongeschlichen. Auch in den Reihen der Senatsvertreter lichtete es sich merklich. Als aber dann ein gut aussehender grauhaariger Mann Mitte Fünfzig, er stellte sich als Vertreter der Kammern vor, eine Litanei der Klage über die Berliner Verwaltung anfing: »Alles wird verschleppt, dauert ewig, keine Entscheidung, Investoren würden verschreckt, blieben von Berlin fern«, entschloß sich Sara, sofort zu verschwinden. und verließ eiligst den Saal.

Nicht daß Sara grundsätzlich anderer Meinung war, sie stand der Verwaltung selbst kritisch gegenüber, schließlich hatte sie ja ihre Erfahrungen persönlich gemacht. Aber sollte die Bürokratie den Investoren, den Bauherren und Maklern zu Füßen liegen, ihnen Sonderkonditionen einräumen, während die übrigen Bürger draußen standen, ewig auf ihre Wohngeldbescheide warteten und unfreundlich behandelt wurden?

Das Türschloß ihrer Wohnung klemmte. Sara steckte den Schlüssel zum drittenmal ins Schloß und versuchte es durch langsames Drehen. Jetzt hatte es geklappt, sie spürte einen Widerstand, dann sprang die Türe auf. Merkwürdig. Sie besah sich den Schlüssel eingehend, konnte aber keinen Schaden feststellen. Telefonläuten lenkte sie von weiteren Nachforschungen über die Ursache des Problems ab. Es würde sich später herausstellen. Böck sollte herausfinden, ob sich jemand an dem Schloß zu schaffen gemacht hatte. Jetzt eilte sie zum Telefon: Es war ihr »anonymer Freund«. Er schwieg, sie wartete eine Zeitlang, sagte mehrmals: »Hallo, hallo, wer ist da.« Schweigen. Dann knallte sie den Hörer auf die Gabel.

Inzwischen war sie im Zweifel, ob es sich um einen Zufall handelte. Jemand wollte offenbar wissen, ob sie zu Hause sei. Böck hatte vermutlich recht. Aber wer? Sara überlegte, ob es doch etwas mit ihrem Fall zu tun hatte. Sie sah aber keinen Sinn darin. Sie würde mit Böck darüber sprechen müssen. Wieder klingelte das Telefon. Sara nahm sich vor, diesmal abzuheben und keinen Mucks zu machen.

»Hallo, Sara, bist du dran«, rief eine Männerstimme, »warum meldest du dich nicht.« Es war Martin Böck, der sein Kommen ankündigen wollte.

Sara erzählte von dem Anrufer. Die Tür hatte sie längst vergessen. »Da wird etwas geschehen«, sagte Böck, »dazu später.«

Sara überprüfte ihr Aussehen im Spiegel, kämmte sich die Haare und erneuerte das Make-up. Da klingelte es schon an der Tür.

»Du bist aber schnell hier, warst du in der Nähe?«

»Ich habe mich beeilt«, Böck keuchte ein wenig vom Treppensteigen, »es zog mich zu dir.«

In der Küche sitzend, schlug Böck Sara vor, über die Post eine

Fangschaltung einzubauen, »damit wir den Bösewicht bald erwischen.«

Sara war eigentlich dagegen, ließ sich aber von Böck überzeugen. »Für alle Fälle, vielleicht kennen wir den Kerl.«

»Du nimmst an, daß es ein Mann ist?« Sara sah Böck fragend an.

»Na ja, schon, sicher bin ich mir natürlich nicht, es könnte jemand sein, der im Haus oder gegenüber wohnt und dich beobachtet, oder ein heimlicher Verehrer«, meinte Böck.

»Anonyme Anrufe passen besser zu einer Frau, einer Frau, die sich nicht zeigen will, aber auf sich aufmerksam macht, so als gäbe sie ein Zeichen.«

Wieder so ein weiblicher Blick, dachte Böck bei sich und nahm demonstrativ zwei Scheiben Salami mit der Hand und kaute sie bedächtig.

»Ich habe heute Fritz Fischer getroffen.« Sara berichtete von der Begegnung in der Technischen Universität. »Wollte mich aushorchen und sich mit mir zum Essen verabreden.«

»Und hast du die Einladung angenommen?«

»Nein, keine Lust.« Sie wurde bei dem Thema etwas verlegen.

»Ist doch ein schöner Mann«, provozierte Böck.

»Du gefällst mir«, sagte Sara.

»Darauf stoße ich mit dir an.« Böck hob sein Glas.

Erst als er sich verabschiedete und an der Wohnungstür stand, fiel Sara die Sache mit dem Schlüssel wieder ein. Böck untersuchte die Tür mit fachmännischem Blick auf beiden Seiten. »Bring mir mal eine Taschenlampe«, bat er.

Sara kramte in ihrer Kammer lange herum, bis sie eine fand. Danach verlangte Böck auch nach einem Schraubenzieher: »Einen kleinen, wenn Du hast!« Er fummelte am Schloß herum, mit der Taschenlampe hineinleuchtend. »Da hat sich jemand an deiner Tür zu schaffen gemacht«, rief er, »komm mal her.« Er zeigte ihr die Spuren.

»Und hatte er Erfolg?« Sara war entsetzt, als Böck feststellte: »Ich glaube, ja.«

Böck zog die Tür wieder zu. »Du mußt morgen ein neues Schloß einbauen lassen, ein sicheres«, er sah Sara besorgt an. »Jedenfalls bleibe ich heute nacht hier«, sagte er und setzte sich wieder in die Küche, »dann kann ich ja noch ein Gläschen trinken.«

Sara saß vor dem Schreibtisch des Senators. Er hatte sie am Morgen unverzüglich zu sich gebeten.

»Wir haben uns nach reiflicher Überlegung entschlossen«, er zögerte, ihm war die Sache sichtbar unangenehm, »Sie vorübergehend vom Dienst zu beurlauben, so lange, bis dieser Fall, in den Sie sich verstrickt haben, abgeschlossen ist.« Er sah sie freundlicher an: »Das wird ja hoffentlich bald der Fall sein.«

Sara kämpfte mit den Tränen. Bloß nicht vor dem heulen, dachte sie.

»Sie sind als Mitarbeiterin des Hauses sehr geschätzt, aber seit dieser Mordgeschichte haben Sie in sträflicher Weise Ihre Arbeit vernachlässigt.« Kurzer Blick. »Übrigens ganz im Vertrauen«, er räusperte sich, »es gab Beschwerden von höchster Stelle Ihretwegen, Sie mischen sich da in Angelegenheiten ein...« Er schüttelte verwundert den Kopf.

»Also, halten Sie sich an die Abmachung.« Er erhob sich.

Sie war entlassen, ohne eine Wort zu ihrer Verteidigung vorgebracht zu haben.

Wer könnte sich beschwert haben, auf höchster Ebene, sie dachte an Bruno Grund, nein, den hatten alle fallenlassen. Es dämmerte ihr, natürlich, Fritz Fischer. Das war es also, er hatte gestern nichts aus ihr herausholen können. Jetzt versuchte er es auf diese Tour. Na warte. Sara fühlte sich angesichts dieser Entdeckung wohler. Vielleicht ganz gut, diese Beurlaubung, tröstete sie sich selbst, dann habe ich wenigstens kein schlechtes Gewissen mehr, einen Teil meiner Arbeit zu vernachlässigen.

Als sie Böck anrufen wollte, war er nicht im Büro. Sie bekam die Antwort, daß er später käme. »Na gut«, sagte sie, »ich rufe wieder an, ja Grüße von Sara Müller.«

Sie rief die Post an und fragte wegen der Fangschaltung nach, wurde mehrmals an nicht zuständige Beamte vermittelt, bis sie jemanden hatte, der ihr wenigstens sagte, wohin sie sich zu wenden hatte. Sara schimpfte vor sich hin. Die Post war ihre Lieblingsbürokratie, auf der konnte man am besten herumhacken. Eine freundliche Frauenstimme des zuständigen Fernmeldeamtes, natürlich eine Frau, dachte Sara, teilte ihr mit, daß ein Kommissar Böck bereits eine Fangschaltung, sozusagen amtlich, für Sara beantragt hatte, sie würde sofort eingerichtet werden. Dann erfuhr Sara, was sie im Falle des anonymen Anrufes zu tun hatte: »Einfach die Zahl fünf drücken. Sie haben doch ein Tastentelefon?« Sara bestätigte. »Dann haben Sie die Nummer sicher, Sie brauchen dafür dreißig Sekunden Zeit.«

Sara bedankte sich und rief als nächstes einen Schlosser an, der ihr sein Kommen für nachmittag zusagte. Nun konnte sie sich voll ihrer Mordgeschichte widmen, doch vorher mußte sie ihre Frustration abreagieren und einkaufen. Vielleicht ein neues Kostüm oder einen schwarzen Lederrock, den hatte sie sich schon lange gewünscht.

Sara sollte an diesem Vormittag zweifach für ihren Ärger entschädigt werden. Zuerst erstand sie einen schwarzen Lederrock, der, wie die Verkäuferin ihr versicherte, wie für sie gemacht war. Dazu passend kaufte sie eine rote Seidenjacke, tailliert, mit schräg angesetztem Reißverschluß.

Dann machte Sara eine Entdeckung, die sie beunruhigte. Und zwar so sehr, daß sie beinahe ihre Tasche mit dem neuen Rock an der Kasse hätte stehenlassen. Die Verkäuferin rief zum Glück hinter ihr her.

Sara hatte ohne konkretes Interesse einen Blick über die im hinteren Verkaufsraum ausgestellten Kleidungsstücke geworfen, als sich eine Frau hastig hinter einem Kleiderständer zu verstecken suchte, der sie aber nicht vollständig verbarg. Zuerst hielt Sara die Frau für eine Diebin, was ihre Neugier erregte. Dann kam ihr die Frau bekannt vor. Sie rätselte, sie mußte sie in den letzten Tagen oder Wochen getroffen haben, das Bild war frisch, sie konnte es aber nicht unterbringen. Sara wagte einen Seitenblick. Sie sah Frau Ost unglaublich ähnlich. Aber hübscher. Gut frisiert, das Haar rötlichblond, die Löckchen weicher, dezentes Make-up, das ihre weit auseinanderstehenden Augen betonte, die Lippen wirkten voller. Sara erinnerte sich an die schmalen zusammengepreßten Lippen. Aber vor allem, die Frau war elegant gekleidet. Sie trug ein hellgraues Frühjahrskostüm, sicher sündhaft teuer, das konnte man auf den ersten Blick erkennen. Dazu trug sie graue hochhakkige Schuhe, die ihre schlanken Beine betonten. Das ist Frau Ost, Sara war sich sicher, ihr fiel die Fotografie auf dem Fernsehapparat ein, als sie zusammen mit Böck bei Frau Ost gewesen war. Nichts anmerken lassen, befahl sich Sara selbst. Vielleicht ist es lohnender, sie nicht zu erkennen und sie zu beobachten. Ja, sie wollte sie beobachten. Sara bedankte sich bei der Verkäuferin für die freundliche Beratung und verließ den Laden. Sie postierte sich einige Schritte weiter an der Ecke. Schade, daß sie ihr Auto nicht dabei hatte, aber in die Knesebeckstraße mit dem Auto zu fahren, war blödsinnig. Die Autos parkten bereits kreuz und quer.

Da kam Frau Ost aus dem Laden. Sollte sie ihr nachgehen? Hoffentlich war sie zu Fuß. Ja, sie ging mit langsamen Schritten Richtung Kurfürstendamm.

Oje, sie drehte sich um. Sara verbarg sich hinter einem Lieferwagen und folgte ihr dann in großem Abstand, es war das erste Mal, daß sie jemand beschattete. Was Böck wohl dazu sagen würde? Sie hatten den Ku-Damm erreicht. Frau Ost bog rechts ab. Das war gut, da gab es viele Geschäfte, an deren Schaufenstern man sich unauffällig aufhalten konnte. Sie folgte ihr bis zur Schlüterstraße. Dort ging Frau Ost, ohne sich umzudrehen, in einen Laden, der für Saras Geldbeutel tabu war. Da hat sie wohl auch ihr Kostüm gekauft? Sieh mal einer an, wer hätte das gedacht! Sara freute sich diebisch. Und wie sie aussah, als sie mit Böck bei ihr war: verhärmt, ärmlich. Eine große Verstellungskünstlerin, dachte sie anerkennend. Sara mußte lange auf Frau Ost warten, bis sie mit einer großen Tragetasche auf die Straße trat, sich nach rechts und links umsah. Plötzlich trat sie an den Straßenrand, schnipste elegant mit dem Finger, um ein Taxi zu rufen. Weg war sie.

Sara war einen Moment unentschlossen, ob sie ihr in einem Taxi folgen sollte, wie man das aus den Kriminalserien kennt, dann war es zu spät, der Verkehr rollte weiter. Das Taxi war ihrem Blick entschwunden. So ein Pech. Aber Sara tröstete sich damit, eine wichtige und vielleicht für die Aufklärung des Mordes an Harald Ost und dessen Hintergrund wesentliche Entdeckung gemacht zu haben. Was Böck wohl dazu sagen würde? Sie steuerte auf eine Telefonzelle zu.

»Ja, ist da, einen Augenblick bitte«, sagte die Sekretärin.

»Böck, ach du bist es, Sara, ich kann dich schlecht verstehen. Wo, auf dem Ku-damm? Was machst du denn um diese Zeit... Was! Bist du sicher. Das ist ja, nein, ich kann jetzt hier noch nicht weg, der Chef, ja, dauert noch ein bißchen. Ja, ich rufe an, das Schloß, das ist gut.«

Sara war mit sich zufrieden. Seine Reaktion hatte bestätigt, daß sie ins Schwarze getroffen hatte. Sie hatte fast vergessen, daß sie heute vom Dienst beurlaubt worden war. Kein Grund, übermütig zu sein. Sie hatte aber glatt vergessen, es Böck zu sagen. Ist vielleicht auch gut so, mußte sich noch ein wenig setzen, um es zu erzählen. Es hatte sie schon sehr getroffen: ohne Gelegenheit zu bekommen, sich zu rechtfertigen. Einfach schwups, aus. Das war sicher juristisch nicht in Ordnung. Müßte mal nachsehen, da gab es doch die Bestimmung über Gelegenheit zur Stellungnahme, Anhörung des Betroffenen oder so. »Grobe Verletzung der Dienstpflichten«, hatte er gesagt. Von höchster Stelle sei Beschwerde geführt worden. Diese Stelle kenne ich, sagte sie sich erbost. Der wird ... nein, das ist blödsinnig, sie mußte unter einem Vorwand ... aber vielleicht rief Fischer ja auch an, wie er es tun wollte, sie glaubte aber nicht daran. Nicht nach ihrem Verhalten gestern. Nicht ein Fritz Fischer.

Sara eilte nach Hause, wo sie gemeinsam mit dem Schlosser ankam. Der untersuchte zuerst das alte Schloß: »Wohl rumjefummelt, junge Frau, na dann.« Er montierte es ab, setzte ein neues Schloß ein, dessen Verkleidung auf der geschnitzten Wohnungstür wie ein Ungetüm aussah. »Det bricht Ihnen keener, junge Frau, det is sicher. Kostet aber ooch 'ne Menge.«

Sara schrieb einen Scheck über dreihundert Mark aus, bekam noch ein Schlüsselpaar, das mit Nummern versehen war und das man nur mit einer unterschriebenen Karte nachmachen konnte. Was für ein Aufwand. Alles nur, weil Böck es gut meinte. Hoffentlich übertrieb es Böck nicht mit seiner Vorsicht. Sara stöhnte. Und dann noch die Fangschaltung, die hatte sie ganz vergessen. Wie war das noch mal. Eine fünf drücken, wenn er es ist, 30 Sekunden Zeit. Es konnte losgehen.

Frau Ost war am Adenauerplatz aus dem Taxi gestiegen. Sie war zufrieden, daß sie so prompt reagiert hatte, mit der jungen Detektivin würde sie es noch aufnehmen. Sie hatte sie blitzschnell abgehängt. Bereits im Geschäft hatte sie Sara Müller erkannt, zu auffällig hatte diese sie beobachtet, und dann die Verfolgung zum Ku-Damm, das war wenig professionell. Eine Anfängerin. Sie lächelte, jetzt konnte sie davon profitieren, daß sie sich zu DDR-Zeiten so oft hatte verstellen und verstecken müssen. Heimlichkeiten waren ihre Stärke. Sie erinnerte sich, wie sie ihre Verfolger abgeschüttelt hatte, indem sie in U-Bahnhöfen fremde Menschen angesprochen hatte, sich auffällig umsah, um ein heimliches Treffen vorzuspielen, dann, als die U-Bahn einfuhr, den Bahnhof eilig verließ. Es hatte fast immer geklappt. Sie folgten den Fremden wie einer heißen Spur, und sie konnte unbehelligt verschwinden. Einmal war »ihr Schatten« ihr bereits seit mehreren Stunden gefolgt. Ihre Versuche, ihn in Hauseingängen, Bahnhöfen abzuschütteln, waren gescheitert. Endlich fiel ihr ein Trick ein. Sie fuhr mit der Straßenbahn nach Hause, ging ins Haus und stieg durch ein Fenster im Treppenhaus, während sich »ihr Schatten« wie üblich gegenüber dem Haus postiert hatte. Sie war in die Stadt zurückgefahren und unbehelligt geblieben. Es war eine aufregende Zeit gewesen, trotz allem, trotz der vielen Tränen.

Das war nun alles vorbei. Ruhige Zeiten würden einkehren, sie würde in München im Englischen Garten sitzen und an der Isar spazierengehen. Ob sie Berlin vermissen würde? Nein, sie schüttelte den Kopf, nein, die Ruhe und das normale Leben würden ihr guttun.

Sie betrat ein Café, sah sich um: Er war noch nicht da. Sie nahm ganz hinten Platz, bestellte eine Königin-Pastete und Kaffee. Wie sie es genoß, sich selbst zu verwöhnen. Ein prüfender Blick in den Taschenspiegel, sie war mit sich zufrieden. Da war er. Er stand suchend in der Mitte des Cafés, obwohl er in ihre Richtung sah, erkannte er sie nicht. Sie winkte, er kam zögernd auf sie zu, jetzt hatte er sie erkannt, erstaunter Blick.

»Sie haben sich aber sehr verändert, Frau Ost, Sie sehen ja richtig gut aus«, er musterte sie ungeniert von oben bis unten, »steht Ihnen gut, das Kostüm.« Sein Blick blieb an ihren Beinen hängen.

Sie war rot geworden, begrüßte ihn zurückhaltend. »Früher«, sagte sie, »da...« Sie beendete den Satz nicht. Was ging es ihn an.

Er bestellte Kaffee. Ein junges Mädchen bediente, es sah Fritz Fischer voller Bewunderung an. Ein Weiberheld, dachte Frau Ost, lächelte, schweifte gedanklich ab.

»Es ist eine gute Idee von Ihnen, Berlin zu verlassen. Nach all den Aufregungen.« Fritz Fischers Stimme klang unecht. Konnte er ihr trauen? »Ich habe alles mitgebracht, wie vereinbart.«

Er zog einen zusammengefalteten braunen Briefumschlag aus seiner Jackentasche und übergab ihn. »Ich hatte es mir schon gedacht, daß Sie aus den Informationen, die Ihnen Ihr Mann hinterlassen hat, Kapital schlagen würden. Hätte ich an Ihrer Stelle auch getan.« Er zwinkerte ihr aufmunternd zu.

Frau Ost sah ihn überrascht an. »Ich hatte nicht die Absicht mich zu rechtfertigen. Es trifft nicht die Ärmsten.« Es klang sarkastisch.

»Ich, wir haben uns verständigt, keine Anzeige zu erstatten nach alledem.« Fritz Fischers Ton klang zu arrogant. Sie fühlte sich herausgefordert.

»Ich denke an mich, und Sie und Ihre Leute denken an sich. Das ist alles. Ich hätte viel früher an mich denken sollen.« Ihre Gedanken schweiften wieder zurück in die Vergangenheit.

Fischer fühlte sich unbehaglich. »Nun gut«, schloß er mit ironischem Unterton, »Sie sollten sich erholen von alldem.« Er blickte sie nachdenklich an. »Machen Sie ein paar Tage Urlaub, fahren Sie an die Ostsee, an die Luft.« Nach einer Pause: »Ich habe ein Haus dort, wenn Sie wollen? Am besten, Sie rufen mich an. Meine Nummer kennen Sie ja.« Er winkte der Bedienung, die ihn anhimmelte, zahlte, stand auf und eilte davon.

Erst jetzt öffnete Frau Ost den Umschlag, prüfte den Inhalt, setzte dazu eine Brille auf, steckte alles wieder in den Umschlag, den sie in ihrer schwarzen Lacktasche verstaute. Fischer hatte auch ihre Rechnung bezahlt. Er war netter, als sie gedacht hatte.

Sara stand in der Küche und bereitete aus Wurst- und Schinkenresten eine Soße für Spaghetti zu. Ein wenig Schinkenspeck anbraten, Fett abgießen, Tomatenmark mit Zwiebeln und Knoblauch in Olivenöl anbraten, Reste und Speck dazu, eine halbe Dose Erbsen (liebte sie besonders) und das Ganze möglichst lange brutzeln lassen, spritzte allerdings. Diese Soße hatte ein Studienkollege, der aus Sizilien stammte, bei ihr zubereitet, die Küche war anschließend von roten Fettspritzern befleckt. »Muß so sein«, hatte er zu seiner Entschuldigung behauptet, »schmeckt aber toll.«

Böck lobte die Soße überschwenglich. »Nein wirklich, Sara, Knoblauch habe ich früher nie gemocht.« Er spießte eine halbe Zehe mit der Gabel auf und steckte sie genüßlich in den Mund.

Sie blieben wie immer in der Küche sitzen. Sara berichtete ausführlich von der Begegnung mit Frau Ost. »Sie sah aus wie aus einem Journal für feine Damen, gepflegt, elegant, schlanke Figur. Ich hielt sie zuerst für ihre Doppelgängerin, aber ihr Verhalten hat sie verraten.«

»Bist du dir wirklich sicher?« fragte Böck ungläubig.

»Unbedingt«, bestätigte Sara, »sie wollte sich vor mir verbergen. Das hat sie verraten.«

»Warum hast du sie nicht angesprochen? Wäre sicherer gewesen!«

Das klang wie Kritik. Sara verteidigte sich. »Ich wollte wissen, was sie vorhat. Daher entschloß ich mich, ihr zu folgen. Dann habe ich es verpatzt.« Sie sah ihn schuldbewußt an. »Am Ku-Damm sprang sie in ein Taxi, und weg war sie. Ehe ich mich entschlossen hatte, ihr zu folgen, war sie außer Sicht. Zu dumm, daß mir das passiert ist.«

»Du bist eben eine Anfängerin, ich werde dir zeigen, wie man das macht«, beruhigte sie Böck, »du bist auf einen alten Trick hereingefallen. Den sie allerdings kennt«, sagte Böck nachdenklich. »Die Frau spielt ein Spiel mit uns, Sara. Aber nicht mehr lange, wir werden sie noch einmal unter die Lupe nehmen.«

Sara sah ihn verständnislos an. »Was meinst du mit Spiel, Martin?«

»Sie spielt uns die trauernde Witwe vor, kleidet sich mit den Klamotten ihrer Urgroßmutter, schlägt die Augen verschüchtert zu Boden, dann spaziert sie elegant über den Kurfürstendamm.« Böck war ernsthaft entrüstet.

»Vielleicht hat sie sich verwandelt, weil sie geerbt hat«, wandte Sara ein, »oder sie hat einen neuen Freund.«

»Nein, sah sie so aus?«

Sara mußte zugeben, daß diese Theorie unwahrscheinlich klang. »Aber warum sollte sie sich uns gegenüber verstellt haben? Das ergibt für mich keinen Sinn.«

Böck grübelte. »Irgend etwas ist uns da entgangen, Sara. Sie plant etwas, wir müssen es herausfinden. Das wirft alles über den Haufen.«

»Meinst du, Bruno Grund ist wirklich nicht der Mörder?«

»Die Zweifel werden immer größer«, bestätigte Böck, »er macht einen unbeschwerten Eindruck, so, als ob er eine Last los sei. So verhält sich kein Mörder.«

»Hast du eine neue Theorie?« wollte sie wissen.

»Nein, das ist es ja, ich habe das Gefühl, daß ich etwas Wichtiges übersehe, obwohl es mir bekannt ist.«

»Du meinst, du kannst es nicht deuten?«

»Es ist so, als ob man etwas schon einmal gesehen hat, weiß aber nicht, wo und wann«, stöhnte Böck.

»Du meinst, daß Frau Ost, etwas Wichtiges verbirgt?«

»Ja.« Böck stocherte im Soßentopf und fischte sich ein großes Stück Knoblauch heraus.

Beide schienen in Gedanken versunken. Sara nippte an ihrem Glas Wein und Böck besah sich intensiv eine Knoblauchzehe, die er auf der Gabel aufgespießt hielt.

»Weißt du«, sagte Sara zögernd, »Frau Ost will doch nach München gehen. Uns sagt sie, weil sie dort Freunde hat, aber es könnten ja auch andere Gründe vorliegen. Sie könnte ein neues Leben beginnen wollen, ein Leben, das sie in Berlin nicht führen kann, weil sie hier an die Vergangenheit erinnert wird.«

»Vergangenheit«, rief Böck. »Sara, du hast es! Es ist etwas in ihrer Vergangenheit. Wir müssen uns damit befassen. Gleich morgen. Sie verbirgt etwas, der geschiedene Mann, der zu ihr zurück will. Die Kollegen von Ost, sie drucksten herum, als von ihr die Rede war. Wir werden es herausfinden.«

»Oder«, überlegte Sara, »sie hat einen anderen Mann kennengelernt, wollte gar nicht, daß Ost zurückkommt. Hat es ihm aber nicht gesagt wegen des Erbes.«

Wieder bewunderte Böck Saras weibliche Logik. »Ja, das könnte es sein. Jedenfalls haben wir eine Spur, die von Bruno Grund wegführt.«

»Noch nicht hundertprozentig«, warf Sara ein.

Im Eifer hatte Sara ganz vergessen, Böck von ihrer Beurlaubung zu erzählen. Er sah sie entsetzt an, wollte wissen, was sie dagegen unternommen hatte.

»Nichts, bisher, morgen werde ich Beschwerde einlegen.« Es schien sie nicht sehr zu interessieren.

Böck fühlte sich mitverantwortlich und redete auf Sara ein: »Du mußt sofort etwas tun. Das ist doch ein interessanter Job. Oder nicht? Du willst doch nicht am Ende... Nein, Sara, das kannst du nicht. Was willst du denn sonst tun?« Ihm fiel ein, wie oft er alles hatte hinschmeißen wollen. Er tat es nicht, zuerst wegen der Familie, dann, na ja, weil er seinen Beruf eben liebte, oder war es Feigheit, Angst vor der Ungewißheit? Er bewunderte Saras Mut. Sagte aber, sie solle nichts tun, was sie später bereuen würde. Altklug. Er war unsicher. Was sollte er ihr raten. »Überschlaf es«, sagte er, und dann: »Denk auch an Deine Zukunft.«

Sara war gerührt von Böcks Fürsorge. Sie wollte sich aber ihre Gefühle nicht anmerken lasen und versuchte, das Gespräch wieder in sachliche Bahnen zu lenken. Das Schloß sei in Ordnung, das Telefon habe noch nicht wieder geklingelt, vielleicht war die ganze Aktion umsonst. Man werde sehen.

»Ich habe da so meine Vermutung«, sagte Böck, »jemand will dir wahrscheinlich nur Angst machen, damit du nicht weiter nachforschst.«

»Wonach?«

»Es muß etwas aus deinem Amtsbereich sein, sonst ergibt es keinen Sinn«, überlegte Böck.

»Ich denke, daß es mit dem Fall nichts zu tun hat, ein Zufall, mehr nicht«, beruhigte Sara sich selbst.

Böck inspizierte das neue Schloß von innen und außen. Probierte den Schlüssel aus. »Jetzt bist du sicher. Du brauchst mich nicht mehr als Beschützer.«

Das war Sara nicht recht. »Da laß ich lieber wieder das Schloß ausbauen, als daß ich auf dich verzichte«, sagte sie augenzwinkernd.

Und dann kam der Anruf doch, und es war leichter, als Sara es sich vorgestellt hatte. Sie standen noch an der Tür, als das Telefon klingelte. »Das ist er«, hatten sie lachend gesagt. Sara eilte zum Telefon, Böck hinter ihr her. »Vergiß nicht zu drücken.« Sie nahm ab, Schweigen. »Hallo, hallo«, dann ein tiefes Atmen. Sara drückte die Taste fünf. Fertig. Aus vorbei. »Jetzt haben wir ihn«, frohlockte sie. Aber ihre Neugierde würde erst am nächsten Tag befriedigt werden können, denn um diese Zeit war die Technik der Post nicht besetzt.

»Wir werden gleich morgen früh anrufen, dann sehen wir, ob es geklappt hat. Sie werden einige Zeit brauchen, um die Nummer zurückzuverfolgen.«

»Kümmerst du dich darum?« wollte Sara wissen.

»Ich kümmere mich dann«, sage er und nahm sie in die Arme.

»Ich bin doch beurlaubt, warum soll ich denn aufstehen«, murmelte Sara am nächsten Morgen und stellte den Wecker ab, der schrill klingelte. Auf einen freundlicheren Ton hätte Sara gar nicht gehört. Sie drehte sich um und döste noch ein bißchen. Auch gut, dachte sie, nicht ins Büro zu müssen.

Die Telefonklingel beendete ihren Halbschlaf. »Ach du lieber Himmel, schon wieder.« Die Post teilte ihr freundlich mit, daß ihr Anschluß wieder erreichbar sei. Warum?

Böck würde sich sicher auch bald melden. Dann entschied sie sich für kalt duschen, das würde sie aufwecken.

Der Kaffee reichte gerade noch für ihr Frühstück. Überhaupt war ihr Speiseangebot ziemlich dürftig. Sie entschloß sich, nach dem Frühstück einzukaufen. Sara freute sich auf einen Einkaufsbummel. Vielleicht sollte sie heute im KaDeWe einkaufen. Mal sehen.

Endlich rief Böck an: »Hat geklappt«, sagte er ohne Morgengruß. »Sie haben eine Nummer, ich lasse sie gerade überprüfen. Melde mich wieder, tschüs.«

Sara hatte nicht die Absicht, den ganzen Tag in der Wohnung zu bleiben, sie hatte Besseres vor. Muß mich auch um meinen Job kümmern, dachte sie. Oder soll ich das auf morgen verschieben? Nein, lieber nicht. Besser sofort, dann einkaufen, entschied sie.

Der Mann trug einen nagelneuen Trenchcoat mit hochgeschlagenem Kragen. Er war am Brandenburger Tor stehengeblieben und hatte die Touristen beobachtet, die in Gruppen das Tor umkreisten auf der Suche nach Spuren der Geschichte. Fliegende Händler boten Mützen und Koppel russischer Soldaten an und als Andenken die bekannten bunten russischen Holzpuppen. Sie wurden gern gekauft. An einem Stand wurden russische Uniformjacken angeboten. »Die brauchen keine mehr«, versicherte der Händler den Touristen, die nicht recht verstanden, was hier vor sich ging.

»Die Sieger verlassen Berlin als Bettler«, kommentierte ein

alter Mann mit Schildmütze die Szene. »Wer hätte das gedacht.« Aber niemand wollte mit ihm diskutieren, er sah sich suchend nach einem Gesprächspartner um.

Der Mann im Trenchcoat war langsam weitergegangen in Richtung Linden. Die Telefonzelle am Brandenburger Tor war in der Nacht dem Vandalismus zum Opfer gefallen. Dann muß ich eben später telefonieren, dachte er. Oder soll ich die nette junge Frau persönlich aufsuchen? Sein Bedürfnis, mit jemanden zu sprechen, wuchs von Tag zu Tag. Wenn er ihre Stimme gehört hatte, war sein Mut gesunken, und er hatte jedesmal eingehängt, ohne ein Wort zu sagen.

Beim Vorbeigehen studierte er die Schaufenster und Firmenschilder. Nichts Neues zu sehen. Da war ein leeres Schaufenster, kein Hinweis auf eine Neueröffnung. Vielleicht noch nicht vermietet, aber unwahrscheinlich bei der Lage im Zentrum. Vor der Humboldt-Universität blieb er stehen. Das Gebäude war wegen Renovierungsarbeiten mit blauen Plastikbahnen verhängt. Nur der Eingang vorne an der Straße war mit Sprüchen »Gegen Abwicklung«, »Für innere Erneuerung« bemalt. Hätte es früher nicht gegeben.

Er betrat die Humboldt-Universität, stieg die Treppe hinauf. »Die Philosophen haben die Welt nur verschieden interpretiert, es kommt darauf an, sie zu verändern«, war zu lesen. Man konnte gar nicht vorbeigehen, ohne den Spruch aufzunehmen. Ihn ließ der Satz gleichgültig, er war nie an philosophischen Fragen interessiert gewesen. Andere hatten gefordert, ihn zu entfernen oder durch einen zeitgemässen Sinnspruch zu ersetzen. Lachhaft. Was sollte das schon sein. Er klopfte an eine Tür. Verschlossen. Wahrscheinlich schon im Audimax, wo er auch hinwollte.

Im Auditorium maximum der Humboldt-Universität fand eine Vollversammlung statt. Der Raum war mit lärmenden Leuten überfüllt. Angehörige der Universität und Gäste. Presse und Fernsehen waren auch anwesend. Der Saal war hell ausgeleuchtet, die Luft heiß und verbraucht. Der Rektor kam. Bedächtig ging er zum Rednerpult. Das Publikum klatschte, johlte, trampelte mit den Füßen vor Begeisterung. Wie ein Held der Leinwand dankte er seinen Fans für den Applaus, indem er beide Arme hob und beruhigende Bewegungen machte. Er freute sich über die Treue, die ihm gehalten wurde. Er rief ihnen entgegen: »Ich war niemals als Inoffizieller Mitarbeiter der Staatssicherheit tätig, noch habe ich jemals eine Verpflichtungserklärung unterschrieben.« Auf diesen Schwur hatten alle gewartet, der Applaus schwoll mächtig an, die Kameras surrten, die Journalisten notierten.

Der Mann im Trenchcoat, er trug ihn inzwischen lässig über dem Arm, war sich unschlüssig, woran er glauben sollte: Dem Rektor, einem gelernten Theologen, geübten Prediger, der nach der Wende Chef der Universität wurde und antrat, die Universität von innen zu reformieren, oder dem Stasibeauftragten des Bundes, der vor der Versammlung erschienen war und seine Vorwürfe gegen den Rektor vor der Versammlung mutig wiederholte. Er wurde ausgepfiffen, kam gegen den Mythos eines Mannes, der als Selbsterneuerer antrat, nicht an. So stark war der Wunsch, vor allem der jungen Menschen, nach einem Stück DDR-Identität, daß der Stasi-Verdacht verharmlost wurde, ja als üble Machenschaft der Gegenreformer aus dem Westen entlarvt werden konnte.

Der Mann im Trenchcoat konnte den Kollegen, dessentwegen er gekommen war, im überfüllten Saal nicht finden. Er ging mit den Blicken Reihe für Reihe durch. Nichts.

Sara öffnete mit einer Hand die Haustür, stemmte sich dagegen, um sie zu öffnen, ohne die Taschen abstellen zu müssen. Sie war doch ins KaDeWe gegangen. Nun war sie erschöpft; zu viele Menschen in der Lebensmittelabteilung, die so berühmt war, daß Berlinbesucher in der Fischabteilung wie im Zoo gafften und den Kunden den Weg versperrten: »Schau mal, ein Hummer, schau mal, ein Krebs!«

Sara ärgerte sich jedesmal, ging aber doch immer wieder hin. Sie stieg die Treppe hinauf, die schweren Tüten schleppend, als sie auf ihrem Stockwerk knarrende Schritte hörte, die sich nicht nach oben entfernten, niemand kam ihr entgegen. Wer mochte das sein? Sie stockte. Stellte die Tüten ab.

Instinktiv entschloß sie sich, nicht weiterzugehen. »Wer ist da?« rief sie. »Hallo.«

Leises Knarren war zu hören. »Kommen Sie herunter«, schrie Sara. Keine Antwort.

In ihrer Wohnung klingelte das Telefon. Sollte sie die Tüten stehen lassen und einfach hinaufgehen, oder sollte sie das Haus verlassen? Ihr fiel das Schloß an ihrer Wohnungstür ein. Vielleicht derselbe, der schon einmal... Aufatmen, jemand kam unten ins Haus. Ein Nachbar. Sara nahm die Tüten von der Treppe auf. Plötzlich rannte jemand an ihr vorbei, prallte beinahe mit dem Nachbarn zusammen, der erschrocken ausrief: »Hoppla!« Sara stand noch immer auf der Treppe. »Kann ich Ihnen helfen?« Der nette Junge aus dem Hinterhaus nahm ihr die Tüten ab und stieg die Treppe hinauf. Er dachte wohl, Sara hätte eine Verschnaufpause gemacht. Sie ging hinter ihm her und glaubte ihr Herz laut klopfen zu hören.

Erschöpft ließ sie sich in ihrer Wohnung auf ein Sofa plumpsen. Jemand hatte vor ihrer Tür gestanden, vielleicht wollte er einbrechen, wollte sie überfallen. Sie goß sich einen Cognac ein: Das tat gut. Sie würde gleich Böck anrufen, aber zuerst die Taschen auspacken, die sollten nicht rumstehen, wenn er kam.

Was hatte sie nur alles gekauft. Sie staunte, der Schreck war fast vergessen, als sie die Sachen eingeräumt hatte. Dann rief sie Böck an.

»Böck, nein, im Augenblick nicht«, Pfeiffer meldete sich, »ist gerade beim Chef, dicke Luft. Ja, hat bei Ihnen angerufen, waren nicht da. Sind jetzt zu Hause, gut, dringend, sag's ihm, danke.«

Sara streckte ihre Beine auf dem Sofa aus. Einkaufen ist anstrengender als arbeiten, dachte sie. Und die vielen Leute. Schrecklich. Eine kurze Pause, sie schlief ein.

Sara schreckte hoch, das Telefon. Es war Böck: »Hast du geschlafen?« Sie bestätigte gähnend, mußte sich erst sammeln, dann erzählte sie:

»Ein Mann stand vor meiner Tür, als ich nach Hause kam. Bin furchtbar erschrocken.«

Böck stellte einige knappe Fragen, ganz Polizist, förmlich.

»Ich weiß nicht, wer es war. Er trug einen hellen Trenchcoat, hab' ihn noch nie gesehen. Eher klein, dicklich. Nein, hat kein Wort gesagt. Etwas hinterlassen? Hab nichts gefunden.« Sara ging mit dem Telefon auf den Flur, sah zur Wohnungstür. »Unten im Briefkasten? Müßte ich erst nachsehen.«

Böck schien eine Vermutung zu haben.

»Ja werde gleich runter gehen. Nein, keine Angst. Bis später.«

Böck hatte aufgehängt, ohne ihr etwas vom Ergebnis der Nachforschungen über ihren anonymen Anrufer gesagt zu haben. Vielleicht sollte sie deswegen im Briefkasten nachsehen. Sara öffnete vorsichtig die Tür. Ein wenig mulmig war ihr schon. Es war nichts zu hören. Sie würde warten bis jemand nach Hause kommt. Dann schnell runter zum Briefkasten. Es dauerte einige Minuten, bis jemand die Haustür unten aufschloß. Sara machte einen Satz hinaus, rannte die Treppe hinunter. Briefkasten auf: Er war leer. Also hatte Böck falsch vermutet. Was sollte wohl in ihrem Briefkasten sein? Sie kam nicht darauf.

Wieder oben das Telefon. Wieder Böck. »Und?« fragte er.

»Nichts.«

»Schade. Na dann bis später.« Es klang enttäuscht, dachte Sara und grübelte, was Böck wohl erwartet hatte.

Als sie einige Stunden später in der Küche saßen, erfuhr Sara endlich, was Böck erwartet hatte.

»Dein Anrufer hat von einer Telefonzelle vom Brandenburger Tor aus angerufen, Westanschluß. Das Dumme ist, daß die Telefonzelle demoliert worden ist. Er wird also heute nicht von dort telefonieren können. Aber Pfeiffer, ein cleverer Bursche«, lobte ihn Böck, »der hat sich am Pariser Platz bei den Buden umgetan. Ist fündig geworden. Ein alter Mann, der dort nur immer so rumsteht, mit den Touristen quatscht und auf die Russen schimpft, hat beobachtet, wie in den letzten Tagen, fast täglich, hatte er gesagt, ohne sich festlegen zu wollen, ein Mann in einem hellen Trenchcoat telefoniert hat. Immer kurz, dann sei er in Richtung Linden verschwunden.«

Böck sah Sara triumphierend an: »Was sagst du dazu?«

»Der Mann«, Sara stellte sich die Szene noch einmal vor, »der auf der Treppe, hatte einen Trenchcoat an, das hab' ich dir doch am Telefon gesagt.«

»Ja eben, deshalb denke ich ja auch, daß es derselbe Mann war.«

»Ja und?« Sara verstand nicht, worauf Böck hinaus wollte.

»Er konnte heute nicht telefonieren«, erklärte Böck, »deshalb ist er persönlich zu dir gekommen.«

»Aber warum?«

»Das werden wir schon noch erfahren. Wir haben im Moment wichtigere Dinge zu erledigen. Morgen fahren wir nach München. Ich habe den Flug schon für uns gebucht. Dann bist du unter Aufsicht.« Böck sah Sara freudestrahlend an.

Sara wunderte sich über Böck. Was wußte er über den Mann, irgend etwas verschwieg er ihr. Sie fühlte sich ausgeschlossen. Böck aber beteuerte, als Sara sich beschwerte, daß er kein Geheimnis vor ihr hätte. Nie. Dabei sah er sie unschuldig an. Sie glaubte ihm nicht.

Sie trafen sich am Flughafen, jeder mit einer Reisetasche. Nicht zuviel Gepäck, hatte Böck geraten. Frauen nehmen immer zuviel Zeug mit. Sara nicht, sie haßte es, am Flughafen auf das Gepäck warten zu müssen. Alles war in eine handliche Reisetasche gezwängt.

Sara und Böck saßen im Warteraum wie ein Paar, das in den Süden in Urlaub reist. Sie unterhielten sich angeregt. Sara hatte sich am Zeitungskiosk einen Kriminalroman eines skandinavischen Autorenpaares gekauft, die liebte sie besonders. Als sie endlich im Flugzeug saßen, mußten sie lange bis zum Start warten. »Daß sie einem das nicht gleich sagen, daß man Verspätung haben wird«, schimpfte Böck.

Der Flughafen Tegel war seit der Deutschen Einheit ständig

überlastet, und eine Entlastung durch den Flughafen Schönefeld war noch nicht zu erwarten. Sogar Tempelhof war zum Ärger der Anwohner von privaten Gesellschaften und Kleinflugzeugen wieder in Betrieb genommen worden. In der Stadt stritt man sich um die beste Lösung der neuen Situation. Die Bürgerinitiative aus Tegel und andere lärmgeplagte Stadtteile forderten lautstark die Schließung des Flughafens.

Die Anwohner um den Flughafen Schönefeld waren uneins, denn die einen protestierten gegen die zukünftige Lärmbelastung, die anderen freuten sich über den Ausbau des Flughafens, weil er das Geschäft belebte. Am leichtesten konnte man sich über die Schließung von Tempelhof einigen. Für Privatflieger machte sich wenigstens offiziell niemand besonders stark. Im Streit innerhalb und außerhalb der Parteien wurde auf den Bau eines Großflughafens im Süden Berlins verwiesen. Damit wurden alle vertröstet.

»Das Flugaufkommen in Berlin wird weiter steigen. Es ist doch absolut blödsinnig, Tegel schließen zu wollen.« Sara hatte für diese Position kein Verständnis.

»Aber das sind doch Forderungen aus der Zeit der Mauer, als man sich gemütlich eingerichtet hatte. Das mußt du verstehen«, Böck freute sich kindisch darüber, »das dauert noch ein Weilchen, bis alle Berliner verstanden haben, was es heißt, Hauptstadt, Metropole und so zu sein.«

Wenn es nach ihm gegangen wäre, hätte Bonn Regierungssitz bleiben können. Ihn hatte der ganze Wettkampf um Bonn oder Berlin kalt gelassen. Diese vielen Politiker und Beamten in der Stadt, ihm grauste. Mitten in ihrer Diskkussion wurde ihr Flug aufgerufen. Dann verging alles wie im Fluge. München.

Sie fuhren vom Flughafen mit dem Taxi in die Stadt. Am Friedensengel, kurz bevor man die Isar überquert, hatte sich Saras Meinung über München bestätigt.

»Eine schöne Stadt, so gepflegt, bürgerlich. Aber langweilig. Berlin ist lebendiger, wenn auch schmuddeliger, nicht so fein.«

Sie fuhren gerade durch die Prinzregentenstraße. »Dieser Vergleich ist mir ›wurscht‹, Hauptsache, wir können ein Bier trinken.« Böck blickte prüfend zum Himmel, ob das Wetter schon biergartenfreundlich genug war. Sie fuhren gerade auf dem Altstadtring, der vor Jahren brutal in die Altstadt geschlagen wurde, verschwanden in einem Tunnel, der unmittelbar vor einem historischen Gebäude seinen Schlund aufriß. »So etwas wollen sie jetzt in Berlin unter den Tiergarten auch bauen«, kommentierte Böck verächtlich.

Die Altstadt in München war für den Durchgangsverkehr gesperrt. »Wo wolln's denn hin, in die Agnesstraß', die is fei lang.« Sara verstand kein Wort, Böck zog ein Stück Papier heraus: »Nr. 62«, rief er nach vorne.

»Du verstehst ihn?«

»Nein, ich hab's erraten«, flüsterte Böck zurück.

Sie fuhren durch eine schmale Straße, mit Linden gesäumt, die sich für das Frühjahr vorbereiteten. Gepflegter Altbaubestand, die Häuser schienen alle frisch renoviert worden sein, leuchteten pastellfarben in der Morgensonne. Das Haus Nr. 62 war ein gelb gestrichener Altbau, dessen Bewohner Radliebhaber sein mußten, so viele Fahrräder waren an die Bäume und an die Hausmauer gelehnt. Da haben wir ihn: »Gerhard.« Böck klingelte. Die Tür war nur angelehnt, so daß sie die Treppe hinaufgingen, ohne auf eine Antwort zu warten.

Ein kräftiger Mann stand in der Tür. Gutaussehend, Lachfalten um die Augen, mehr als auf der Fotografie, Grübchen am Kinn. Sara hatte ihn sofort wiedererkannt. Es war der Mann auf der Fotografie, die in der Wohnung von Frau Ost auf dem Fernseher gestanden hatte. »Hans Gerhard«, begrüßte er zuerst Sara, dann Böck. Gerhard bat sie in einen großen hellen Raum, der mit ausgesuchten antiken Möbelstücken eingerichtet war. Vor dem Fenster stand ein kleiner Sekretär, wie Sara ihn sich schon immer gewünscht hatte.

Sie nahmen auf einem buntbezogenen Sofa Platz. Gerhard hatte vorsorgend schon Kaffee zubereitet, er wurde in Meißner Porzellan serviert. Sara sah sich neugierig um, sie mochte die Wohnung sofort. Durch die halboffene Flügeltür sah man ein Wandregal, vollgestellt mit Büchern, und einen schweren Schreibtisch.

»Ich arbeite als Professor an der Technischen Universität«, erklärte Gerhard, Saras Blick folgend. »Wohne hier sehr günstig, kann zu Fuß zur Uni.«

Böck schlürfte genießerisch den Kaffee, bevor er die Gründe ihres Besuches vortrug. Gerhard schien keineswegs überrascht zu sein, als Böck einen Mord als Anlaß ihrer Reise nannte. »Ich habe Harald Ost gut gekannt«, erzählte er bereitwillig, »wenn auch die Umstände für beide Seiten sehr unerfreulich waren.« Er senkte den Kopf, sein Gesicht verfinsterte sich. Er seufzte, stand auf, ging zum Fenster, sah auf das gegenüberliegende Haus, beobachtete, wie sich ein Taubenpärchen gegenseitig jagte. Als er sich umdrehte, hatte sein Gesicht wieder die anfängliche Freundlichkeit, seine hellen Augen strahlten Sara an. Er spürte, daß sie ihn mochte. »Noch einen Kaffee?« Er goß ihr eine Tasse ein.

»Ja, wie soll ich anfangen, Ihnen das zu erklären«, hilfloser Blick auf Böck. »Es ist nicht leicht für mich, alles wird wieder aufgerüttelt, was längst verdrängt war.«

»Aber Sie haben Frau Ost aufgefordert, nach München zu ziehen?« Böck wollte ihm helfen.

»Ja und nein, eigentlich war es ihre Idee, aber ich hatte nichts dagegen«, sagte er eiligst, »wie das eben so ist. Die wichtigen Dinge im Leben entscheiden die Frauen.« Er sah den fragenden Blick von Sara und fuhr fort: »Sie müssen wissen, ich lebe allein mit meiner Tochter, sie ist 18 Jahre, meine Frau ist vor drei Jahren gestorben. An Krebs. Ich hatte bis dahin keinen Kontakt mehr zu Frau Ost, zu Christine«, korrigierte er sich. Sara hörte zum erstenmal den Vornamen von Frau Ost. »Dann haben wir uns geschrieben. Na und nach dem Zusammenbruch der DDR bin ich nach Berlin gefahren, um Christine zu besuchen. Sie war ja damals bereits geschieden.«

Böck und Sara sahen sich vielsagend an. Frau Ost hatte diesen Besuch nicht erwähnt. Hatte sie nicht sogar behauptet, sie habe ihre Freunde, sie sprach im Plural, lange nicht mehr gesehen?

»Das war vor dem Tod, dem Mord an Harald Ost?« Böck hatte sich aufgerichtet und sah gespannt auf Gerhard. Dieser nickte. Was Sara in Berlin bereits vermutet hatte: Christine Ost und der

Mann auf der Fotografie waren ein Paar. Und das schon vor ihrer Scheidung von Harald Ost.

»Waren Sie der Scheidungsgrund?« fragte Sara direkt.

Gerhard schien betroffen, zögernd: »Im gewissen Sinne ja.« Er schwieg einen Moment. »Nein, ich muß die ganze Geschichte von Anfang an erzählen. Sie ist traurig, typisch für das menschenfeindliche Regime der DDR.« Er verschränkte die Arme und lehnte sich im Sessel zurück, die Beine von sich gestreckt. Er begann zuerst zögernd, dann wurde seine Rede flüssiger, so als wollte er alles schnell loswerden. Böck und Sara hörten gespannt zu:

»Ich habe Christine 1960 bei einer Reise in den Westen kennengelernt. Das war noch vor dem Mauerbau. Ich habe wie Harald Ost auf dem Gebiet der Elektrotechnik und Informatik geforscht, und wir besuchten eine Tagung in Wien. Wir arbeiteten nicht im selben Institut und kannten uns nur flüchtig. In Wien sind wir natürlich begeistert durch die Stadt gelaufen. Eine schöne Stadt. Ich fahre heute noch gerne hin. Ich fand die Tagung für mich langweilig und bummelte durch Wien. Ich traf zufällig Frau Ost, Christine, die allein unterwegs war. Wir haben uns angefreundet, sind die nächsten Tage, wie das halt so ist, gemeinsam gelaufen.« Sara nickte. »Wir haben uns dann verliebt«, das Bekenntnis fiel ihm noch heute schwer. »Zuerst haben wir uns gesagt, daß wir nach Wien Schluß machen würden, es keinesfalls in Berlin mit uns weitergehen sollte.« Er schwieg wieder, dann ein tiefes Durchatmen. »Das haben wir nicht durchgehalten.« Er sah Sara an, die ihm aufmunternd zunickte. »Es war eine furchtbare Zeit, der innere Kampf, die Angst, es könnte uns jemand sehen, es könnte Schwierigkeiten mit dem Apparat geben, die Heimlichkeiten vor dem Ehemann.«

»Sie befürchteten aus dieser, hm, Beziehung politische und berufliche Nachteile? Repressionen?«

»Ja unbedingt«, erwiderte Gerhard. »Ich arbeitete damals an einem wichtigen Projekt, das höchste Geheimstufe hatte. Aus heutiger Sicht erscheint das alles lächerlich, denn alle Welt arbeitete an ähnlichen Forschungen. Aber das war eben typisch für das System: Überall saßen Leute. die einen bewachten, aber von der

Sache nichts verstanden. Ich wurde bewacht. Am Anfang war ich belustigt darüber, aber dann mit Christine, sie ließen mich nicht mehr aus dem Auge. Ich durfte zwar noch ins Ausland reisen, weil dies für meine Arbeit wichtig war, aber seit Wien begleitete mich ein ›Schatten‹. Die Verabredungen mit Christine wurden zu mittleren Abenteuern. Daß wir es trotzdem immer wieder geschafft haben, war Christines Verdienst«, er lachte in Erinnerung, »sie war zur Expertin für Tarnung geworden. Sie schüttelte unsere Verfolger regelmäßig ab« Sara dachte an ihre Erfahrung mit Frau Ost.

»Es wurde natürlich immer riskanter. Und dann passierte es.« Gerhard stand erneut auf und trat ans Fenster. »Sie haben ihn damit konfrontiert, und dann haben sie ihn damit erpreßt, und ich war Schuld daran.«

»Wer ist sie?«

»Die von der Staatssicherheit. Sie sind zu Ost gegangen und haben ihm die Berichte gezeigt. Es war alles genau aufgeschrieben, wann, wo, wie oft wir uns getroffen hatten. Dann haben sie ihn gezwungen, für sie zu arbeiten als IM. Stellen Sie sich diese Peinlichkeit vor. Christine und ich beschlossen, einige Wochen nachdem Ost in meinem Institut als mein neuer Kollege aufgetaucht war, uns zu trennen, für immer.« Gerhards Blicke waren auf das Fenster gerichtet. Das Taubenpaar saß friedlich nebeneinander. »Ich bin noch im Mai 1961 über Skandinavien nach Westdeutschland übergesiedelt. Ich war ›republikflüchtig‹, wie man das nannte.«

»Und Frau Ost?« Sara fühlte plötzlich Sympathien für sie.

»Der Kerl«, er sagte dies voller Abscheu, »hat sich von ihr scheiden lassen, um seine Stellung, die er inzwischen durch seine Spitzeltätigkeit erworben hatte, nicht zu gefährden.«

»Warum ist sie nicht mit Ihnen gegangen?« fragte Sara leise.

»Diese Frage haben wir uns immer wieder gestellt. Ich kann sie nicht beantworten. Es kam alles so schnell. Sie wollte mich schützen. Ich wollte sie schützen. Ja und dann kam der Mauerbau im August 1961. Christine konnte die DDR nicht verlassen. Ich habe dann hier geheiratet, habe eine Professur erhalten. Wir bekamen eine Tochter. – Man vergißt dann doch, ich war Mitte vierzig in meiner Berliner Zeit. Ich war jung. Ich lebe gerne in München, meine Frau war Münchnerin. Sie hat mich zum Einheimischen gemacht.«

»Verzeihen Sie, wenn ich so direkt frage«, Sara sah Gerhard unschuldig an, »kommt Frau Ost zu Ihnen, ich meine hierher in Ihre Wohnung?«

Böck hatte sich diese Frage verkniffen, aber sie auch gedacht. Typisch Sara, er schmunzelte innerlich.

»Nein, nein, ich habe ihr eine Wohnung besorgt. Ganz in der Nähe, zwei Straßen weiter. Hatte Glück, eine junge Kollegin ist nach Berlin gegangen, weil es dort jetzt so aufregend sei.« Er lachte gutmütig. »Wir müssen uns erst wieder aneinander gewöhnen nach so langer Zeit.«

Sara dachte an Frau Ost, ihr verändertes Aussehen, ihre Eleganz. So war es also. Jetzt verstand sie. Sie warf einen Seitenblick auf Hans Gerhard. Er war ein attraktiver Mann, sie konnte Christine Ost verstehen.

Gerhard saß in sich zusammengesunken da, ihn hatte die Zusammenfassung des wichtigsten Ereignisses seines Lebens angegriffen. Böck und Sara schwiegen bedrückt. Plötzlich fragte Böck: »Wann, sagten Sie, sind Sie in Berlin gewesen, Ankunft, Abreise?« Sara unterbrach barsch: »Jetzt nicht, Martin! Wir können später...« Sie sah ihn durchdringend an. Er verstand und erhob sich.

Gerhard hatte Böcks Frage offenbar gar nicht gehört. Er sah die beiden fragend an: »Sie wollen gehen?«

Böck sagte: »Wir dachten....«

»Auf mich brauchen Sie keine Rücksicht zu nehmen, das mußte sein.«

Er hatte sich aus dem Sessel erhoben, sie standen unschlüssig im Zimmer.

»Was haben Sie in München vor, wie lange bleiben Sie?«

»Wir werden uns noch ein wenig die Stadt anschauen, für einen Biergarten ist es ja noch zu frisch«, meinte Böck zu Sara gewandt, »oder?«

»Wenn es Ihnen recht ist, würde ich Sie gerne heute abend

ausführen. In ein bayerisches Traditionslokal, wenn Sie Lust haben.«

Böck und Sara zögerten nicht. Das traf sich bestens. Das Angenehme konnte mit dem Nützlichen verbunden werden.

»Ja gerne«, antworteten sie wie aus einem Munde.

»Wir können uns im Lokal treffen«, schlug Gerhard vor, »ich beschreibe Ihnen den Weg ›Zum Schneider im Tal‹. Ich werde telefonisch Plätze reservieren lassen. Es ist immer furchtbar voll, aber eben einheimisch. Ist es ihnen recht um acht Uhr?«

»Ausgemacht.«

Sie verabschiedeten sich freundschaftlich.

Sara und Böck waren sich einig: Er war bestimmt nicht der Mörder von Harald Ost. Viel zu nett, obwohl, ein Motiv hatte er schon, und was für eins. Es war aber doch Licht in die Sache gekommen. Der Besuch in München hatte sich gelohnt.

»Und nun hinein ins Vergnügen«, rief Böck unten auf der Straße, »nun zeig mir München!«

»Ich war doch ewig nicht mehr hier«, entschuldigte sich Sara, »ich weiß gar nicht mehr, soll ich dir den Englischen Garten mit dem Chinesischen Turm zeigen, ja, und vielleicht die Straße, in der ich damals als Studentin gewohnt habe.«

»Wann hast du denn hier studiert?« Fragte Böck verwundert.

»Ach, nur ein Semester, 1968, als ihr in Berlin die Revolution geprobt habt. War aber nichts für mich hier, zu teuer, zu viele Studenten, die statt in den Hörsaal zum Segeln gingen.«

»Du nicht, du warst fleißig.« Böck schaute Sara belustigt an.

»Nein, aber kein Snob.«

Sara führte ihn in den Englischen Garten. Die Sonne hatte in diesem Augenblick die lockeren Wolken verdampft. Danach fuhren sie mit der U-Bahn zum Marienplatz, um den Viktualienmarkt zu besuchen. »Und was wünscht der Herr nun zu sehen? Das Olympiagelände vielleicht? Das könnte für den Herrn nützlich sein für die Olympiade in Berlin.« Und wenn sie dann noch einen Schritt tun könnten, schlug sie vor, ein Museum zu besichtigen, vielleicht auch statt Olympia.

Letzteres lehnte Böck kategorisch ab, Kultur hätten sie in

Berlin genug. »Schließlich sind wir Kulturhauptstadt. Was gibt es in München, was es in Berlin nicht gibt?«

Sie dachte nach. »Ja, natürlich, das Valentin-Museum, das liegt praktisch auf unserem Weg. Du kennst doch Valentin?« Böck bejahte, allerdings ohne große Begeisterung.

Er nahm Sara bei der Hand. Er flüsterte ins Ohr: »Ich tue alles, was du willst. Müssen wir nicht im Hotel vorbeischauen wegen der Zimmer?« Er schaute Sara mit frechen Augen an.

Wie zu erwarten, wurde Saras Programm nur in Ausschnitten absolviert. Vor einem Restaurant, an dem sie auf ihrer Stadtbesichtigung vorbeikamen, saßen bereits auf den wenigen Bänken, die schon aufgestellt waren, Gäste und wärmten sich in der milden Sonne. Sie legten erneut eine Pause ein. Am Ausschank bekamen sie ein Maß Bier, halb eingeschenkt, was Böcks kriminalistischem Blick nicht entgangen war. Vom Bier wurden sie so müde, daß sie mit Mühe das Hotel erreichten, um sich dort, »nur für ein Stündchen«, auszuruhen. Hatte Sara gesagt.

Der Abend wurde fröhlich. Sie saßen mit Gerhard an einem großen Holztisch mit anderen Gästen in einem Saal mit gewölbter Decke, bayerische Landschaftsbilder verzierten die weißen Wände. Der Wirt empfahl ihnen ein Aventinus, ein spezielles Bier des Hauses und zum Essen einen schönen Sauerbraten oder eine Schweinshaxe.

»Gibt es denn nichts Kleineres?« fragte Sara. Für Weißwürste sei es jetzt zu spät, hatte Gerhard erklärt, die könnten nur bis mittags gegessen werden.

»Na, heut nimma«, hatte die Kellnerin eingewandt, »dös is halt früa so gwesn, zwengs der Haltbarkeit.«

Das letzte Wort hatte Sara verstanden, sie bestellte Weißwürste und eine Brezn. »Banause«, hatte Böck ihr zugeflüstert. Das Aventinus hatte es in sich, man fühlte sich nach einem Glas wohlig, und gleichzeitig wurde der Körper schwerer und schwerer, dann wurden die Knie weich, was man aber erst beim Aufstehen merkte.

»Wo sans denn her, Sie«, hatte der Nachbar gefragt, und auf die Antwort: »Aus Berlin«, hatte er bedächtig genickt und gemurmelt: »So so, aus Berlin, da schaug her, seids jetzt d' Hauptstadt gwordn. Wenns nach mia ganga wör, hätt dös fei anders ausgschaugn.«

Böck hatte ihm zugestimmt: »Nach mir auch, ich habe es auch nicht gewollt.« Worauf ihm der andere einen mißtrauischen Blick zuwarf. Geglaubt hat er es Böck nicht. Sara war sich sicher.

Sie hatten vermieden, über den Fall zu sprechen. Gerhard erzählte von seinen ersten Jahren in München, wie ihn die Menschen als Berliner eingemeindet haben, das brauchte Zeit, er mochte die Menschen hier, ehrlich und stur. Das gefiel ihm.

Beim zweiten Glas Aventinus kam es dann doch dazu, über den Fall zu sprechen. Sara fiel beim Kramen in ihrer Tasche ein Zettel in die Hand, auf dem sie für München Notizen gemacht hatte. Sie fragte Gerhard mit schwerer Zunge, ob er einen der Namen auf diesem Zettel kenne. Er sah ihn lange an, nickte dann. Bevor er antwortete, bestellte er noch ein Aventinus. Der hält was aus, dachte Sara, wie ein echter Bayer.

»Ja, zwei Namen kenne ich. Einer davon ist meiner Meinung nach ein übler Bursche, hat für die Firma, so nannte man die Staatssicherheit in der DDR, gearbeitet. Der andere, ein kleiner dicklicher Typ, war kurze Zeit an meinem Institut tätig, ist dann aber weggegangen, weiß nicht wohin.«

Böck sah Sara anerkennend an. Alle Achtung, ihm war der Kopf bereits vernebelt, aber sie hatte nichts vergessen. Er konnte also getrost noch ein Bier trinken.

»Sind Sie da ganz sicher?« fragte Böck.

»Unbedingt, wissen Sie, wir in der DDR, wir haben manchmal gewußt, wer für die Firma arbeitet. Das hatte man so im Gespür.«

»Konkrete Hinweise?« Böck schien sich nicht auf Gerhards Gespür verlassen zu wollen.

»Es gab einen Vorfall. Ich war auf einer Tagung in Oslo und hielt dort ein Referat über Entwicklungen auf dem Gebiet der Mikroperipherik. Sie müssen nicht wissen, was das ist. Nach einer Kaffeepause kam es zu einem Fachdisput, an dem auch ein Kollege aus meinem Institut teilnahm. Ein Amerikaner befragte mich zu meinen Ausführungen und machte mich auf eine Veröffentlichung in einer amerikanischen Zeitschrift aufmerksam. Als ich ihm erzählte, wie kompliziert es für mich sei, an Fachliteratur heranzukommen – alles sei eine Frage der Devisen –, bot er sich an, mir das Material zu schicken. Wir tauschten unsere Adressen aus. Kaum war ich von der Tagung zurück, wurde ich vor die Institutsleitung zitiert. Man war bestens informiert. Ich bekam einen Verweis und die Androhung, mich künftig nicht mehr als Reisender zu bestätigen, falls ich mich nicht an die Reisekaderrichtlinien halte. Von dem Tag an wußte ich, wem ich dies zu verdanken hatte.«

Böck schien zufrieden. »So kann ich es mir vorstellen, auch wenn unsereins Probleme dabei hat, dieses System der lückenlosen Kontrolle zu verstehen«, erwiderte er.

Der Abend war absolut gelungen. Sara hatte allerdings an der frischen Luft weiche Knie bekommen und mußte sich bei Böck einhängen, der sie nicht ohne freche Bemerkungen stützte. »Ich bin froh, daß du endlich ein schwaches Weib bist«, hatte er gesagt und und dabei gekichert. »Ich fühl' mich richtig stark.«

Am nächsten Morgen saßen beide leicht angeschlagen im Flugzeug, und Sara wiederholte, was sie schon immer gesagt hatte: »Ich mag kein Bier.«

»Der Gerhard«, sagte Böck, »das ist ein netter Kerl. Vielleicht war es gut für ihn, daß er damals ohne Frau Ost die DDR verlassen hat, aber dann wäre alles anders gekommen.«

»Christine Ost«, sagte Sara, »hat wahrscheinlich damals einen Fehler gemacht, oder heute.« Sie grübelte. »Warum hat sie sich uns gegenüber verstellt? Ich verstehe das nicht. Und warum hat sie mich am Kurfürstendamm abgehängt? Sie muß etwas vorgehabt haben, was ich nicht wissen durfte. Und sie wollte, daß wir glauben, sie sei eine alte vergrämte Frau, der das Schicksal übel mitgespielt hat.«

»Hat es ja auch«, war Böcks Kommentar, »der Geliebte war geflohen, die Scheidung vom Ehemann, dann der Mord.«

»Aber sie hatte auch Glück, sie hat sein Geld geerbt und kann sich schöne Dinge leisten«, sagte Sara, »und trotzdem, ich werde aus der Frau nicht klug.«

»Ich werde in Berlin sofort mit ihr sprechen«, nahm sich Böck vor, »es interessiert mich sehr, wie sie mir erklärt, warum sie uns so vieles verschwiegen hat.«

»Hans Gerhard wird sie vorwarnen«, meinte Sara.

»Da hast du recht, aber trotzdem, ich will es wissen.«

Beide schwiegen lange, dachten an die traurige Geschichte, die ihnen Hans Gerhard erzählt hatte.

Auf Böcks Schreibtisch lagen mehrere Notizblätter, fein säuberlich in zeitlicher Reihenfolge geordnet. Das hat der Neue in der Polizeiausbildung gelernt, dachte Böck, nur um sein Vorurteil gegen die Bürokraten bestätigt zu sehen.

Der Chef will Sie sprechen, dringend. Rot unterstrichen. *Die Anwältin von Bruno Grund hat zweimal angerufen, bittet um ein Gespräch.*

»Kann sie haben«, murmelte Böck und las weiter: *Sie ruft wieder an. Melitta Grund fragt an, ob die Polizei die Adresse ihres Mannes habe.* »Na so was«, Böck schüttelte den Kopf, »wir sind doch nicht das Einwohnermeldeamt.« *Die Post fragt an, ob weiter Bedarf für die installierte Fangschaltung bestehe, Rückruf erbeten.* »Ja, ja, ich werde mich heute noch darum kümmern, erst brauche ich aber einen Kaffee gegen meinen dicken Kopf«, sagte Böck laut und wunderte sich über die Langzeitwirkung dieses, wie hieß es doch gleich: Aventinus.

Er rief seine Sekretärin und fragte nach Pfeiffer. »Der steht am Brandenburger Tor, hat er mir gesagt«, antwortete Frau List. Sie schüttelte bedenklich den Kopf: »Der hat Ideen, und bei dem Wetter.«

Der Neue hatte sich also von sich aus der Sache mit dem Anrufer angenommen, dachte Böck. »Sehr gut, sehr gut, ist wirklich gut, der Neue!« sagte er zu Frau List.

Jetzt spinnt der auch, dachte die Sekretärin und verließ beleidigt das Zimmer.

»Frau List, einen Kaffee, bitte, mir geht es heute gar nicht gut«, rief er hinter ihr her.

»Das kommt davon«, brummte diese.

Der Chef war wieder mal nicht im Hause. Böck hatte Glück und legte den Telefonhörer auf. Hat sicher wieder wichtige Konferenzen beim Senator. Nun zu Frau Ost, das war das wichtigste, dachte er. Er ließ sie anrufen. »Meldet sich keiner«, rief Frau List durch die Sprechanlage. So früh am Morgen? Plötzlich hatte er ein ungutes Gefühl, spürte einen Druck in der Magengegend. Das kommt vom Bier, dachte er, ihn ließ aber der Gedanke an Frau Ost nicht los, bis er sich entschloß, einen Streifenwagen zu ihr zu schicken. Also abwarten. Er nahm sich inzwischen Akten vor. Der Fall Ost kostete zuviel Zeit. Was war denn das? Vor ihm lag ein Untersuchungsbericht über fragwürdige Geschäfte mit Grundstücken in der Stadt. Was heißt hier fragwürdig, kriminell muß das lauten, dachte er. Wer war denn der Verfasser, ach so, der Bericht kam aus der zuständigen Verwaltung.

»Das legen die mir einfach so unter die Akten«, schimpfte er, als er entdeckt hatte, daß es hauptsächlich um die Grundstücksgeschäfte ging, die Bruno Grund ihm aufgelistet hatte. Böck vergaß seine Kopfschmerzen. »Das ist ja toll«, rief er beim weiteren Lesen aus, »übertrifft meine schmutzige Phantasie bei weitem.«

Zu schade, daß Pfeiffer nicht da war, da mußte er selbst nachfragen. Das würde dauern, denn die quatschen und quatschen. Er blätterte die Akten noch einmal durch. Dann wählte er noch einmal.

»Ja, die Sache wird bei uns bearbeitet. Ja. Ich kann Sie mit dem zuständigen Herrn verbinden, einen Augenblick, mal sehen, ob er da ist.«

»Bitte? Ja Böck, ja, weiß, wer Sie sind, Sie haben doch den Fall Ost, was Neues?«

»Nein«, knurrte Böck, er stellte seine Fragen.

»Ja, klar, haben wir, die Sache ist beim Staatsanwalt, noch nicht bei Ihnen? Aber die Akten?«

»Ihre Akten schon, aber nichts von der Staatsanwaltschaft.«

»Nicht unser Bier, Sie wissen doch, wie die sind. Wir haben

gesagt, was zu sagen war, steht alles drin, stinkt gewaltig.«

»Haben Sie ähnliche Fälle?« fragte Böck, um sicher zu gehen.

»Nein, sonst kleinere Fische, Probleme genug, rechtlich wenig drin.« Der Kollege erklärte Böck die Rechtsauffassung seines Hauses, daß beinahe alle Transaktionen, die in der Akte zusammengefaßt seien, rechtsgültig seien.

»Aber das kann doch nicht wahr sein«, schrie Böck aufgeregt ins Telefon.

»Leider doch«, war die resignierte Antwort, »jetzt sind Sie dran.«

»Wie immer«, schimpfte Böck, als er aufgehängt hatte. Die Politik hatte alles vermasselt, die Täter laufen vergnügt herum, und jetzt soll die Polizei die Suppe auslöffeln. Er dachte an Bruno Grund und Fritz Fischer und wer sonst noch dazugehörte.

Er würde sich Bruno Grund vorknöpfen, noch heute. Er ließ bei Bruno Grund anrufen.

Die Streife, die Böck zu Frau Ost geschickt hatte, machte eine überraschende Entdeckung. Zuerst hatte sie geglaubt, sie hätte sich im Haus geirrt, es hatte sich dann aber herausgestellt, daß das Haus zwar das richtige war, der Hausmeister hatte es bestätigt, aber es gab keine Frau Ost, ihr Name war vom Klingelschild entfernt worden. Der Hausmeister hatte ihnen erklärt, Frau Ost sei ausgezogen. Gestern seien die Sachen geholt worden, viel war es nicht, Frau Ost hatte das meiste verschenkt, wollte sich neue Möbel kaufen, dort, wo sie hingegangen sei. Nein, er wisse nicht wohin, auch nicht, ob sie noch in der Stadt sei.

Böck ließ die beiden Streifenbeamten rufen. Er wollte die Geschichte persönlich hören. Die Beamten standen unschlüssig, leicht verlegen im Raum. Einer erzählte dann alles noch einmal, der andere nickte zustimmend. Böck war verblüfft, starrte nachdenklich vor sich hin. Hatte Frau Ost sie angelogen? Er konnte sich nicht erinnern, daß, sie einen Umzug erwähnt hatte; auch Gerhard hatte nicht.

Er rief Sara an, die verschlafen ans Telefon kam. »Ja bin auf, hatte mich kurz hingelegt.« Böck erzählte ihr die Neuigkeiten. »Was?« hatte sie ausgerufen. »Das gibt es doch nicht, diese Mistbiene.« Sara war hellwach. »Hast du Gerhard schon angerufen?«

Das war Böck noch nicht eingefallen, eine kluge Frau, seine Sara. »Ich melde mich.« Er hängte ein.

Gerhard war nicht zu Hause. Er mußte ihn in der Universität anrufen. Die Nummer mußte Frau List erfragen. Kurze Zeit später hatte er die Information von ihr. Wir sind ein eingespieltes Team, dachte Böck voller Stolz, wenn es hart auf hart geht. Frau List sagte: »Er ist in der Vorlesung, die ist in zehn Minuten zu Ende. Es wird ihm ausgerichtet, daß er sich bei Ihnen melden soll.«

»Sie sind ein Schatz, auch wenn Sie kein Klavier spielen.« Böck wußte, daß sich seine Sekretärin über das Lob freuen würde.

Diese Frau Ost ist um keine Überraschung verlegen, würde mich nicht wundern, sinnierte Böck, wenn es noch mehr Überraschungen dieser Sorte gibt.

Dann hatte er Gerhard an der Leitung.

»Na, wie ist Ihnen der Aventinus bekommen? Kopfschmerzen? Tut mir leid, muß man gewöhnt sein.«

Böck erzählte, was passiert war. »Sind Sie noch dran?«

Der andere schwieg, dann: »Ich kann Ihnen das nicht erklären, Herr Böck. Sie wollte erst in einigen Wochen nach München kommen. Die Wohnung ist auch noch nicht frei. Vielleicht ist sie in ein Hotel gezogen, hat die Wohnung aufgelöst, weil, nein, das hätte sie mir erzählt. Hat allerdings einmal erwähnt, daß sie nach der ganzen Arbeit mit der Wohnung und so vielleicht noch ein paar Tage Ferien machen wollte, damit sie hier frisch ankommt.«

Gerhard war offensichtlich selbst überrascht von dem plötzlichen Aufbruch seiner Freundin.

»Ich rufe Sie an, wenn ich mehr weiß«, versprach ihm Böck.

»Ich auch, danke«, erwiderte Gerhard.

Konnte er ihm vertrauen, fragte sich Böck, er entschied sich dafür. Auf jeden Fall war die Sache rätselhaft. Aber Frau Ost würde sich bei Gerhard melden, davon konnte Böck ausgehen. Wieder beschlich ihn ein unbehagliches Gefühl. Etwas stimmte nicht mit Frau Ost. Die Liebe zu Gerhard, das konnte Böck verstehen. Der Ehemann Ost muß ein ziemliches Ekel gewesen sein, hatte Sara gesagt. Aber warum war Frau Ost in der DDR geblieben? Vielleicht war es nur ein Zufall, vielleicht aber mußte sie bleiben, weil ... Böck verwarf diesen Gedanken. So etwas kommt ja nicht einmal im Kriminalroman vor. Dann die Scheidung. Ost war offenbar dazu gezwungen worden. Das schien plausibel. Er würde sich die vier Männer noch einmal vornehmen. Das könnte es auch gewesen sein, was sie verschwiegen hatten. Sie wußten, was damals vorgefallen war. Und der Mann im Trenchcoat, wo blieb nur der Neue, er schaute auf die Uhr. Der Mann wollte Sara möglicherweise etwas mitteilen. Böck hielt ihn nicht für gefährlich. Warum war er sich da so sicher? Vielleicht war der Mann ein Verrückter, der Sara wegen einer anderen Sache, die sie bearbeitet hatte, bedrängte. Sie hatten diese Möglichkeit mehrmals durchgesprochen. Sara hatte keinen Anhaltspunkt für diese Theorie gefunden. Vielleicht hatte der Neue ja Glück. Aber der Mann müßte dumm sein, immer in dieselbe Telefonzelle zu gehen. Oder, ja, das könnte sein. Er wollte entdeckt werden. Nicht schlecht, dachte sich Böck, er ahnte noch nicht, daß er recht behalten würde.

»Die Anwältin?« sagte Frau List durch die Sprechanlage.

»Ach ja«, Böck hatte sie vergessen, »ja verbinden Sie.«

»Mein Mandant wird heute nicht bei Ihnen erscheinen«, sagte sie frech ins Telefon, ohne eine Begrüßungsformel.

»So, darf ich fragen, warum nicht?«

»Es gibt Regeln, die auch Sie, auch wenn Ihr schlechter Ruf dagegen spricht, einhalten müssen. Es gibt so etwas wie eine Vorladung, Haftbefehl und dergleichen. Haben Sie schon einmal davon gehört?«

»Und ob«, antwortete Böck ironisch. »Soll ich Ihren Mandanten verhaften lassen?«

»Sie sind...« Sie sprach es nicht aus.

»Schauen Sie«, versuchte Böck einzulenken, »Ihr Mandant lügt, er könnte mir ja endlich die Wahrheit sagen, dann...«

»Soll das heißen, er steht nicht mehr unter Mordverdacht?«

»Das habe ich nicht erzählt, das kann ich auch nicht sagen, bevor er mir nicht alles gesagt hat«, antwortete Böck amtlich.

»Ich werde dabeisein.« Sie hatte den Wink verstanden.

Diesmal verhielt sich Bruno Grund normal, spielte nicht den Sonnyboy. Böck erzählte ihm zuerst vom Anruf seiner Frau, um ihn zu ärgern. Grund nahm auch dies gelassen hin. »Sie spinnt«, sagte er lakonisch. Die junge Anwältin hatte interessiert in ihre Unterlagen gesehen.

»Die Tasche«, begann Böck, »Ich will endlich von Ihnen eine Erklärung dafür, wie Ost an Ihre Tasche gekommen ist. Ich kann es mir zwar vorstellen«, fügte er höhnisch hinzu, »möchte es aber von Ihnen hören.«

Grund tat gelangweilt. »Diese Tasche, was interessiert Sie an ihr, wenn sie leer war?«

»Stellen Sie sich nicht dumm«, sagte Böck scharf.

Die Anwältin griff helfend ein: »Warum sagst du es dem Kommissar nicht?« Aha, sie duzen sich schon, registrierte Böck.

»Ach...« Bruno Grund machte eine schlappe Handbewegung, steckte sich in aller Ruhe eine Zigarette in den Mund, und sagte dann: »Also gut. Ost hatte die schwarze Ledertasche damals am Brandenburger Tor mit meinen Unterlagen gefunden, und er hatte sie behalten. Er hatte sie dabei, als ich mich mit ihm traf, um ihm das Geld zu übergeben.«

»Fünfzigtausend Mark?« sagte Böck, nur um sich zu vergewissern.

»Ja.«

»Und weiter?« Böck wurde ungeduldig.

»Das Problem ist«, Grund kam ins Stocken, »das Problem ist, ich habe Ost das Geld auf der Veranstaltung übergeben, und er hat es vor meinen Augen in meine Tasche verstaut. Ich hab' noch zu ihm gesagt, die wollen Sie also behalten, und er sagte, ja, warum nicht, ist doch eine schöne Tasche.«

»Und weiter«, wollte Böck wissen, »wo haben Sie ihm das Geld übergeben?«

»Im Waschraum, vor der Toilette.«

Jetzt war es heraus. Grund atmete tief durch.

Die Anwältin spielte mit ihrem Kugelschreiber. Und Böck, Böck sah zutiefst zufrieden aus. Das war es also, deshalb hatte Grund so ein Theater um die Tasche gemacht. Zu Grund gewandt sagte er: »Eigentlich müßte ich Sie jetzt wegen Mordes an Harald Ost verhaften.« Und nach einer Pause: »So eine Stümperei!«

Böck klang überhaupt nicht überrascht, alles verlief so, wie er es erwartet hatte. Es gab nur ein Problem. Er war inzwischen davon überzeugt, daß Grund nicht der Mörder von Harald Ost war, wenn er auch durch seine Geschäfte erheblich an den Bedingungen für einen Mord mitgewirkt hatte. Das Strafgesetzbuch hatte diesen Fall allerdings nicht vorgesehen.

Grund schaute indessen auf seine Schuhe, als würde er sie das erste Mal sehen, während die junge Anwältin beim Wort ›Stümperei‹ befreit gelacht hatte.

»Wann war das, als Sie Ost das Geld übergeben haben, an diesem denkwürdigen Ort?«

Böck stellte sich die Szene vor, der Geldbonze Bruno Grund übergibt dem kleinen Erpresser Harald Ost einen Packen Geld auf der Toilette. »Wie war das Geld verpackt, ich meine, Sie hatten es doch sicher nicht in der Hosentasche?«

Grund überlegte: »Ich glaube, es war gegen Ende der Veranstaltung, Ost ging, wie vereinbart, aus dem Saal, und ich bin ihm gefolgt.«

»Das war vereinbart?« Böck hatte sich interessiert nach vorn gebeugt.

»Ja, wir hatten vorher telefoniert. Er hatte mich angerufen, wann und wo ich ihm das Geld geben sollte.«

»Es war Ihre Idee?« fragte Böck kopfschüttelnd.

Die Anwältin mischte sich ein: »Wenn das so gewesen ist, und ich gehe jetzt davon aus, daß mein Mandant die Wahrheit sagt«, sie sah wohlwollend auf Grund, »dann könnte doch noch jemand anderes davon gewußt haben, ich meine von der Geldübergabe und dem Treffpunkt.«

»Und die Verpackung?« wiederholte Böck. »Wo hatten Sie das Geld?«

»In einem großen braunen Briefumschlag, so einen wattierten, wissen Sie«, antwortete Grund.

»Neu, oder bereits gebraucht?« wollte Böck weiter wissen.

»Was spielt das für eine Rolle. Ich weiß es nicht mehr. Doch, warten Sie, ich habe bei mir im Büro nach einem Umschlag gefragt, meine Sekretärin bewahrt sie nämlich immer auf. Ja natürlich, sie hat gefragt, ob dieser ginge?«

»Es stand Ihre Adresse darauf?«

»Ja, natürlich, er war an mich adressiert gewesen.« Grund schien sich über diese Frage zu wundern. »Haben Sie denn einen bestimmten Verdacht, Kommisar Böck?«, fragte er.

»Hm«, brummte Böck. »Wir haben keinen Briefumschlag am Tatort gefunden.« Er suchte nach der entsprechenden Aufzeichnung, er blätterte darin. »Nein, auch die Tasche enthielt keinen braunen Umschlag.«

Jemand hatte also das Geld mitgenommen und den braunen Umschlag dazu. Vermutlich hatte Ost den Umschlag mit Geld in die Tasche gesteckt und ist dann ermordert worden. Der Mörder nahm den Umschlag, nein, so konnte es nicht gewesen sein, die Tasche lag leer im Saal genau an dem Platz, an dem Harald Ost gesessen hatte. Das konnten zahlreiche Zeugen bestätigen. Nein, Ost muß die Tasche im Saal gelassen und das Geld herausgenommen haben. Vielleicht hat er den Umschlag jemandem übergeben, das wäre eine Möglichkeit. Oder ein Dritter hat das Geld aus der Tasche genommen, als Ost nicht an seinen Platz zurückgekehrt war. Dann wären der Mörder und der Dieb möglicherweise nicht ein und dieselbe Person. Böck zog es allerdings vor zu glauben, daß der Mörder das Geld an sich genommen hatte. Aber warum hat er die Tasche an Osts Platz gelegt. Es sei denn, das wäre allerdings unglaublich, er tötet Ost, geht seelenruhig in den Saal zurück und legt dann dort die Tasche ab. Oder Ost hatte eine zweite Verabredung, er geht mit Tasche und Geld in den Saal, geht später mit dem Umschlag wieder in den Waschraum und wird dann getötet. So könnte es auch gewesen sein. Nicht schlecht, diese Variante. Vielleicht kann sich der Nebenmann noch daran erinnern, wie oft Ost den Saal verlassen hat.

Böck blätterte wieder in den Protokollen. Kein Hinweis. Er würde den Neuen bitten, sich damit noch einmal zu befassen. Vielleicht hatten sie Glück, und der Mann konnte sich erinnern.

Böck fragte , wie Ost den Umschlag entgegengenommen hatte.

»Einfach so, ich hab' ihm das Geld übergeben und gesagt: ›Ich hoffe, Sie lassen mich jetzt in Ruhe, auch mit Ihren Anrufen.‹ «

»Er hat Sie angerufen?« Böck hatte sich wieder vorgebeugt.

»Ja«, Grund erinnerte sich nicht gerne daran, »fast täglich, er wollte, daß ich mich mit ihm treffe, er verlangte, daß ich meine Zusage wegen eines Jobs für ihn einhalte, wurde immer aufdringlicher.«

»Er hat sie bedroht?«

»Nein, das nicht, er nervte mich, stahl mir die Zeit.« Er machte eine wegwerfende Handbewegung.

»Was hat er denn geantwortet«, fragte Böck interessiert, »als Sie ihm das sagten bei der Geldübergabe?«

»Ich erinnere mich nicht mehr genau daran, glaube, irgend etwas von einem Betrüger.«

»Womit er nicht ganz Unrecht hatte«, rutschte es Böck heraus.

Die Anwältin: »Das gehört nicht zur Sache, Herr Kommissar.«

»Wer weiß, wer weiß«, murmelte dieser.

Böck war mit der Unterredung sehr zufrieden. Er zweifelte nicht daran, daß eine dritte Person von der Verabredung in der Toilette gewußt hatte, vielleicht bereits dort auf Ost wartete, als er mit Grund sprach, ja, so könnte es gewesen sein.

»Haben Sie denn jemand gesehen, als Sie Ost verließen, Sie sind doch zuerst gegangen?«.

»Ich bin sehr schnell gegangen. Niemand war zu sehen, aber wir standen nur im Waschraum. Von dort geht eine Tür zu dem Raum mit den Toiletten.«

»Und auf dem Gang?«

»Nein, niemand zu sehen.« Grund konnte sich gut erinnern, er hatte sich auf dem Gang gründlich umgesehen.

Böck wurde ans Telefon gerufen. Ein Hans Gerhard aus München wolle ihn dringend sprechen. Aha, sie ist endlich aufgetaucht, dachte Böck.

»Ich bin sehr beunruhigt, Herr Böck, Christine, ich meine Frau Ost, hat sich immer noch nicht gemeldet. Das ist doch ungewöhnlich. Was soll ich nur tun?«

»Nichts«, sagte Böck knapp, »wir müssen noch warten. Wir bleiben in Verbindung. Noch besteht keine Veranlassung zur Sorge.« Das hatte Böck so dahingesagt, tatsächlich schien ihm das plötzliche Verschwinden von Frau Ost merkwürdig genug, um seine Spürnase zu reizen. »Bei einem Mord gibt es keinen Zufall«, hatte sein Chef und Lehrer gesagt, und dieser Satz hatte sich in Böcks Berufsleben immer wieder bestätigt. Alles ist möglich. Er nahm sich vor, gleich nach dem Gespräch mit Grund alle Vorbereitungen für eine Fahndung zu treffen. Wo Pfeiffer nur abgeblieben war.

Zu Gerhard sagte er: »Ich werde Sie heute noch anrufen, haben Sie Geduld.«

Gerhard bedankte sich, schien sichtlich mitgenommen zu sein.

»Netter Kerl, tut mir leid«, brummte er vor sich hin.

Die junge Anwältin blickte überrascht auf den Kommissar, der plötzlich Mitgefühl zeigte. Sie hatte ihn für einen gefühllosen Bürokraten gehalten, so wie er mit ihrem Mandanten umsprang.

»Sie haben dann, so lautete Ihre Aussage von damals«, Böck wandte sich wieder Grund zu, »die Veranstaltung vorzeitig verlassen.«

»Ja, ich bin nach dem Treffen mit Ost gegangen. Bin nicht in den Saal zurück,« sagte Grund mit fester Stimme.

Böck blätterte erneut in seinen Unterlagen: »So, das wär's für heute, die Sache mit der Tasche ist geklärt, zumindest aus Ihrer Sicht. Es bleiben da noch ein paar Unklarheiten. Für heute reicht es mir.«

Böck hatte sich erhoben und seine Besucher eiligst verabschiedet. Die Anwältin hatte noch betont, daß ihr Mandant jederzeit zur Verfügung stünde, jederzeit erreichbar, sie wissen ja, wo. Grund war wortlos hinausgegangen.

Böck fragte nach Pfeiffer. »Der wird doch nicht am Brandenburger Tor bleiben, bis der Unbekannte eines Tages wieder telefoniert?« Das war ungerecht, Böck wußte es, aber er war mit einemmal nervös.

Er ließ eine Streife zu Pfeiffer fahren. Für alle Fälle.

Vielleicht hat Sara eine Idee, wo wir Frau Ost suchen könnten, etwa bei einem Einkaufsbummel in der Berliner Modewelt. Er beschloß, sie anzurufen. Der Anrufbeantworter, den sich Sara zugelegt hatte, sagte, daß sie im Augenblick nicht erreichbar sei, aber er könne nach dem Pfeifton eine Nachricht zurücklassen. Dazu hatte Böck keine Lust. Er haßte diese neumodischen Apparate, die im deutschen zwar den neutralen Namen »Anrufbeantworter« haben, aber für Böck waren es Menschenmaschinen. Im englischen sagt man auch ehrlicher »answering machine« und im polnischen, hatte ihm neulich ein Kollege erzählt, heißt es ganz direkt »automatische Sekretärin«.

Pfeiffer sei bereits unterwegs ins Büro, meldete Frau List. Er habe Erfolg gehabt.

Böck war überhaupt nicht neugierig auf den Unbekannten. Es schien fast so, als ob er längst wußte, mit wem er es zu tun haben würde. Er war schlecht aufgelegt, vermuteten seine Leute, kam in dem Fall nicht weiter und dann der Druck von oben. Keine schöne Situation. Aber warum hat er Grund nicht hierbehalten. Dann wäre er doch fein raus. Ein großer Erfolg. Die Presse würde berichten, vielleicht auch das Fernsehen, und sie hätten endlich Ruhe vorm Chef, der immer häufiger anfragte, was denn nun los sei und warum er nicht informiert würde, immer dasselbe, er müsse es schließlich nach außen... Aber der Chef konnte ja nicht ahnen, daß Bruno Grund Teil eines Plans von Martin Böck war, daß Grund für ihn in Freiheit nützlicher war als hinter Gefängnismauern.

Im Vorzimmer war aufgeregtes Stimmengewirr zu hören. Böck machte die Tür auf. Der Neue hatte den Mann im Trenchcoat angeschleppt, um ihn Böck vorzuführen. Der Mann wurde von zwei Polizisten vorwärts geschleppt, wehrte sich schwach, aber unter lautstarkem Protest. »Ich komme freiwillig mit«, kreischte er hysterisch. Der Neue zeigte aber keinerlei Bereitschaft, dieser Beteuerung zu glauben. »Das kann ich mir vorstellen«, entgegnete er aggressiv, »so wie eben, als Sie versuchten abzuhauen.«

Böck forderte Pfeiffer auf, hereinzukommen und zu berichten. Pfeiffer hatte bereits um neun Uhr in Sichtweite der Telefonzelle gestanden. Er war schon morgens mit dem Gefühl aufgewacht, daß dies ein besonderer Tag sei, er könne endlich seine polizeilichen Fähigkeiten unter Beweis stellen und zeigen, daß er zu mehr als Büroarbeit fähig sei. Er hatte sich gleich zum Tatort aufgemacht. Als er am Brandenburger Tor ankam, war noch keine Menschenseele zu sehen, die Budenbesitzer und Würstchenverkäufer ließen sich Zeit. Erst gegen elf belebte sich die Szene. Die ersten Touristen erschienen mit Photoapparaten und umkreisten das Brandenburger Tor.

Der alte Mann erschien, er hatte den Verdächtigen im Trenchcoat beim Telefonieren beobachtet und postierte sich jetzt genau gegenüber der Telefonzelle. Der Neue verwünschte ihn. Er wird mir alles verderben, so wie er auffällig rumsteht, fluchte er in sich hinein. Es geschah lange Zeit nichts. Dann erschien der Polizeiwagen, den Böck geschickt hatte, um Pfeiffer zu holen. In diesem Augenblick bog der Mann um die Ecke. Er hatte den Mantelkragen hochgeschlagen, obwohl das Wetter freundlich vorfrühlingshaft warm war. Er sah weder nach rechts noch nach links. Gott sei gelobt, denn trotz seines auffälligen Winkens in Richtung Polizeifahrzeug war dieses langsam herangerollt. Pfeiffer verdrückte sich an die Ecke, das Fahrzeug folgte ihm, er konnte es auf diese Weise außer Sicht dirigieren. Diese Idioten, er geriet in Panik, versauen noch alles.

Er schlich langsam geduckt an das Auto heran, einer der Beamten stieg aus und hätte ihm beinahe die Wagentür an den Kopf geknallt. Der scheint aber auch gar nichts zu kapieren, platzt mir einfach in die Szene hinein, so ein Rindviech, fluchte Pfeiffer. Er flüsterte dem Beamten zu, das ist er, wir werden ihn festnehmen. Der Polizist wußte zwar nicht, worum es ging, aber Einsatz ist

Einsatz. Er gab seinem Kollegen ein Zeichen, das Auto zu verlassen. Dieser stieg, die Tür zuknallend, aus und brüllte laut, was ist los! Pfeiffer flüsterte, spitzte die Lippen, den Finger vor den Mund legend, leise, deutete mit der Hand dann in Richtung Telefonzelle, die der Mann inzwischen betreten hatte. Er ist es, wir suchen ihn seit langem, los, jetzt schnappen wir ihn uns.

Die Polizisten stürmten los, rissen die Tür auf, der Mann hatte den Hörer in der Hand und wählte eine Nummer. Pfeiffer rannte hinter den beiden jüngeren Polizisten her. Sie hatten den Mann schon aus der Zelle herausgerissen, der aber wollte die Telefonschnur nicht loslassen, die sich bei dem Gezerre erst dehnte und dann mit einem Ruck ganz aus dem Apparat riß. Der Mann hatte den Hörer in der Hand, blickte verdutzt darauf.

Ich will telefonieren, schrie der Mann, loslassen, ich habe schon eine Mark eingeworfen. Inzwischen waren die Händler und die Touristen näher gekommen, standen im Halbkreis, um die Szene zu beobachten. Vielleicht ein Dieb, es treibt sich hier ja so manches Gesindel herum, um die Touristen zu bestehlen. Der alte Mann näherte sich der Gruppe, wandte sich an Pfeiffer, den er für den Chef hielt, und sagte, mit dem Finger auf den Mann zeigend: Das ist er, der da immer telefoniert. Pfeiffer war zufrieden, er hatte ihn geschnappt, Böck würde Augen machen. Los ins Amt, rief er den Polizisten zu, und ab ging die Post. Da half auch kein Protest, ob denn in einem Rechtsstaat das Telefonieren nicht erlaubt sei. Der Mann hatte noch immer den Telefonhörer in der Hand.

Böck hatte mißgelaunt zugehört. Kein lobendes Wort zum Neuen, nur ein kurzes Nicken. Dann waren die zwei Polizisten entlassen. Der Mann gab Pfeiffer den Telefonhörer: »Ihr Beweisstück.«

»Wir kennen uns ja bereits«, wandte sich Böck an den kleinen, dicklichen Mann. Der nickte und zupfte dabei an seinem Mantel herum, der ein wenig gelitten hatte.

»Ich kann Sie verhaften wegen versuchter Nötigung sowie Erregung öffentlichen Ärgernisses, und wenn es sein muß, auch wegen versuchten Überfalls, Widerstand gegen die Staatsgewalt.«

»Das ist nicht wahr, ich war nur im Haus, um mit Frau Müller zu sprechen, aber ich bin dann weggelaufen, als ich sie sah, bin in Panik geraten und aus dem Haus gerannt.« Er sah Böck verzweifelt an.

»Am besten, Sie erzählen mir jetzt, was Sie Sara, hm, Frau Müller sagen wollten.« Böck sah ihn scharf an. »Ich habe wenig Zeit, Frau Ost ist spurlos verschwunden, und wenn Sie etwas damit zu tun haben, werden sie mich kennenlernen.«

Daß Frau Ost verschwunden war, hatte den Mann erschreckt, er sank in seinem Stuhl zusammen, sah Böck flehend an. »Ich weiß nichts, ich wollte doch nur...«

»Was wollten Sie«, herrschte ihn Böck an, »endlich raus damit.«

»Ich wollte... die anderen, meine Kollegen, hatten es mir verboten, drohten mir, ich wollte die Geschichte von damals von Harald und seiner Frau, wie es gewesen ist, erzählen. Die anderen meinten, es wäre für uns riskant, uns einzumischen, sollten uns raushalten, wir hätten mit dem Projekt am See ohnehin genug am Hals.«

»Zur Sache«, drohte Böck. »Ich habe wenig Zeit.«

»Also«, der kleine dickliche Mann versuchte, seine Fassung zu gewinnen, »ich habe, meine Frau und ich, wir haben Harald Ost und seine Frau gut gekannt. Sie war nicht sehr glücklich mit ihm, er arbeitete viel, war ehrgeizig, hatte aber wenig Interesse für die Partei, was ihm schadete. Dann durfte er plötzlich ins Ausland reisen, wir waren sehr überrascht. Seine Frau begleitete ihn, und da ist es passiert. Sie lernte einen anderen kennen und verliebte sich. Harald wußte zuerst von nichts. Dann aber, eines Tages, kam er ganz aufgelöst zu mir nach Hause. Er bat mich, ihn zu begleiten. Wir gingen durch die Stadt, ohne Ziel. Erst später merkte ich, daß er Angst hatte, er könne abgehört werden. Er war ziemlich fertig mit den Nerven, erzählte, daß der Stasi bei ihm gewesen sei und«, der Mann stockte, »ja, so war es, sie sind bei ihm gewesen und haben ihm Fotos seiner Frau mit dem anderen Mann vorgelegt. Dann hatten sie ihm gedroht, daß er und seine berufliche Karriere leiden würden, es sei denn, er würde den Mann beobachten und darüber berichten.«

»Kannte er den Mann?« Böck war von der Geschichte wenig überrascht, sie paßte gut zu dem, was er von Gerhard in München erfahren hatte.

»Ja, ich glaube schon, nicht gut, aber beruflich«, antwortete der Mann, der seinen Trenchcoat über den Knien gefaltet hielt.

»Und hat er es getan?«

»Ja.«

»Und seine Frau?«

»Er hat sich kurz darauf von ihr scheiden lassen, wir haben sie dann aus den Augen verloren. Bis neulich.«

»Neulich? Sie meinen bei der Beerdigung von Ost.«

»Nein«, flüsterte er beinahe, »sie war an dem Abend, an dem Ost ermordet wurde, auch da, ich habe mit ihr gesprochen.«

Böck schien wie elektrisiert. »Sie Idiot«, schrie er, »warum haben Sie mir das nicht gleich gesagt, Sie hätten vielleicht Schlimmeres verhindert.«

»Ich wollte, aber die anderen.«

Böck ließ ihn wegbringen. »Aufnahme, Anzeige, das reicht«, zu Pfeiffer gewandt, »der läuft uns nicht davon.«

Pfeiffer war enttäuscht, sein erster Einsatz endete mit Freilassung. Er führte den Mann hinaus, verlängerte das Verhör auf eigene Faust, indem er sich haarklein die ganze Geschichte von vorn erzählen ließ. Dann schrieb er alles genau auf und las das Protokoll vor. Diese Genauigkeit der Aktenführung sollte später von Vorteil sein.

Böck rief Sara an, um ihr von den neuesten Ereignissen zu berichten. Nicht zu Hause. »Seit sie beurlaubt ist, ist sie nie ereichbar«, murrte Böck und knallte den Hörer auf. Er machte sich große Sorgen um Frau Ost.

Auch Sara hatte sich Sorgen um Frau Ost gemacht. Sie hatte auf dem Sofa gelegen, die Beine auf der Lehne, und überlegte, wo Christine Ost sein könnte. Wenn sie in einem Hotel abgestiegen wäre bis zu ihrem endgültigen Umzug nach München, hätte sie Gerhard die Adresse hinterlassen. Also schied diese Möglichkeit aus. Sie hatte ihre Wohnung aufgelöst, also muß sie eine Firma beauftragt haben. Nehmen wir an, dachte sie, daß sie nur einen kleineren Teil ihrer Einrichtung, persönliche Gegenstände und andere Kleinigkeiten, mit nach München nehmen würde, dann bräuchte sie keinen großen Möbeltransporter. Aber auch die alten Sachen mußten untergebracht werden. Vielleicht hatte sie sie verschenkt. Wenn sie nur kleinere Gegenstände nach München zu transportieren hätte, könnte sie sich aber auch selbst einen Wagen gemietet haben und selbst gefahren sein. Das war es.

Sara sprang auf und schlug im Telefonbuch das Kapitel Autoverleih auf. Sie begann, systematisch, die Firmen anzurufen. Nein, keine Frau Ost. Sara hatte sich dienstlich gemeldet, als Büro Kommissar Böck. Er würde das erlauben, dachte Sara. Auch die zweite und dritte Firma verneinte ihre Anfrage. Dann aber entdeckte Sara eine kleine Anzeige aus dem Ostteil Berlins, Kleintransporte zum Selbstfahren. Sie rief diese Nummer an.

»Ja, haben wir. Ja, vorgestern. Wagen noch nicht am Zielort abgegeben. Ja, sollte eigentlich heute, war vereinbart, kostet mehr. Ja, nach München. Von dort will ein Student nach Berlin umziehen. Wartet auf das Auto.« Die Stimme am Telefon klang sichtlich ernst über so viel Unzuverlässigkeit. »Kennen Sie die Dame?«

Sara bejahte und fragte, ob die Dame allein fahren wollte.

»Ja, hatte erst eine Tour nach Norden vor in ein Landhaus oder so und wollte dann nach ein paar Tagen nach München. Also zwei Fahrten.«

Sara rannte aufgeregt mit dem Telefon durchs Zimmer. »Sind Sie sicher, daß sie mit ihren Sachen in ein Landhaus wollte?« fragte Sara nervös. Das wurde ja immer mysteriöser.

»Eigentlich fragen wir unsere Kunden nicht aus«, sagte die Stimme spitz, »aber diese Dame wollte wissen, wieviel das kostet, wenn sie zwei Touren mit zwei Übernachtungen dazwischen machen würde. Ich habe sie noch gefragt, warum sie nicht gleich nach München weiterfahre. Sie wollte noch an die See, meinte sie.«

»Hat Frau Ost sonst noch irgend etwas von Interesse gesagt?«

»Nein, wieso, ist was los, wir bekommen doch unser Auto zurück, oder?«

»Ja, sicher«, meinte Sara, »und wenn sie den Wagen abgeben sollte, rufen Sie bitte sofort die Kriminalpolizei in Berlin an, Kommissar Böck. Und mir geben Sie die Wagennummer und Typ. Vielen Dank.«

Sara hatte sich die Daten notiert. Sie lief wieder auf und ab. Irgend etwas war passiert, vielleicht ein Autounfall? Man müßte die Krankenhäuser abfragen. Küste, aber wo, von Berlin aus, hin und zurück, das konnte nicht weit sein, vielleicht Hotels im Norden abfragen? Nein, es mußte etwas Privates sein.

Sie rief bei Böck an, der gerade dem Chef den neuesten Stand berichtete. Sie sprach mit Pfeiffer, der mißgelaunt schien. Er nahm Saras Bericht kommentarlos entgegen, als sie aber von einem Haus im Norden, vermutlich an der Küste, sprach, wurde er wach. »Das ist doch, schon wieder, so ein Zufall«, sagte er ungläubig.

»Warum Zufall, warum wieder?« fragte Sara, aber sie konnte die Frage selbst beantworten. »Ach ja, natürlich, es gibt inzwischen schon zwei Häuser an der Ostsee. Vielleicht ein Zusammenhang. Bruno Grund tauchte dort unter. Bruno Grund will ein Haus an der Ostsee kaufen. Warum nicht auch dieses Haus.« Dann bat Sara, Böck so schnell wie möglich über diesen Zufall zu informieren. Sie würde sich wieder melden. Hängte auf.

Was nun. Zufälle gibt es hier nicht, dachte Sara. Alles hat in dieser Mordgeschichte einen Sinn. Man müßte ihn nur entschlüsseln können. Christine Ost handelte planmäßig, da war sich Sara sicher. Sie stand am Fenster und starrte auf die Straße. Sie fühlte, daß sie kurz vor einer Entdeckung stand. Die Gedanken drehten sich in ihrem Kopf herum. Zum Haus an der Ostsee fiel Sara nur der Name Bruno Grund ein. Die Spur lief auf ihn zu. Aber kannte er Frau Ost, er hatte nur mit Ost zu tun gehabt. Sara entschied sich, Grund anzurufen. Gut, daß sie sich die Nummer aufgeschrieben hatte, die Grund bei Böck hinterlassen hatte.

Er war sofort am Telefon. Sara fiel mit der Tür ins Haus.

»Wo das Haus liegt? Welches Haus meinen Sie? Das ich gekauft habe?«

»Nein, das Haus, in dem Sie untergetaucht waren«, sagte Sara ungeduldig.

»Sie meinen, wo ich mich erholt habe«, erwiderte Grund.

»Ja, meinetwegen, erholt, wo?« Sara schrie fast.

Grund gab ihr die Adresse und meinte, da hätte sie auch ihren Freund Fritz Fischer fragen können. Dem gehörte nämlich das Haus.

»Das haben Sie aber Böck gegenüber verschwiegen, warum?«

»Hat er nicht gefragt, war auch nicht wichtig«, antwortete Grund mürrisch.

Sara dankte eiligst. Rief wieder bei Böck an, der immer noch nicht da war. Sie gab Pfeiffer diese neueste Information.

Sollte sie Fischer anrufen, fragte sie sich. Sara zögerte. Er würde sie vielleicht falsch verstehen, es als Vorwand interpretieren. Ja und, sagte sie sich, wenn schon. Die Sache ist mir wichtig genug.

Sara wurde sofort mit Fischer verbunden, der sich über ihren Anruf freute, man konnte sich sein strahlendes Gesicht vorstellen. Sara sprach betont förmlich.

»Ja«, bestätigte er, »Bruno Grund hat Ihnen die Wahrheit gesagt, was er ja sonst nicht gerade tut. Das Haus gehört mir. Vermiete es auch, überlasse es auch Freunden.«

»Ist Bruno Grund so ein Freund?« fragte Sara. »Sie haben also die ganze Zeit gewußt, wo er war?« Sara war sprachlos.

Fischer ließ beide Fragen unbeantwortet. »Wollen Sie mit mir essen, dann können wir in Ruhe darüber sprechen.«

»Nein!« Sara war erbost, der ließ aber keine Gelegenheit aus. Als ob das Haus nicht wichtig wäre und seine Lügen harmlos. Na warte, dachte sie, das wird dir noch Probleme bringen. Sie dankte und hängte ein.

Warum hatte Fischer sofort zugegeben, daß es sein Haus war. Wahrscheinlich weil er dachte, daß dieses Geheimnis leicht zu lüften sei. Er spielte wieder den unbescholtenen Bürger. Aber diesmal hatte Sara das sichere Gefühl, daß Fritz Fischer eine zweideutige Rolle im Fall Ost spielte. Fischer war immer informiert gewesen, hatte immer zur rechten Zeit das getan, was ihm nützlich schien. Hatte sie Fritz Fischer nicht von Anfang an als jemanden gesehen, der die großen Geschäfte machte, während die kleinen Leute entdeckt wurden? Hatte sie etwas übersehen? Sara biß sich auf die Lippen. War Fischer wichtiger als Bruno Grund, den er an die Polizei verpfiffen hatte? Dabei hatte er ihm zuerst sein Haus an der Ostsee überlassen. Er brauchte offenbar Zeit, aber wofür? Sie mußte an Böck denken, der Bruno Grund nicht als Mörder verhaftet hatte, obwohl alles gegen Grund gesprochen hatte und alle auf seine Verhaftung warteten.

Sara blieb wieder am Fenster stehen. Natürlich, dachte sie, Böck hatte einen sicheren Instinkt dafür, daß »die da oben« ein Interesse an der Verhaftung Grunds hatten. Wenn das so ist, hatte sich Martin Böck gesagt – Sara stellte sich ihn mit seiner ganzen Abneigung gegenüber den Politbonzen vor –, dann mache ich gar nichts. Ich warte bis ... Sara stockte. Daß sie nicht gleich darauf gekommen war. Böck hatte instinktiv das Richtige getan, er hatte durch sein Zögern, Grund zu verhaften, die geschäftlichen Interessen einiger Leute verletzt, die offenbar bereit waren, Grund zu opfern. Sie mußte Böck sofort anrufen.

Böck war nicht erreichbar, komme aber bald von der Staatsanwaltschaft zurück.

Was macht er denn jetzt da, es gibt doch Wichtigeres zu tun, dachte Sara. Warum ruft er nicht zurück. Sie war unschlüssig, wollte etwas tun.

Plötzlich hatte Sara eine Idee.

Sara fand direkt vor Fischers Bürohaus einen fast legalen Parkplatz. Keine Politesse zu sehen. Sie rannte die Treppen hinauf.

»Sie müssen aber warten«, sagte die Sekretärin spitz zu Sara, »Herr Fischer hat im Augenblick eine wichtige Verhandlung. Tut mir leid.« Sie musterte Sara, die unangemeldet, aufgeregt in das Büro gerannt kam.

Sara wurde in ein kleines Wartezimmer gebeten. Unruhig lief sie auf und ab. Dann entschied sie sich zu handeln.

Sie verließ das Zimmer, horchte an den Türen. Fischer saß mit einer Besucherin in seinem Büro. Sie konnte deutlich eine Frauenstimme hören: »Nein, das glaube ich dir nicht, du hast meinen Mann ruiniert, du hast gewonnen und willst mich nicht teilhaben lassen.« Die Besucherin, Sara hatte die Stimme sofort erkannt, war Melitta Grund. Sie hörte Fischer lachen, als sie entschlossen die Tür aufriß.

Fritz Fischer und Melitta Grund blickten erschreckt auf Sara, die aussah, als habe sie eben einen Mord beobachtet.

Fischer hatte sich erhoben und eilte auf Sara zu: »Sie wollen doch mit mir essen gehen, wie reizend.«

Noch bevor Sara antworten konnte, hatte Melitta Grund die Szene auf ihre Weise interpretiert. »Aha, ich verstehe. Sie haben etwas mit Fritz.« Sie blickte zornig auf Sara.

Jetzt kratzt sie mir gleich die Augen aus, dachte Sara und überlegte fieberhaft, wie sie sich aus der Affäre ziehen könnte. »Nein, ich will nicht mit Ihnen essen«, sagte sie zu Fischer, »ich will von Ihnen hören, wo Frau Ost ist. Ich bin sicher, Sie wissen es, so wie Sie gewußt haben, wo Bruno Grund sich versteckt hielt.«

»Was?« schrie Melitta Grund auf, »du hast es gewußt und mich glauben lassen, er habe sich dünngemacht, um nicht verhaftet zu werden, sei ins Ausland verschwunden, weil er in der Sache zu tief drinsteckte.« Melitta Grund war außer sich.

Fischer starrte Sara wütend an. »Sie platzen hier herein, was fällt Ihnen denn ein, wissen Sie nicht, wo Sie sind? Ich werde mich über Sie beschweren.«

»Das haben Sie doch schon, ich bin beurlaubt«, schoß Sara den Pfeil ab und traf.

Fischer setzte sich matt auf das braune Ledersofa. »Zwei wildgewordene Frauen, das halte ich nicht aus.«

»Soll das heißen, Sie sind gefeuert worden?« fragte Melitta Grund. Sie hatte inzwischen ihre Haltung wiedergewonnen. »Und Fritz hat das arrangiert und ich dachte... das sieht ihm ähnlich...

gratuliere, dann müssen Sie ihn aber getroffen haben«, sie sah Sara anerkennend an.

Fischer machte einen schwachen Versuch zu dementieren: »Ich habe nichts damit zu tun. Sie überschätzen mich.« Er grinste verlegen.

»Ich nicht«, sagte Melitta Grund, »ich traue dir alles zu, so wie du mich belogen und betrogen hast.« Und an Sara gewandt: »Er hatte mir geschworen, daß er meinem Mann nicht schaden würde und daß wir, wenn alles vorbei sei.., na ja, geglaubt habe ich es sowieso nicht.«

»Nicht hier, nicht jetzt.« Fischer stöhnte.

»Wo ist Frau Ost«, wiederholte Sara. »Was wissen Sie von ihr?«

»Nichts«, antwortete Fischer, »ich habe diese Frau nie gesehen.« Dabei sah er scheinbar interessiert auf seine Schuhspitzen, als sehe er sie zum erstenmal.

Sara war sich sicher, daß Fischer log. Aber in dieser Situation war es wohl besser zu gehen. Sie ließ aber noch vorher einen Versuchsballon los: »Oder haben Sie auch Frau Ost ein Haus überlassen, davon haben sie ja genug?«

Fischer antwortete nicht. Sara glaubte aber zu erkennen, daß er sie merkwürdig starr, geradezu drohend angesehen hatte. Dann versuchte er, humorvoll zu wirken.

»Jetzt sollten wir aber wirklich essen gehen.«

Weder Sara noch Melitta Grund wollten auf diesen Scherz eingehen und strebten beide auf die Tür zu. Sara murmelte etwas von: »Habe keine Zeit«, und Melitta Grund sagte tonlos: »Wir sprechen uns noch.«

Auf dem Flur lachte Melitta Gund laut auf. »Na so was, das war ja wie im Kino, ich hatte große Lust, Ihnen die Augen auszukratzen.«

»Das hatte ich befürchtet«, entgegnete Sara.

Auf der Straße sah Sara gerade noch, wie eine Politesse einen Zettel unten den Scheibenwischer ihres Autos klemmte, und rannte los. Zu spät.

Martin Böck hatte ebenfalls mehrmals versucht, Sara zu erreichen. Der Neue hatte ihm die Information über das Haus von Fritz Fischer übermittelt. Das trifft sich ja gut, dachte sich Böck. Wir machen einen Ausflug an die Ostsee, wie geplant.

Sie hatten immer noch keine Nachricht von Frau Ost. Aus München kein Anruf. Böck war gut gelaunt, obwohl der Chef wieder alle Register gezogen hatte. Zuerst hatte er wieder spitz nach Grund gefragt und gesagt, daß er jetzt persönlich für die Verhaftung sorgen würde. Nachdem Böck auf diese Drohung nicht reagiert hatte, war er allerdings unsicher geworden und hatte angefangen zu jammern, wer ihm alles wegen dieser Mordgeschichte in den Ohren lag. Er müsse endlich etwas vorweisen. Wichtige Leute aus der Politik hätten zu verstehen gegeben, daß die Polizei wieder einmal versage und sie, die Politiker, nicht gewillt seien, ihren Kopf hinzuhalten. Man verlange die Bestrafung des Schuldigen, ohne allzuviel Staub aufzuwirbeln. Dies schade dem Ansehen der Stadt und dem dringend nötigen Investitionsklima. Ruhe sei nötig, man müsse Vertrauen in Berlin haben.

Böck hatte sich alles ohne Kommentar angehört und dann angekündigt, daß der Mord bald aufgeklärt sei, daß dies aber vielleicht einigen Herren nicht schmecken würde. Mehr wollte er dem Chef nicht sagen, denn dieser würde todsicher gleich alle neuen Informationen nach oben melden, und das wollte Böck verhindern, grundsätzlich und in diesem Fall im besonderen. Die sollen noch ein Weilchen zappeln, dachte Böck genüßlich und stellte sich vor, wie einige Herren jetzt schwitzten, bis alles geklärt war. Er hatte nicht ihre Sorgen. Er sorgte sich um Frau Ost.

Er ließ die Fahndung anlaufen. Autobahn nach Süden, Krankenhäuser und Hotels zuerst. Er ließ noch einmal bei Gerhard in München anfragen, ob dieser auch keinen Brief von Frau Ost erhalten hatte. Die Antwort war nein. Auch Gerhard machte sich Sorgen. Was er tun könne. Nichts, wurde ihm gesagt.

Endlich meldete sich Sara bei ihm. Sie verabredeten sich für abends. »Wollen wir essen gehen?« hatte Sara gefragt.

»Nein, bei dir, ich bin müde, muß unbedingt mit dir reden«, hatte Böck geantwortet.

Sara dachte über die unerfreuliche Szene bei Fritz Fischer nach. Offenbar war Melitta Grund doch nicht so unbeteiligt, wie sie es Sara früher vorgespielt hatte, sonst hätte sie nicht derartig verletzbar reagiert. Und Fritz Fischer war ihr nicht gleichgültig. Oder betraf die Reaktion ihren Mann? An diesem Punkt war sich Sara nicht sicher. Sie hatte gehört, wie Melitta Grund Fischer Vorwürfe wegen ihres Mannes gemacht hatte. Das konnte heißen, daß sie Bruno Grund schützen wollte. Es konnte aber auch Enttäuschung ausdrücken: Enttäuschung über nicht eingelöste Versprechen. Auf jeden Fall war Melitta Grund wütend auf Fischer gewesen, so wütend, daß sie ihre sonst kühle Beherrschung verlor.

Und Fischer, der war natürlich feige. Aber er war auch verunsichert, hatte etwas zu verbergen. Es mußte mehr sein als nur die Sache mit dem Haus, das er Bruno Grund überlassen hatte, obwohl der von der Fahndung wußte. Er wollte Zeit gewinnen. Aber wozu? Es ging um Geld. Worum sonst? Verträge, die abgeschlossen werden mußten, bevor Grund... Natürlich, deshalb wollte er auch Grund sprechen, bevor Böck ihn verhören konnte. Welche Verträge, mit wem? Man müßte wissen, wer die Geschäftspartner von Fritz Fischer waren. Würden ihn seine Freunde schützen und wie lange und unter welchen Bedingungen? Wer könnte das wissen. Ob sie einen Kollegen anrufen sollte?

Sie blätterte ihr Adreßbuch durch. Nein, es müßte ein Insider sein. Jemand, der genau über anstehende Investitionen Bescheid wußte. Ihr fiel auch schon ein, wer das sein könnte.

Sie rief an und hatte Glück.

»Einen Moment, ich verbinde.« Sara hatte sich dienstlich gemeldet. Sie ging davon aus, daß sich ihre Beurlaubung noch nicht in anderen Verwaltungen herumgesprochen hatte. Und sie erfuhr, was sie wissen wollte: Bruno Grund und Fritz Fischer hatten einflußreiche Freunde in der Stadt. Aber Bruno Grund konnte nicht mehr mit Unterstützung rechnen, das wußte Sara bereits. Grund hatte vergeblich versucht, seine parteipolitischen Kontakte zu nutzen, war aber abgeblitzt. Auch der Staatssekretär, mit dem man Bruno Grund des öfteren im Presseclub bei einem kleinen Imbiß in vertraulicher Atmosphäre gesehen hatte, hatte sich verleugnen lassen. »So ist das eben in der Politik«, lachte der Kollege hämisch, »mal unten, mal oben.«

»Es gibt aber auch das Sprichwort ›Eine Hand wäscht die andere‹. Gilt dies nicht auch?« fragte Sara.

»Bei Bruno Grund nicht mehr«, meinte der andere.

»Und Fritz Fischer?« fragte Sara schnell. Der Kollege stutzte, wollte wissen, ob sie Fischer persönlich kenne.

Flüchtig, schwindelte Sara.

Das sei der eigentliche Macher in der Stadt. Dagegen sei Grund ein kleiner Fisch gewesen, sprudelte der Kollege voller Bewunderung. Der macht sich aber die Hände nicht schmutzig, die braucht niemand zu waschen. Er weiß mehr über andere Leute als die über ihn. Davon lebt er.

»Ist er geschäftlich gut dran?«

»Und wie«, war die Meinung des Kollegen«, es gibt wahrscheinlich kein interessantes Objekt in der Stadt, bei dem Fischer keine Rolle spielt.

»Gibt es Probleme, Schwierigkeiten?« fragte Sara.

»Nicht mehr als die bekannten Probleme der Eigentumsfrage bei den Objekten im Ostteil der Stadt, aber auch da ist Bewegung drin seit...«

»Seit?« hatte Sara interessiert nachgehakt.

»Seit wir eine Regelung gefunden haben, die den Alteigentümern die Möglichkeit gibt, sich bei Investitionen zu beteiligen, indem sie ihre Rechte an Dritte verkaufen.«

Sara erinnerte sich. »Ja, ach so«, sagte sie nachdenklich. »Alteigentümer?« murmelte sie, »das könnte es sein.«

»Hast du einen konkreten Fall«, fragte der Kollege, neugierig geworden, »raus damit, ich kenne jedes interessante Objekt in der Stadt.«

»Ich weiß noch nicht«, lenkte Sara ab, »vielleicht, ich melde mich wieder.«

»Bestimmt?«

»Bestimmt.« Sara hängte ein. Ihr fiel die Liste ein, die Bruno Grund bei seinem Verhör Böck überlassen hatte. Vielleicht war darin ein Name, der im Zusammenhang mit dem Fall interessant war. War Böck dieser Spur nachgegangen?

Martin Böck sah müde aus. Das Gespräch beim Chef hatte ihm so richtig die Laune verdorben. Er müßte sich von dieser Betroffenheit endlich befreien, meinte er, Sara unsicher anlachend. Genüßlich schlürfte er an einem Glas Rotwein.

Sara drehte eine einzelne Nudel um die Gabel. »Er erinnert dich daran, in diesem Fall zu versagen, daher.« Sie blickte ihn blauäugig an.

»Deine Spaghetti haben mich gerettet«, lachte Böck. »Ißt du auch Fisch, ich meine, wenn wir an die Ostsee fahren?«

»Gibt es da noch Fisch, außer Heringen? Die mag ich nicht.« Sara verzog das Gesicht. »Wann fahren wir?«

»Am Samstag«, sagte Böck. »Mit Übernachtung.«

»Fahren wir auch zum Haus von Grund, nein, von Fischer?« lenkte Sara zum Thema hin. Sie wollte Böck noch von Fischer und Melitta Grund berichten und von ihrem Telefonat mit dem Kollegen.

»Vielleicht ja.« Böck sah versonnen auf Sara. »Ja, das sollten wir.« Merkwürdigerweise dachte er an Frau Ost. Sie war ihm den ganzen Tag nicht aus dem Kopf gegangen.

»Hast du was von ihr gehört?« Sara sah in fragend an.

»Nein, nichts. Wir haben einen Fehler gemacht, hätten die Frau im Auge behalten sollen, nachdem wir wußten...« Böck schrieb sich offenbar die Schuld für ihr Verschwinden zu.

»Nachdem wir was wußten?« fragte Sara.

»Daß sie tief in der Sache drinsteckt.« Böck wurde nachdenklich.

»Du hast eine Theorie? Heraus damit«, forderte Sara.

»Keine eigentliche Theorie«, druckste Böck herum, »aber nachdem der Mann, der dich verfolgt hat...« Böck erzählte Sara ausführlich, wie der Neue den Mann ins Büro geschleppt hatte und was vor der Telefonzelle am Brandenburger Tor passiert war.

»Der Mann, der dich verfolgt hat, war einer der Männer, die mit Ost das Projekt am See geplant hatten. Das hat mich nicht überrascht, denn nachdem wir von Frau Ost wußten, was damals mit Gerhard und ihr passiert war, nahm ich an, daß auch die Männer diese traurige Episode des realen Sozialismus kannten. Ich hätte sie auch erneut vorladen können. Aber irgend etwas hielt mich davon ab, ich weiß jetzt, was es war. Ich wollte Frau Ost freies Spiel lassen. Ich fürchtete, daß sie Kontakt zu den vier Männern hielt und von diesen vielleicht gewarnt würde.«

»Gewarnt? Du hast also Frau Ost in Verdacht?« Saras Frage war rhetorisch, denn Böck näherte sich im Augenblick ihren eigenen Gedanken, die sie noch nicht geordnet hatte.

»Ich habe sie im Verdacht«, sagte Böck bestimmt und sah Sara mit klaren entschlossenen Blick an, »Ich habe sie in Verdacht, ihren Mann Harald Ost ermordet zu haben.«

Jetzt war es ausgesprochen. Sara und Böck saßen einen Augenblick schweigend.

Dann fuhr Böck fort: »Ich habe sie in Verdacht, die Mörderin ihres Mannes zu sein, weil sie gewußt hat, daß Ost an diesem Abend mit Bruno Grund verabredet war. Er war bei ihr gewesen, hatte von einer gemeinsamen Zukunft gesprochen, wollte wieder mit ihr zusammen sein, hat wahrscheinlich, um diese gemeinsame Zukunft zu versüßen, von dem Geld gesprochen, das er von Bruno Grund erhalten würde. Das Geld hat sie verführt. Sie hat ihn beobachtet, wie er sich mit Grund im Waschraum getroffen hat. Als Grund ihn verließ, ging sie zu Ost und hat ihn ermordet. Sie wollte sein Geld als Entschädigung für die Vergangenheit. Aber ohne ihn. Am nächsten Tag hat sie sich neue Kleider gekauft. Auch als du sie getroffen hast, war sie beim Einkaufen. Es war das Geld des Ermordeten Ost. Wo sollte sie sonst so viel Geld für die teuren Kleider hergehabt haben.«

Sara unterbrach Böck: »Ich glaube nicht, daß sie es aus Geldgier getan hat könnte.«

»Aber du denkst auch, daß sie ihren geschiedenen Mann ermordet hat?«.

»Ich könnte es mir durchaus vorstellen«, meinte Sara vorsichtiger, »aber das Motiv stimmt nicht. Wenn sie die Täterin ist, dann hat sie ihn aus Rache umgebracht, aus Rache für das Leid, das er ihr angetan hat. Und der Waschraum zur Herrentoilette, ziemlich ungewöhnlich für eine Frau.« Sara schwieg eine Weile nachdenklich. »Du mußt dir vorstellen, was das bedeutet hat für die Frau: Ihr Geliebter hatte sie in der DDR zurückgelassen, der Mann ließ sich scheiden. Sie stand allein und ohne Aussicht auf Ausreise aus der DDR da. Vielleicht auch ohne Arbeit.«

»Du hast Mitleid mit ihr?« Böck sah Sara verständnislos an.

»Nein, nicht Mitleid. Ich versuche, mich in ihre Lage zu versetzen, was sie gedacht, getan hat, welche Wünsche sie gehabt hat und wie diese zerronnen sind. Kannst du das nicht verstehen?«

»Doch«, sagte Böck, »es ehrt dich.« Er nahm ihre Hand. »Aber hast du nicht daran gedacht, daß sie vielleicht planmäßig auf Gerhard angesetzt war und daß sie, als Gerhard aus der DDR floh, ganz bewußt nicht die DDR verlassen hat; hätte sie nicht das Spiel der Stasi mitspielen können?«

Sara gestand, daß sie diese Überlegung auch selbst angestellt, sie aber verworfen habe. »Frau Ost hat nicht von dem Unternehmen profitiert, sie verlor ihren Ehemann und eine sichere Existenz. Sie hat dann in einer Wohnungsbaugesellschaft gearbeitet, sie hatte ihr Einkommen, wie für alle Menschen wurde auch für sie gesorgt, aber es ging ihr schlechter. Sie durfte nicht mehr ins Ausland fahren, das war in der DDR mehr wert, als wir uns das vorstellen. Nein, Frau Ost hat, wenn sie es getan hat, ihren Mann aus Rache getötet.«

»Und das Geld?« Böck schien nicht überzeugt zu sein.

»Das Geld war sozusagen eine günstige Zugabe, es kam gerade richtig, so wie ein Lottogewinn«, sagte Sara beinahe fröhlich. »Findest du nicht auch, daß sie das Geld rausgeworfen hat, als ob es in Überfluß vorhanden wäre? Ich kann mir einfach nicht vorstellen«, Sara rieb ihr rechtes Ohrläppchen, »daß man für ein teures Kostüm tötet.«

»Man nicht, aber Frau«, schmunzelte Böck und ernst: »Du meinst also, Frau Ost ist mit dem Geld so locker umgegangen, weil es sie nicht besonders interessiert hat.«

»Ja, davon bin ich überzeugt, und in die Herrentoilette bin ich auch schon öfter gegangen, wenn es bei Frauen besetzt war«, antwortete Sara. »Mich würde aber jetzt viel mehr interessieren – das heißt das Motiv ist schon wichtig, um den Fall zu verstehen – aber wo steckt sie? Hat sie sich ins Ausland abgesetzt mit dem Rest von den fünfzigtausend? Ziemlich unwahrscheinlich. Zu Gerhard ist sie nicht gegangen, weil sie sich nicht sicher ist, ob er es weiß.«

Böck war aufgestanden und ging in der Küche auf und ab. Dann fischte er sich eine Nudel aus dem Topf. »Nein«, sagte er kauend, »sie ist nicht in Berlin, das wüßten wir inzwischen. Wir haben alle Hotels, Krankenhäuser und was sonst noch in Frage kommt abgefragt. Nein, sie ist abgereist, und wir müssen herausfinden, wohin Frau Ost reisen würde, wenn sie in Gefahr ist«.

»Sie ist in Gefahr?«

Böck setzte sich wieder, goß sich ein Glas Wein ein. »Ja, ich glaube, sie hat ein gefährliches Spiel gespielt, wir müssen sie schnell finden, sonst...«

»Du weißt etwas, was du mir nicht erzählst.« Sara hob drohend die Hand gegen Böck.

»Nein, ich schwöre dir, ich habe dir alles gesagt. Es ist nur, ich glaube doch an die Theorie mit dem Geld, denn dann paßt alles zusammen. Und wenn ich diese Theorie zugrunde lege, dann ist Frau Ost in Gefahr.«

»Denn sie hat«, fuhr Sara fort, »das Geschäft des Erpressers Ost weitergeführt und von Bruno Grund erneut Geld gefordert, der will es ihr aber nicht geben und ...«

»Ganz gut«, lobte Böck, »nur ein Fehler, es ist nicht Bruno Grund, den sie erpreßt, sondern ...«

»Ich weiß es«, rief Sara, »es ist mein besonderer Freund Fritz Fischer. Deswegen hat er uns Grund ausgeliefert, um von sich selbst abzulenken. Er wird erpreßt. Das erklärt vieles. Auch warum er Zeit gewinnen wollte und verschwieg, daß Grund in seinem Haus an der Ostsee ist.« Sara überschlug sich mit Erklärungen, und Böck erfreute sich an ihrer Begeisterung. Er sah ihre roten Wangen, ihre leuchtenden Augen und wie ihre Hände sich beim Sprechen bewegten. Sein Ärger mit dem Chef war fast vergessen.

Fritz Fischer war für niemanden zu sprechen. Auch nicht für Bruno Grund, der bereits zweimal angerufen hatte: Es sei dringend. Auch im Interesse von Fischer selbst, würde wieder anrufen. Er hinterließ auch seine Nummer.

Fischer war auch nicht zu sprechen für Melitta Grund, die das unterbrochene Gespräch vom Vortag fortsetzen wollte, ihr Zorn war noch warm genug. Fischer ließ sich auch von Martin Böck nicht sprechen, der beim zweiten Anruf ausrichten ließ, Fischer möge sich umgehend melden, andernfalls bekäme er eine Vorladung.

Böck hatte inzwischen mit Pfeiffer, dem Neuen, die Grundstücksliste mit den Namen verglichen, die sie amtlich erhalten hatten. Die aufgeführten Namen und Firmen gaben keine interessanten Hinweise. Böck hatte allerdings durch die zuständige Verwaltung in Erfahrung bringen können, daß es im zentralen Bereich Berlins einen wichtigen Rechtsstreit geben würde, darin seien auch Fischer und urprünglich Grund vertreten gewesen. Grund hätte sich inzwischen zurückgezogen. Böcks Informant wunderte sich darüber, daß Grund sich aus allen Geschäften zurückgezogen habe.

Nachdem Fischer sich immer noch nicht gemeldet hatte, ließ Böck eine persönliche Vorladung an Fischers Büro überbringen. Böck entschloß sich, den Chef über die Entwicklung zu informieren.

Mir bleibt doch nichts erspart, dachte Böck, als er fest an die Tür des Chefs klopfte.

Der Schreibtisch war – wie immer noch oder schon wieder – leer und auf Hochglanz poliert. Der Chef sah grimmig auf Böck. »Was haben sie denn jetzt angestellt«, fauchte er Böck an, »bei mir klingelt seit einer Stunde das Telefon.« Böck sah den Chef fragend an. »Sie haben offenbar die ganze Stadt in Unruhe gebracht.«

Böck tat verwundert. »Tun Sie nicht so harmlos, Sie wissen doch ganz genau, daß Sie in ein Wespennest gestochen haben. Sie haben Fischer zu sich geladen?« Böck antwortete nicht, offenbar wußte der Chef ja alles. »Können Sie sich nicht selbst auf den Weg machen. Mußte das sein?« Böck antwortete nicht. Der Chef atmete tief durch, dann lehnte er sich in seinem übergroßen Sessel zurück. »Schießen Sie los, ich muß nach oben etwas sagen können. Wenn Sie wüßten, was ich mir alles sagen lassen muß, hätten Sie mehr Verständnis für meine Lage, aber wahrscheinlich freuen Sie sich ja darüber, wenn ich nichts über Ihre heimlichen Aktivitäten berichten kann.«

Böck wartete geduldig ab, um zur Sache zu reden. Nur nicht wieder aufregen. Er mußte einfach an etwas anderes denken. Dann berichtete er dem Chef über seine Theorie der Erpressung von Fischer durch Frau Ost, daß diese seit gestern verschwunden und auch die Fahndung bisher ohne Erfolg sei.

Der Chef war außer sich. Er, Böck, habe ihm wieder einmal alles verschwiegen, um nun, wie immer, alles auf einmal rauszulassen, ohne vorherige Absicherung nach oben. Deshalb also habe er auch Bruno Grund nicht festgehalten, obwohl alles dafür gesprochen habe, nur um ihn und andere Leute in Unruhe zu halten, bis er, Böck, zu seinem großen Schlag ausholen könne. Und der richte sich, es wundere ihn nicht, gegen ein angesehenes Mitglied der Berliner Gesellschaft, gegen ein Mann, der in wichtigen Senatsplanungen stecke. Dadurch würde das Klima in der Stadt vergiftet und auswärtige Investoren abgeschreckt.

Böck tastete sich vorsichtig vor, um nicht erneut einen zornigen Redeschwall zu provozieren. Er genoß diesen allerdings innerlich, goß er doch Wasser auf seine, Böcks, Mühlen, was seine persönlichen Ansichten über gewisse Geschäftemacher in der Stadt betraf. Böck fragte, ob er die Erpressungsgeschichte mit Fischer auf sich beruhen lassen solle. Fischer habe ja genug Geld, da könne er schon mal erpreßt werden. Vielleicht will uns Herr Fischer auch nicht sagen, warum er erpreßt wurde und von wem, denn das schadet gewiß seinem Ansehen. Auf der anderen Seite sei es die Pflicht der Polizei, einer strafbaren Handlung, und dazu gehöre eine Erpressung nun mal, nachzugehen, auch wenn der Erpreßte nicht an einer Entdeckung interessiert sei. Er, Böck, könne sich dieser Auffassung auf keinen Fall anschließen, habe auch den Staatsanwalt entsprechend informiert. Die Aktenlage sei, wie vorgeschrieben, vollständig, da ließe er sich auch nichts vorwerfen.

Der Chef schnaubte, holte tief Luft, Böck sah ihn so freundlich es ging an. »Machen Sie doch, was Sie wollen«, stöhnte dieser. »Aber bitte«, er sah ihn flehentlich an, »informieren Sie mich vorher. In der Sache Fischer möchte ich persönlich beteiligt sein. Das Gespräch findet hier bei mir im Zimmer statt«, fügte er drohend hinzu.

O Gott, dachte Böck für sich, das fehlte noch, der Chef würde das Gespräch führen, dann könnte er ja gleich... Laut bestätigte er, wenn Herr Fischer endlich bereit sei zu erscheinen, würde er umgehend mit ihm erscheinen.

Böck ging gut gelaunt in sein Büro zurück. Es war Freitag. Vielleicht fuhr Fischer längst ins freie Wochenende?

Böck freute sich auf seinen Ausflug mit Sara, auch wenn er halb dienstlich war.

Inzwischen mußten die Telefonleitungen heiß gelaufen sein, denn plötzlich ließ Fischer durch sein Büro Bescheid geben, daß er mit Anwalt in einer halben Stunde bei Böck erscheinen werde. Aha mit Anwalt, dachte Böck und ließ den Chef benachrichtigen. Dann suchte er seine Akten zusammen, rief vorher noch Sara an, um die neuesten Nachrichten zu überbringen. Sie freute sich mit ihm, dann machte er sich auf den Weg zum Chefbüro.

Auf dem Besuchertisch standen Tassen bereit, mit Blümchendekor. In einer ebenso geblümten Schale lag Gebäck bereit. Alles für den hohen Besuch, Böck grinste in sich hinein und suchte sich den günstigsten Sessel aus, um das Ereignis wie in einem Theater zu genießen. Er hatte dem Chef die Akten auf den Tisch gelegt. Dieser blätterte hastig darin und klappte dann den Aktendeckel unwillig zu. Es klopfte, alles war vorbereitet, wie auf einer Bühne.

Fischer begrüßte Böck kaltschnäuzig freundlich, so, als hätten

sie den gestrigen Abend zusammen verbracht. Der Anwalt hatte sich als ein »von Sowieso« vorgestellt. Der Name war Böck unbekannt.
Der Chef nickte Böck zu: »Beginnen Sie.« Er hatte also doch nicht den Mut dazu, schade, dachte Böck.

»Herr Fischer, danke, daß Sie, hm, unsere Einladung angenommen haben, obwohl Sie sicher viel zu tun haben.« Er blickte Fischer ernst an. »Wir hätten da einige kleine Fragen. Wir vermuten, daß Sie das Opfer einer Erpressung geworden sind, und würden gerne Näheres von Ihnen erfahren.«

»Ist das alles, was Sie wissen?« fragte der Anwalt tonlos, »dann können wir gleich wieder gehen, mein Mandant ist nicht bereit, auf bloße Vermutungen hin...«

»Laß nur, Heinrich«, sagte Fischer, »Böck hat recht, ich wurde erpreßt, und zwar von dieser kleinen, gierigen Frau Ost. Sie ist wohl die Gattin des ermordeten Herrn Ost, wenn ich das richtig sehe. Ost wußte etwas von einem Geschäft, das zum jetzigen Zeitpunkt noch nicht öffentlich werden sollte. Das muß sie wohl von ihrem Mann erfahren haben, der hat damit schon Bruno Grund erpreßt. Aber das wissen Sie ja bereits.«

»Und Sie haben«, Böck beugte sich vor, der Chef zog eine Augenbraue nach oben, »und Sie haben so einfach bezahlt?«

»Ja«, antwortete Fischer. »Hätte ich nicht bezahlen dürfen, ist das strafbar?«

»Nein, das nicht.« Böck dachte, jetzt wird er wieder frech, fühlt sich ganz sicher. »Aber Sie hätten natürlich einen solchen Erpressungsversuch auch bei der Polizei anzeigen können, wäre nicht ungewöhnlich, wenn Sie legale Geschäfte...«

»Darauf wollen Sie doch hinaus.« Fischers Stimme hatte sich gehoben. »Sie wollen mir illegale Geschäfte nachweisen! Damit kann ich leider nicht dienen.« Seine Stimme sank.

»Mein Mandant will sagen«, wandte der Anwalt ein, »daß er die Erpressung nicht angezeigt hat, um keinen Staub aufzuwirbeln.«

»Wieviel, wann und wo, mehr will ich nicht wissen«, Böck wandte sich an Fischer, »alles andere ist nicht mein Ressort.«

Der Chef räusperte sich, das hätte Böck nicht zu betonen brauchen.

»Einhunderttausend Mark. Zeitpunkt müßte ich im Kalender nachsehen. Jedenfalls nicht lange her. In einem Café am Kurfürstendamm.«

Fischer hatte sich erhoben. »Das war's wohl, meine Herren, darf ich mich verabschieden? Habe noch zu tun.«

»Nur noch eine kleine Frage«, Böck war ebenfalls aufgestanden, »haben Sie seitdem Frau Ost noch einmal gesehen?«

»Nein.« Fischer sah ihn kalt an.

Händeschütteln. Die Besucher gingen.

»Das ist aber ein arroganter Hund«, entfuhr es dem Chef.

»Ja, und nicht so harmlos, wie er tut«, fügte Böck hinzu.

»Hoffentlich wächst sich dieser Fall nicht zu einem handfesten Skandal aus«, stöhnte der Chef. »Erinnern Sie sich noch an den Bauskandal aus dem Jahre ..., wann war das gleich? Da mußten Regierungsmitglieder zurücktreten, da war was los. Die Presse war laufend besser informiert als wir, weil die ihre Informationen aus den Parteien bekamen, die sich natürlich ihr Duell lieferten, und wir hechelten hinterher. Hoffentlich nicht wieder so eine Geschichte.« Böck sah ihm das innere Grausen richtig an.

Auch Böck erinnerte sich an den Bauskandal, da war aber nicht nur einer gewesen. Der zuständige Politiker war berühmt geworden für seine Bauaktivitäten. Damals wurde hemmungslos gebaut. Er, Böck, hatte mit der Sache nichts zu tun. Aber dem Chef mußte die Geschichte heftig zugesetzt haben, ein ganz neuer Gesichtspunkt, vielleicht war er damals zu vielen Bonzen auf die Zehen getreten, daher seine Vorsicht. Müßte er mal nachprüfen, später, jetzt verspürte er keine Lust zu fragen. Warf noch einen kurzen grüßenden Blick auf den Chef und ging.

Pfeiffer mußte noch einige Instruktionen erhalten, und die Suche nach Frau Ost mußte verstärkt werden. Außerdem wollte er vorsorglich diesen Fischer wieder beobachten lassen, für alle Fälle, damit man hinterher nicht klüger ist, grinste er vor sich hin. Aber der Fischer wird sicher erwarten, daß wir ihn im Auge behalten, und vorsichtig sein. Ist also sinnlos. Trotzdem nichts auslassen, nur weil der andere weiß, was man tut. Das hatte ihm sein alter Chef beigebracht. Routine ist Routine, Pflicht ist Pflicht. So klug kann gar keiner sein, daß er uns aus der Ruhe bringt. Wir tun, was wir immer tun. Ganz egal, wer es ist. Einfache Philosophie, fand Böck, aber in diesem Fall unwirksam. Allerdings, wenn man anfängt, den Gegner für klüger zu halten, ist man verloren. Schließlich haben wir nichts zu verbergen, sondern der Verbrecher. Zu einfache Philosophie, dachte Böck.

Der Neue pfiff durch die Zähne, nachdem Böck ihn informiert hatte. »Dann mal los, jetzt wird es ja richtig spannend.«

»Erst am Montag«, lachte Böck, »wenn ich zurückkomme.« Diesmal hatte er Unrecht, und daran war allein Saras Neugierde Schuld.

Es war der richtige Tag für einen Ausflüg an die Ostsee. Die Luft war klar, es roch ein wenig nach Frühling, der Himmel zartblau, die Wiesen fingen gerade an, fleckenweise von braun und blaßgrün in sattes Grün überzugehen. »Mittags wird es hoffentlich wärmer sein«, wünschte sich Sara.

»Und wir sitzen am Strand und essen Eis mit Sahne«, neckte Böck. »Bist du warm genug angezogen?« er sah Sara prüfend an.

»Nein, ich hasse warme Sachen.«

»Habt ihr eigentlich in allen Hotels anfragen lassen wegen Frau Ost?« Sara ging nicht aus dem Kopf, daß sie nicht auffindbar war.«

»Na klar,« brummte Böck.

»Glaubst du, sie lebt noch?« fragte Sara leise.

»Du denkst also auch...?« fragte er zurück.

»Ja, ich denke, sie ist tot.« Sara hatte es endlich ausgesprochen. »Vielleicht Selbstmord.«

»Vielleicht Mord, weil sie zuviel wußte oder weil sie jemandes Geschäfte durchkreuzte.« Böck dachte dabei an einen bestimmten Mann. »Komm, laß uns von etwas anderem reden!«

Böck erklärte Sara die Fahrtroute. »Warst du schon einmal in Stralsund? Wir könnten einen kleinen Umweg machen. Es lohnt sich. Eine der wenigen Städte, die man restaurieren kann. Wunderschönes Rathaus. Der Marktplatz wird schon renoviert. Im Unterschied zu Greifswald. Dort haben sie die Altstadt total abgerissen, bis auf einige wenige Häuser. Plattenbauten, wie überall, traurig. In Stralsund gab es einen Beamten, der hatte jahrelang erfolgreich den Abriß der Altstadt verhindert. Müßte heute belohnt werden.«

»Weißt du, was Bismarck über Mecklenburg gesagt hat?« fragte Sara. »Er zöge, wenn die Welt unterginge, hierher, weil es hier 100 Jahre später passieren würde.«

»Zwanzig«, kommentierte Böck, »schau dich doch um, manches hat sogar 40 Jahre DDR überstanden.«

»Aber dafür wurden die Seen nicht zugebaut, wie sonst überall«, freute sich Sara, als sie gerade über eine kleine Brücke fuhren.

Ein nagelneues Schild führte sie zu einem Gasthof mit Hotelbetrieb, ehemals eine Brauerei, jetzt stand nur noch ein Teil davon, und ein Stockwerk fehlte. Das Haus war renoviert worden. Die Terrasse führte bis an den See. Viel Mühe für die Kellnerin, die, soviel Gastfreundschaft noch nicht gewohnt, mürrisch fragte, ob sie etwa draußen sitzen wollten, als Böck und Sara unschlüssig auf die Tische mit den angelehnten Stühlen schauten. »Gerne, wenn es Ihnen recht ist«, hatte Sara mit Engelsstimme geflötet und dafür einen Rippenstoß von Böck erhalten. Die Kellnerin ließ sich erweichen und erklärte zu ihrer Verteidigung: »Ich bin allein heute.«

Das Essen war einfach und gut, Schnitzel mit Kartoffelsalat und einer bunten Garnitur aus Gurke, rotem Paprika und einem Salatblatt.

Sara war begeistert von Stralsund, bis auf das Denkmal von Ernst Thälmann an der Hafenpromenade, auf das jemand mit roter Schrift, *Walter Momper* gemalt hatte. »Die Glatze stimmt«, hatte Sara gekichert.

Es wurde überall gebaut und renoviert. Häuser, von denen zum Teil nur noch die Außenmauern standen, wurden wiederbelebt, Plätze hergerichtet und mit Blumen bepflanzt. Es gab einen Wochenmarkt mit häßlichem Schund. »Den bei uns niemand mehr kauft«, hatte diesmal Sara geschimpft. Sie hatten auf einer kleinen Terrasse am schönsten Platz der Stadt Kaffee getrunken.

»Ich denke, wir sollten uns das Haus von Bruno Grund oder Fritz Fischer mal ansehen«, hatte Sara plötzlich vorgeschlagen. »Wenn wir jetzt an der Küste gegen Osten fahren, ist das doch nur ein ganz kleiner Umweg hinter die Dünen.«

Böck stimmte zu, weil er diese Idee auch schon hatte, aber sie Sara zuliebe verdrängt hatte. Sara studierte die Karte, murmelte vor sich hin, seufzte, um dann endlich ihren Erfolg zu melden. Sie erklärte Böck die Route. »Ich lerne es noch«, sagte Sara stolz. Böck schmunzelte, denn er wußte genau, wie er fahren mußte. Er hatte sich schon vorher erkundigt.

Sie kamen vorbei an kleineren und größeren Seen, braungrünen Wiesen und Birken. Sara entdeckte ein Storchennest auf dem Mast an einer kleinen Landstraße, die in ein Fischerdorf führte. Sie stiegen für einen kurzen Rundgang aus. Auch hier wurde mit Renovierungsarbeiten begonnen. Ein Reisebüro hatte neu eröffnet. Gaststätten entstanden. Videoshops lockten Kunden an.

Dann fuhren sie auf einer in dieser Jahreszeit einsamen Straße an die Ostsee. Ab und zu standen Hinweisschilder auf Ferienhäuser oder Campingplätze eines Kombinats oder einer ehemaligen staatlichen Verwaltung der DDR am Straßenrand.

»Jetzt müssen wir aufpassen«, sagte Böck, »hier muß irgendwo ein Weg an die Dünen führen. Dort ist die kleine Feriensiedlung mit dem Haus von Fischer. Wir hätten Grund mitnehmen sollen mit seiner Anwältin, die wohnt doch auch hier.«

»Keine gute Idee«, lachte Sara, »ich würde ungern mit ihnen das Wochenende verbringen.«

Der Weg wurde immer holpriger. Böck fürchtete, sich verfahren zu haben, und nahm selbst die Karte zur Hand. Ein alter Mann, der mit einem ebenso alten Fahrrad um die Ecke bog, zeigte ihnen schließlich den Weg, indem er wild mit den Armen herumfuchtelte. Aber sie fanden das Haus. Es war das letzte hinter den Dünen, die hier sehr flach und mit niedrigen Büschen bewachsen waren, an denen Hagebutten überwintert hatten. Trotz des hellblauen Himmels war das Meer eher graugrün und schwappte in kleinen schaumigen Wellen über den verschmutzten Strand. Hier lagen noch Reste der letzten Sommerurlaubssaison. Braunschwarze Algen waren angespült. Kein einladender Ausblick für einen Spaziergang am Wasser.

Sie standen vor dem Haus. Böck versuchte das Gartentor zu öffnen, wollte das Auto hineinfahren, um den Weg frei zu machen. Er rüttelte daran, fand den Riegel, den er zurückschieben mußte, kurz über dem Erdboden. Sara lief um das Haus herum, sah durch die Fenster, konnte nichts sehen, so sehr sie sich neugierig die Nase an den Scheiben platt drückte. Hinter dem Haus gab es einen kleinen Schuppen. Sara rüttelte an der Tür. Verschlossen.

Böck rief: »Warum gehst du nicht zur Vordertür hinein?« Er hatte die Klinke in der Hand, die Tür stand bereits einen Spalt offen. Sie war nicht abgesperrt worden. Das sieht Grund ähnlich, die Tür offenzulassen, dachte Sara und lief zu Böck.

»Sollen wir einfach hineingehen?« Sara blickte ihn unsicher an.

»Jetzt, wo wir hier sind, natürlich, was sollen wir denn sonst hier tun, zumal die Tür offensteht.« Böck klopfte mehrmals laut an den Türrahmen, um seinen Besuch anzumelden. Es rührte sich nichts. Böck ging hinein, Sara folgte ihm. Im Flur brannte eine Glühbirne, die nackt von der Decke hing. Am Haken der schmiedeeisernen Garderobe hing ein Damenmantel, den Sara anstarrte, als ob es ihr eigener wäre. Wo habe ich den schon mal gesehen? durchzuckte es sie. Eine einfache Holztreppe führte nach oben. Böck hatte sie schon betreten, wollte zuerst hinauf. Der Instinkt eines Polizisten, hatte Sara Böcks Tun später kommentiert. Jetzt ging sie ein wenig beklommen hinter Böck her, als wolle sie sich hinter seinem Rücken verstecken. Oben gab es einen Flur mit einem bunten Läufer. Eine Lampe mit einem hübsch bemalten Lampenschirm aus weißem Glas hing von der hölzernen Decke. Es gab drei Türen, die alle verschlossen waren.

Böck stand einen Augenblick unschlüssig, klopfte kurz und heftig an die letzte Tür auf der rechten Seite des Flures. Nichts. Er öffnete und – blieb auf der Schwelle stehen. An seiner steifen Köperhaltung konnte Sara erkennen, daß etwas nicht in Ordnung war. Böck bedeutete ihr, zurückzubleiben, ging selbst in das Zimmer, lehnte die Tür an. Er blieb einen Augenblick, kam wieder heraus und sagte mit matter Stimme: »Sie ist tot.«

Sara wußte sofort, um wen es sich handelte. Ihr wurde kalt, sie schlang die Arme fest um ihren Köper und flüsterte: »Ich will sie sehen.«

Böck legte schützend den Arm um Sara und führte sie hinein.

Die Frau lag halb herabgerutscht auf einem groß geblümten roten Sessel, eine Hand berührte beinahe den Boden, die andere Hand war neben dem Körper zu einer Faust verkrampft. Der Kopf hing seitwärts und wurde von der Sessellehne gestützt, zu unnatürlich für ein Schläfchen. Sie trug einen dunkelgrauen Rock, einen blauen Blazer und eine gestreifte Bluse. Das muß sie damals getragen haben, als sie bei mir im Büro saß, dachte Böck. Sie war ungeschminkt und sah weiß und kalt aus. Ihre Haare hingen zerzaust in dünnen Löckchen um den Kopf. Vielleicht vom Wind, dachte Sara. Die Bluse hatte vorn einen großen roten dunklen Fleck, der sich bis an den Bund des Rockes ausgebreitet hatte.

»Sie muß schon einige Stunden tot sein«, räusperte sich Böck. »Komm, laß uns ein Telefon suchen.« Er zog Sara aus dem Zimmer, die unverwandt auf die Tote starrte.

»Ich wußte es«, flüsterte sie, »er hat sie ermordet.« Böck fragte nicht danach, wen sie meinte, denn er ahnte, daß sie an denselben Mann dachte.

Sie fanden ein Telefon in einem der unteren Räume. In der Mitte stand ein runder Eßtisch mit geschnitzten Holzstühlen. Auf dem Tisch stand ein altes schwarzes Telefon, das Freizeichen ertönte, als Böck den Hörer hob. »Gott sei Dank«, Böck wählte die Nummer der Polizei und gab die Nachricht durch. »Und bitte, informieren Sie mein Büro in Berlin, Kommissar Böck. Ja, danke. Wir warten hier.« Böck gab, so gut er konnte, eine Beschreibung der Lage des Hauses.

Danach bat er Sara, hier unten zu warten, während er oben die anderen Räume und das Zimmer mit der Toten in Augenschein nahm. Die beiden Zimmer waren offenbar als Schlafzimmer benutzt worden. Ein Bett, ein schmaler Schrank, ein kleiner Tisch mit einem Sessel, geblümte Vorhänge und kleine Landschaftsbilder an den Wänden. Bunt, aber nicht wertvoll. Eines der Zimmer schien noch vor kurzem bewohnt worden zu sein. Das Bett war nicht gemacht, und ein benutztes Handtuch war über den Sessel geworfen worden. Auf dem Tisch stand ein bis zum Rand gefüllter Aschenbecher. Bruno Grund, dachte Böck nach einem Blick auf die Zigarettenmarke, er hielt eine Kippe in der Hand. Das Fenster ging zu den Dünen hinaus, man hatte einen schönen Blick auf das ruhige Wasser der Ostsee.

Das Zimmer, in dem die Tote lag, diente offenbar als zweiter Wohnraum. Gemütlich warm eingerichtet. Am Fenster stand ein kleiner runder Tisch, gehäkelte Tischdecke, zwei Stühle. Von Frauenhand eingerichtet, vermutete Böck. Auch hier ein Aschenbecher, der bis zum Rand voll war. An der Wand hinter der Toten hing ein großes Bild: Dünen, Meer, Schiffe waren darauf zu sehen. Kein Kunstwerk, aber schön anzusehen. Über dem Tisch hing eine runde Korblampe. Keine persönlichen Dinge waren zu sehen. Böck öffnete die oberste Schublade einer kleinen Kommode, die in der Ecke des Raumes stand: Bettwäsche, Handtücher. In der zweiten und dritten Schublade ebenso Wäsche, Tischdecken, und eine Wolldecke. Kein Buch, kein persönliches Zeichen. Nur eine Fotografie in einem hübsch mit Gold verzierten Bilderrahmen. Es zeigte eine Frau und einen Mann. Ein Hochzeitsfoto? Böck nahm das Bild in die Hand und betrachtete es genauer. Er stellte eine Ähnlichkeit zwischen der Frau und Fritz Fischer fest. Vermutlich war es das Foto seiner Mutter. Dann war der Mann wohl sein Vater. Auf dem schmalen Sofa in der Ecke – so eines haben meine Eltern bei sich stehen, dachte Böck – lag hingeworfen eine braune Wolldecke. Bruno Grund, dachte Böck. Aber warum saß die Tote hier oben. Was wollte sie hier. Böck ging um den Sessel herum, dann entdeckte er ihre Handtasche. Na also, wäre ja auch seltsam. Zuerst zog er ein braunes zusammengefaltetes Kuvert heraus. Es war leer. Merkwürdig. Brieftasche mit dreihundert Mark, Ausweis und... Böck riß seine Augen auf, eine Flugkarte nach München. Sie wollte also doch nach München fliegen. Das Datum? Das ist aber seltsam, sie wollte erst morgen fliegen. Ein Foto von

Gerhard vor einem Denkmal. Böck studierte es, das war nicht in Berlin, sicher in München. Kein Schlüssel in der Tasche, ein Lippenstift, ein Lidstift, ein Kamm, ein Taschentuch, ordentlich gefaltet, ein Notizzettel mit einigen Telefonnummern. Böck sah ihn lange an und steckte ihn dann ein. Er ging noch einmal zur Toten, kniete auf dem Boden. Suchte unter dem Sessel... Keine Pistole. Aber Selbstmord schied bei dieser Wunde sowieso aus. Der Mörder hatte die Waffe mitgenommen oder ins Meer geworfen. Böck schloß leise die Tür hinter sich, so als ob er die Tote nicht wecken wollte. Sara stand unten im Zimmer und fröstelte.

»Hast du etwas gefunden?«

»Ja«, antwortete Böck grimmig, »seine Telefonnummer.«

Die örtliche Polizei erschien, hatte einen Arzt mitgebracht. Sie standen unbeholfen herum, ließen sich von Böck erklären, was los war. Der Einsatzleiter stellte sich knapp mit »Fuchs« vor. Er war ein großer ruhiger Mann mit tiefen Sorgenfalten im Gesicht, die Augen ernst. Er stieg als erster die Treppe hinauf, gefolgt vom Arzt und zwei jüngeren Polizisten. Die anderen, sie waren sechs Mann hoch erschienen, standen vor dem Haus.

Der Arzt, er kam aus einem nahegelegenen Krankenhaus, sagte: »Muß sofort wieder gehen, dringende Operation«, nachdem er den Tod amtlich festgestellt hatte. »Seit ungefähr«, dabei blickte er intensiv zur Decke, als käme die Nachricht von dort, »will mich nicht genau festlegen, aber sie ist mehr als zehn Stunden tot. Näheres später. Wir holen den Leichnam sofort.« Und er eilte davon. Ein Polizeiauto stand bereit, ihn ins Krankenhaus zurückzufahren. Nicht schlecht organisiert hier die Polizei, dachte Böck, man hatte anderes gehört.

»Ich würde gerne in der Nachbarschaft fragen, wie sie gekommen ist«, schlug Böck dem Leiter vor. »Kommen Sie mit.«

Sie gingen zum nächsten Haus. Niemand da. »Ein Ferienhaus«, stellte der Polizist fest und zuckte die Achseln, »wird überall leer sein um diese Jahreszeit.«

Böck erinnerte sich an den alten Mann, der ihnen den Weg gezeigt hat. »Er muß von hier gekommen sein.« Sie klapperten die übrigen Häuser ab. Aus dem letzten Haus, gleich dort, wo man von der Straße abbiegt zum Weg in die Dünen, hörte man Geschirrgeklapper. Es war ein kleines einfaches Haus und offenbar ständig bewohnt. Eine alte Frau öffnete die Haustür. Böck mußte sie zweimal fragen, ob heute morgen oder gestern jemand hier vorbeigefahren sei, ob sie was bemerkt habe, ob eins der Häuser bewohnt gewesen sei, bis sie verstand.

»Ich nicht, aber mein Mann. Und der ist ins Dorf, was einholen, kommt aber gleich wieder.«

»Mit dem Fahrrad?« fragte Böck. Es war also der alte Mann, den er nach dem Haus gefragt hatte. »Sie wohnen ständig hier?« wollte Böck von der Frau wissen.

»Ja, wir sind Rentner, wir leben hier billig und gesund.« Sie blinzelte ins Tageslicht. Böck bat sie, ihren Mann ins Haus hinten am Deich zu schicken, sobald er käme. Es sei wichtig. Sie nickte, fragte nicht warum.

»Sind es nicht gewohnt zu fragen, die Leute hier«, erklärte der Polizist.

Der Fotograf war endlich erschienen. Böck beobachtete unauffällig die Arbeit der örtlichen Polizei. Für alle Fälle. Er war zufrieden. Sie suchten das Haus systematisch nach der Schußwaffe ab, dann den Garten, den Schuppen. Böck fuhr sein Auto auf den Weg in der Hoffnung, mögliche Spuren eines anderen Fahrzeugs nicht zerstört zu haben. Man sah Spuren, aber verwischt, das konnte auch Grund gewesen sein. Auf dem Weg waren allerdings neuere Reifenspuren. »Ein Mercedes«, sagte ein junger Polizist. Böck hätte gern seinen Fachmann hier gehabt. Er ließ die Spuren fotografieren, so gut es ging. Die Waffe wurde nicht gefunden. Hatte Böck auch nicht erwartet. Die Leiche wurde abgeholt. Ein Sarg wurde die Treppe hinauf und kurz darauf hinuntergetragen. Sara drehte ihren Kopf weg. Sie hatte nicht Böcks Ruhe. Dachte daran, daß sie jetzt den Mörder von Harald Ost nicht mehr suchen müßten. Die Mörderin. Sara hätte es nicht überrascht, wenn ein Abschiedsbrief gefunden worden wäre mit einem Geständnis. Dann hätte sie um Christine Ost weinen können. Sie mußte an Gerhard in München denken. Wer würde ihn anrufen.

Das Fahrzeug mit der Toten fuhr ab. Die Polizisten standen im

Haus herum. Böck sprach mit dem Einsatzleiter. Sie warteten auf den alten Mann. Mehr konnten sie im Moment nicht tun. Die Männer hatten auch die Küche durchforstet und dort nur schmutziges Geschirr, mindestens eine Woche alt, gefunden. Bruno Grund, dachte Böck.

Der alte Mann kam endlich. Kurzatmig, denn er war für sein Alter – mußte siebzig sein – zu schnell gelaufen. Er konnte Böck sagen, daß bis vor ungefähr einer Woche, den Tag hatte er sich genau gemerkt, ein Mann, groß, gutaussehend, hier gewohnt habe. Allein. Er sei jeden Tag spazieren gegangen und ins Dorf zum Essen und Einkaufen. Kein Besuch. Nichts. Auto, ja, ein großer schwarzer BMW. Gestern sei dann wieder ein Auto vorbeigefahren, erkennen konnte er nichts. Er hatte später Licht im Haus gesehen, brannte die ganze Nacht. Wann das Auto genau kam, wußte er nicht, aber es war nach dem Mittagessen, weil er gerade seine Jacke angezogen hatte und aus dem Haus wollte. Weggefahren? Ja weggefahren, sei das Auto bald danach wieder. Keine Stunde später. Er habe inzwischen Holz aus dem Schuppen geholt. Da habe er das Auto noch von hinten erkennen können. Schwarz sei es gewesen und breit. Ein Mercedes? Könnte gewesen sein, hab nicht so genau gesehen. »Doch ja, könnte gewesen sein«, der Mann nickte heftig. »Hab' nämlich erst gedacht: ein Volvo. An Mercedes hab' ich gar nicht gedacht. Hab' ja auch keinen«, lachte er gezwungen, »fahre Fahrrad und meine Alte auch. Oder Bus«, fügte er hinzu.

Das Telefon klingelte. Böck wurde verlangt. Es war Berlin, Böcks Büro. Er berichtete. »Wissen wir schon seit einer Stunde«, hatte Pfeiffer aufgeregt gesagt, »und der Chef auch. Er will Sie dringend sprechen. Ich verbinde Sie.« Das hatte noch gefehlt.

»Böck? Sind Sie es?« der Chef war am Telefon. »Was machen Sie denn an der Ostsee. Wir wissen von nichts.«

Jetzt würde er ihm gleich die üblichen Vorwürfe machen, erwartete Böck und antwortete knapp: »Ferien.« Er hätte auch von Saras Neugierde erzählen können, aber das behielt er lieber für sich. Pause.

»Wir haben ihn verhaftet«, verkündete der Chef. Er sprach

diesen Satz in einem Ton aus, daß Böck ihn förmlich sah, wie er um Anerkennung heischend um sich blickte.

»Wen?« fragte er vorsichtshalber.

»Fritz Fischer natürlich«, frohlockte der Chef, »schönen Tag noch. Ach, übrigens, wir haben das Auto mit den Sachen von Frau Ost auf einer Landstraße abgestellt gefunden.«

Es war inzwischen später Nachmittag geworden. Das Licht war grauer geworden, der Sand dunkler, nur das Wasser, oder war das Einbildung, schäumte mehr als vorher, und die Wellen züngelten weiter ins Land hinein. Es konnte auch eine Täuschung sein.

Sie standen auf einem Holzsteg, der durch die Dünen ein Stück weit auf den Strand führte, vielleicht zum Transport von Booten. Sara hatte sich eng an Böck gelehnt. Sie fröstelte noch ein wenig, und Böck hielt sie fest im Arm, um sie zu wärmen. Am Horizont bewegte sich ein schwarzer Fleck, war wohl ein Lasttanker. Es war Nebel aufgekommen, der noch leicht über dem Wasser schwebte, aber bald würde er dicht auf dem Wasser sitzen und sich mit dem Wasser zu einer grauen Wand verbinden. Die Möwen tauchten kreischend in den Nebel ein und wurden unsichtbar.

»Es war also doch das Geld«, hatte Sara begonnen.

»Oder die Macht des Geldes war stärker«, fügte Böck hinzu.

»Heute gibt es ein Festessen«, hatte Sara am Telefon gesagt, und Böck hatte sich wieder eine neue Spaghettisauce oder die von neulich mit den Krabben vorgestellt, deren Namen er sich nicht merken würde, dazu einen Salat Romana, den es erst seit einigen Monaten in Berlin zu kaufen gab, und ein Glas Chianti. Er würde auf jeden Fall zufrieden sein, freute sich Böck.

Sara überraschte Böck mit zwei Dingen. Sie empfing ihn an der Tür mit der Nachricht, daß bereits morgens Punkt neun Uhr die Senatsverwaltung angerufen habe, sie möge wieder im Dienst erscheinen, am besten gleich heute, aber auf jeden Fall morgen, ihre Beurlaubung sei ab sofort aufgehoben. Käme auch noch schriftlich. Sie habe aber keine Lust gehabt und habe sich den Rest der Woche freigenommen. Sie sah Böck strahlend an.

Die zweite Überraschung erlebte Böck in der Küche. Auf dem Tisch standen zwei Flaschen Aventinus. Das Münchner Bier. Und es gab nicht Spaghetti, sondern Bratkartoffeln mit Zwiebeln und ein wenig Speck: »Echt bayerisch«, versprach Sara.

MORGENBUCH

Hans Müncheberg
Gelobt sei, was hart macht
Aus dem Leben eines Zöglings der NAPOLA Potsdam
Roman
13,5 x 21,5 cm,
312 Seiten,
gebunden, SU,
DM 36,–
ISBN 3-371-00321-3

Karl Hermann Roehricht
Lebensverläufe
Innenansichten aus der DDR
13,5 x 21,5 cm,
186 Seiten,
gebunden, SU,
DM 29,80
ISBN 3-371-00343-4

Morgenbuch Verlag
W-1000 Berlin 30
Postfach 30 46
Tel.: (030) 216 50 61
Fax: (030) 216 50 64